王曉平 編著

日藏詩經古寫本刻本彙編

（第一辑）

第三册

中華書局

毛詩考（下）

卷十七——卷二十六

毛詩考卷十七

鴻雁之什第三

鴻鴈美宣王也。是什兩兩相比，鴻雁庭燎，並美而箴之之詩。萬民離散，不安其居，釈鴻雁肅肅。而能勞來因謂我劬勞。還定因其究安宅。安集之，因集于中沢。至于矜寡無不得其所焉。宣王之詩十首為一什，而其詩載鑒不共爲一什同，況斯干無羊置之什末，大有條貫，非夫子刪定何以如是。

鴻雁于飛，肅肅其羽。比也。鴻與雁並成行而飛，風霜酸苦，羽声肅肅，以比離散之民焉。○鴻雁三也，而三変其意，亦是異格。之子于征，劬勞于野。之子于征，在車攻，言大司馬，則是亦卿士大夫也。言為劬勞事還定勤於中野焉。○向老之子為流民，鴻雁為興，如是

則篇中劬勞字、皆屬流民、況近人情、然左傳文十
三年、子家賦鴻鴈、義取君子哀鰥寡有征行之勞、
則毛之似存古
義、故斟酌改定、
爰及矜人哀此鰥寡、矜瘝通、矜人達言窮民也、逹
惠於矜人、最哀恤鰥寡也、左傳逸、救之、○旧考鰥
摽有梅、矜人即鰥民也、鰥音一作鮮、寡、鮮民之鮮、蓋寡
乃鰥寡字成辭也、然漢書蕭望之傳引是二句亦
其此同、家共毛詩不害一字、則從旧文可矣
鴻鴈于飛集于中沢、比也、比流民之安堵焉、○左傳穆叔賦鴻鴈之卒章、宣子曰、匃
在此、敢使魯無鳩乎、鳩乃集也、可見此集是萬民
安集、一一篇眼目、故序亦只安集終之、古言相符、
之子于垣百堵皆作、垣高丈長丈為一堵、此取於大雅而言宮室特以著土功
一時大興也、作、罕
作也、大雅作、興、
雖則劬勞其究安宅、究猶竟成也、民喜曰、
之子雖劬勞、其竟成萬民之安宅矣、德施普哉、( )
旧考、民喜曰、我昔日雖劬勞于野、今則竟成是安

宅之。〇大韻云、爾其田野、宅其處所往、不使離居、安宅、以有定義。

鴻鴈于飛、哀鳴嗸嗸、比也、比悲歌浩歎、有所告愬焉、此言昔日未集之苦、穆叔賦卒章、而宣子曰無鳩、可見卒章及說未集之前、毛公得之。〇函詩我維音嘵嘵、亦言作詩愬苦也、

維此哲人、謂我劬勞、哲人可憂、此我所以兒嗸集于中澤也、

維彼愚人、謂我宣驕、愚人可惡、此我所以肅肅于飛、益哀鳴也、今既為哲人之民、回首昔日、悵然彼一時也、卒章有風規、不可不繹、夫至此再憶昔日、曰哀鳴、又明嫉哲人愚人、豈徒哉、所謂之子者、亦有仁人有汗吏、風上以察其賢否、而平民之情也、〇宣、宣淫之宣、驕言嘯哥傲世也、園有桃同、

鴻鴈三章

庭燎、美宣王也、因以箴之、未央而未艾、而御晨、是進覲退疾也、所以箴之、

不然、君子至、逐章遲緩何耶、美宣王之厲
精爲治而歎其無怠於後只、古義明哉、
夜如何其、宣王視朝早、故朝有夜半起向早晩也、亦
宣王向之、是詩三夕之事設、而如是詠之、
非一夕
而三向
夜未央、說文、央、中央也、言未及夜半、
庭燎之光、先夜半而庭燎
既設也、天子庭燎向列句烟於庭、宣王勤政、故設
庭燎只朝群臣、不以說邪之大事、請俟之朝、商人
顛倒衣裳、亦
以有庭燎、
君子至止、鸞声將々、卿士大夫至、而
鸞鑾已聞、
夜如何其、夜未艾、庭燎晣々、左傳、大旁未艾止也、固
未艾也、絶也、夜未艾、言
未及寅時也、寅爲旦、是、夜盡也、
晣々、同明星哲々、言光育盛也、君子至止、鸞声噦
々、噦々、徐貝、讀如暳、鳴蜩嘒々、一意、声繁盛貝、庭燎
之光、言其既設也、將々、一二君子至也、晣々、言
其既赫煒也、噦々、家君子陸續至也、此兩章之叙、
然、夜半固非朝時、辟如千旋良馬六之夜未艾亦

如良馬之、不可以辭害意、為詩人之意、特詠視
朝之始夙而漸遲耳、人心易怠矣、今而識後、
夜如何其、夜鄉晨、庭燎有煇、朱注、煇火氣也、天欲明、而見其烟光相雜也、寔
史記呂后紀、去眼煇耳、言熏灼也、
君子至止、言觀其旂、或云、君子付宜王、宴言御
大夫早至、則天子視朝早可知、不直付天子
為穩、且天子既至、而花花向夜、有此何人哉、

庭燎三章

沔水規宣王也、宣王廓復之後小懦、讒人弄亡、外
有不安處、人心危懼、故作是詩以
規其過也。沔水去穢也、鶴鳴進賢也、曰規曰誨、
唯此一出而已。自沔水至小宛十四首、有無廣
辭、自小弁至北山九首、皆有廣辭、而無將大車、
小明鼓鍾及青蠅又無之、二十五篇皆有、
此也、比安處之

沔彼流水、朝宗于海、屬于王所為、
鴥彼飛隼、載飛

載止、比也、比不寧侯之偃蹇自恣、宣王信德、諸侯不服嗟我兄弟、邦人諸友、兄弟親族也、邦人凡人也、呼三等人而戒之、言諸侯之將復亂也、莫肯念亂、誰無父母、無思亂而為之備乎、禍將及、又毋也、王室親後人皆安愉而忘亂、唯君子見幾而戒之、世不直指王者、詩之微婉也、

沔彼流水、其流湯湯、比也、湯湯東流、竟必歸于海矣、王有亂於諸侯、則諸侯如流水於誰敢遏行、鴥彼飛隼、載飛載揚、比也、揚、進於止、王無亂於諸侯、則諸侯為飛隼、厲疾而不可制、○嬰出寧侯不寧侯、流水曰流、飛隼曰飛、其辭巧、念彼不蹟、載起載行、蹟逆也、內有讒人、驕勤諸侯、外有不寧侯傲很、王命皆不蹟之徒也、心之憂矣、不可弭忘、王不忘讒人、益使諸侯怒、則天下之事未可測、故君子憂之深如是、

鴥彼飛隼、率彼中陵、比也、隼則飛揚、於集中陵、以比
焉。〇飛隼之率中陵、猶係不寧處之不可不寧、亦可以寧
水之歸海、故此有係水句。**民之訛言、**即讒人譸張
訛言讒言、一篇**寧莫之懲、**不懲訛言、為幻之謂也
眼目、亂本在茲、**寧莫之懲、**故曰、視飛隼之率中陵、
則民之訛言、不懲而可也。**我友敬矣、**總三宗人而
天子必有鷹鸇之舉矣、舉其一、嗚呼
改革之際、不**讒言其興**矣、天子必將懲訛言以懷不
寍不自戒、寧處、我友須自戒慎、可以
免於讒矣、遍之百姓、讒人除而循處革面、身安而
父母無事首。戒以外亂、此戒以內讒、並不瀆可章
憂者也。〇或云、何不懲訛言、而使民左右弄以矣
我友敬哉、讒言其將興、而及身焉、案是說淺率於
規諫不譴、寧莫之懲、言其將懲之也、讒言其
興、及於君也、訛言妄誕也、讒言傷賊人也、

沔水三章

鶴鳴誨宣王也、衛門詩傳ゝ序法相只、二篇句、皆比、毛傳、峯賢詔國是存古義者、
衛門ゝ辻論也、魏有若葉大車之比、皆一意旨出可
栁、艸朱注宋人議論、豈周代么鄉、詩氣也哉、○是篇
独椊、取於鳥獸木石為比、而有
甹有野有淵有清、有園有山、
鶴鳴于九臯聲聞于野、遠高皆比也、臯澤也、九言其深也、九ゝ天九ゝ淵之九、九臯之
鶴隱者也、求之則必有ゝ知之、魚潛在淵、或在于渚、
者、故只、此所不知、人其舍之諸、樂彼之園、爰有樹
魚或深伏、或出而戲於水岐、賢
者隱見有時、要在求之而已、
檀其下維蘀、蘀落葉也、園之嘉樹可樂、照其落葉足厭也、又有ゝ一般、必有ゝ一失、不可求
備、要在擧使之而已、○論園、折檀、亦是他山之石
庭實、只伐檀者之、豈取ゝ諸有用之材ゝ歟、
他山比他族他邦也、錯、厲石也、賢才之
可以為錯、出、何必舊臣世家乎、要在ゝ廣求之而已、

石、譬、則卑者疏者也、卑踰尊、疏踰戚、人君進賢之道也。○蓋周無善、善取之義外歟。

鶴鳴于九皐、聲聞于天。不唯野人知之、雖朝紳亦或言知之者、欲用之則不必旁求於遠。

魚在于渚、或潛在淵。在渚者潛于淵、所謂時違彭澤挂冠未也、潛淵者在于澆、所謂天定渭陽鄉擧起也、亦唯睪

樂彼之園、爰有樹檀、其下維穀。穀、即穀也、恐後人加木耳、或古穀亦謂之穀、軟、列子木葉幹穀、幹音穀、言本葉瘁、莊子其道大穀、史記、藝地境指、並音穀、松柏之下其草不殖、此言檀下地瘠、使它中亦樹、進瘁也。○穀惡木不得說也、此必後之

它山之石、可以攻玉。錯、爲礛諸、緩、蔓鳥傳而踰於此者、唯玉也、攻玉最其美功也、疏遠及陋之人、可以輔厳王獻焉。○鶴取其隱而聞也、魚取其或隱或見也、上半比動物、檀比羣使之道、石比羣使之道無棄材、下半比植物、動物其動在彼、植物其用之在

我○于鄗于天为錯攻玉詩之叙也自刪在渚明
時也自渚在淵淵毋也故先明蘀檀㝵也穀萁𥡴
別木不唯見蘀乎可厭故先蘀亦是叙也古之詩
尽美尽善如是

鶴鳴二章

祈父刺宣王也祈父舉不肖也白駒棄賢也乞之
至是詩乃曰宣王之末是古傳也
宣王在位四十九年不能令終○白駒大夫作也
是篇末同爪牙爪士則非賤者作也

祈父大司馬也掌封圻之兵書曰祈父薄違夫責祈
父所以責王也若能惟而旋毛取於虎臣爪士
不必怨也今祈父非其人不能予王之爪牙爪牙言取
用師敗而無惠政所以責之也
備之士也從胡轉予于恤非其職而使之以取敗
輩悲本職也績故曰轉于恤也傳云
恳我为敗或云遠戍或云久役師敗而
二或無隱說毛公則或有所德靡所止居無惠政

家訖推殘故也○周語以羌戎之敗為宣王三十九年、其年紀於詩訖矣

祈父、予王之爪士、（爪牙之士也、）**胡轉予于恤、**（不）**靡所底止、**（無）（戾）

所居、又無所至也、恤言師敗身困也、非言以宿衛従征役也、上二章先言王職責之、而後卒章及其私、○祈父乎、予是王之爪士也、胡以轉予于恤哉、今我、則無所至止耳、

祈父亶不聰、責其不聞知己有老母也、呂氏云、親老而無兄弟、当免征役、汝抛不聞此法乎、**胡轉予于恤、**（不）**有母之尸饔、**痛自家有老母、

寔只、苟説不聞、有母之尸饔也、主饋、婦人之事也、故以尸饔成辭耳、非言已従軍、故使母尸饔也、

祈父三章

白駒、大夫刺宣王也、祈父白駒匹也、祈父爪牙在經、白駒大夫**在扇、眞是大夫**

軔○

志而大夫
賢之詩也、
皎皎白駒食我場苗、白駒賢者所乘也、場圃也、散文
則通苗菜之嫩者也、賢者將去、
呼白駒而留之意、
唯是詩人之意、
縶之而其賢者
之意、誤也○
縶之維之以永今朝、白駒請來食、我擣苗、我將
斯須也、未往、投轄留客
踪之縶絆其事足維縶其。
所謂伊人、
於焉逍遙、所謂伊人、稱今君子之辭、於焉猶向
逍遙於此也、義同於我逍遙遊息也、
皎皎白駒食我場藿、藿豆葉也、
縶之維之以永今夕、朝不相見
故望之夕也、西章
只以朝夕字为叙、
所謂伊人於焉嘉客、顧为一丁夕、嘉賓只遊
息於我家矣○永朝永夕、只是文辭耳、實深傷賢
大夫之去而欲挽而留之也、
皎皎白駒賁然來思、來猶姑且來也、無復永朝
夕之望、特要贈一言耳、
爾公

爾公爾侯、天子之六卿、公侯也、大夫所事、猶萇弘事劉文公、故曰爾之公、爾之侯、不敢曰爾君爾主、婉而成章也、逸豫無期、有期者、尚可待也、既已無期、則不遑何俟、慎爾優游、慎、自愛也、慎爾所遊息、強飲強食、毋疾、毋被侵害、勉爾遁思、呂覽于勉而歸矣、高誘之、

勉猶趣也、勉爾遁者、言遯其避息、趣衰也、遁息聯讀、非也、（）朝不可永夕、亦不得永、故逐言曰、姑且來、我願一言、公侯逸豫、爾之不斯須宜矣、我不復留子也、因贈別之辭、見朝庭之需於政、

皎皎白駒、在彼空谷、留而不留、從而從之、憑之、白駒逐去、生芻一束、其人如玉、苗亦不食、藿亦不食、唯是一束之芻、臨別藉手、他因慕其人之如玉耳、向而不棄、永以為幣、束帛加玉禮也、君子非玉、其德如玉、生芻非帛、其束如帛束、以從玉、分役區區、辭之巧也、

毋金玉爾音、而有遐心、爾德音如金玉、毋自十、繫以有遐心於我也、即貽

我佩玖之意玉結信金見情造君極巧○卒章大
夫猶有望之辭王猶可以為善苟一旦改勵則寧
谷之人可致大夫遺德斯人亦有期於他且同寅
協共不得其人何以贊成王事毛此風刺本志

白駒四章

黃鳥刺宣王也黃鳥我行匹也刺夫婦失道而傷
王民離散之意存焉毛么得之唯
天下宇可削○京師天下之大湊也況鳴子之曉
萬民安集諸邦必烝來嫁于都下責至此王政陵
夷童向求新乃始有不樂王都而懷下國者戶口
歲滅故作詩以風焉○祈父在上付駒入谷故衰

黃鳥黃鳥無集于穀無啄我粟比也去婦呼黃鳥告
曰毋復集我穀啄我
粟上云禁黃鳥以自禁也集即
穀比居是室啄粟比食此食
此邦之人不我肯穀此邦言王都也穀食也猶穀我士女
抑詩不我能慉亦言㬎出其專也
言旋言歸

復我邦族我邦族言下周也邦族即下諸兄諸父也是詩首章奇而後二章偶

黃鳥黃鳥無集于桑無啄我粱或曰黃鳥比新特毖新特是詩所無耳の

古粱今之粟也古者粱之有甲曰粟漢代始大曰粱小曰粟遂通呼粟猶古通呼粱出本草注

此邦之人不可與明明有相與語而互白情意也既無養我之心故不可與明

不可與處也此奇偶章法所存言旋言歸復我諸兄旋囘也歸至也復反也

黃鳥黃鳥無集于栩無啄我黍黃鳥喈喈先王有遺音君子感于斯歟

三木皆灌木此邦之人不可與處處言相與偕居室也言旋言歸

復我諸父不曰歸于父母而曰諸兄諸父有所取而無所歸之意自見詩人之巧也依諸

父比依諸兄益見其孤苦是敘也輔廣云首言邦族中諸兄末諸父困苦而益思其親者是不通

黃鳥三章

我行其野刺宣王也 黃鳥其言叔是篇則曰求新 特禮義消亡之狀可見

我行其野蔽芾其樗 帀去婦怨也越境遠來故曰行 其野蔽芾小貌言屢足以庇廕

人也樗惡木也雁惡木記時且寓怨一句 先提其為惡緣此即標于蔽蔾之前兆也 昏姻之

故言就爾居 昏姻言昏禮也偏乃如之人也懷昏 姻也為昏姻故我以時遠來即女婿

居言有禮也○儀禮義疏婿曰婚 妻曰姻婿以昏時來女因之而去 爾不我畜復我

邦家 爾至今乃棄我我其復下國矣其棄之無道 見卒章矣○復我邦家著王良之離散也

我行其野言采其蓫 蓫惡菜也記時且寓怨 雁惡偏同食惡甚焉 昏姻之

故言就爾宿 宿宿眠於居抑詩 伊我來暨相類 爾不我畜言歸斯復

前篇言旋言歸、復我邦族、先歸後復、其例同、用斯字可味、言歸至家而斯復、下同之人也、

我行其野、言采其葍、葍惡菜也、采遂采葍、是三歲食貧之前兆也、○遂本草作蓄、同爾雅蓄、葍蔓、葍下曰、不我畜、蓄下曰、不以富、何以有歷應、而以是博依、不思舊姻、求爾新特、至此道破其累也、舊姻、去歸自稱也、新特、谷風所謂新昏也、實維我特、傳、特匹也、成不以富、亦祇以異、論語成作誠、據箋作成、是末失欲足利、作誠、○夫無賴本而不能起財業、是不富也、不唯不富、棄舊求新、其行爲衰、不與以類、是以異也、不富應惡舊惡食、有以我禦窮之怨、以異去歸終焉、之譏、君子以著禮法之壞也、

我行其野三章

斯干、宣王考室也、考成也、是落一義、宮寢成、與飲以落之也、雜記、路寢成、則考之

而不釁。春秋考仲子之宮、左傳、楚子成章華之臺、願與諸侯落之。○宣王不可終刺、故受之以斯干無羊、所以終宣王小雅也。而此王別起什、是豈毛公所改乎。○以新宮為斯干非也。斯干亞衰亂矣。

秩秩斯干、幽幽南山。

比也。秩秩、流行無已也。干、與澗同。考槃在澗、韓詩作干。集韻澗音向、古歷作可知。山夾水曰澗、皇澗過澗之類、皆流川自山來者。蓋詠室上之觀以祝之。○二句比天子之福。福祿無疆焉。○一章首倡多福繁盛、以禱天子之和兄弟於斯。

如竹苞矣、如松茂矣。

賦也。只是祝苞竹亦青青相秉、川莫不鍾南山之壽、不騫。

兄及弟矣、式相好矣、無相猶矣。

朱注、猶謀也。相好而無相謀。頌禱之詞、猶聚國族於斯。

似續妣祖、

二章言築室始於、以禱天子之續祖妣於不斯。○宮寢有內有外、其外ハ順祖規、其內順妣規。是似續也。妣祖ハ協韻、說姜嫄后稷非也。○兄弟在章末、妣祖在起句、相變也。

築室百

堵、西南其戸、跡云、天子之宮、其室非一、在北者南戸、在東者西戸、耳唯此有東戸北戸、

故孫毓云、摘南東其畝、爰居爰処、爰笑爰語、張老善頌、室本此、欲宴摘於斯、

約之閣々、椓之橐々、三章言垣墉之壮固、以禱天子之保威霊於斯、約以縄束板

也、閣々、屡斬而次第峯之秩訓、格々峯也、歴々同義、椓窒也、橐々用力也、摘築之登々、秩文、本或作

斯、盖閣々所以崇也、橐々所以固也、風雨攸除、鳥鼠攸去、風雨不能破、鳥鼠不

能穿、君子攸芋、芋大也、言其尊厳、天子居九重之中、幕墉環而其門深、此見所以尊厳也、

如跂斯翼、四章言堂宇之寛盛、以禱天子之明政共斯の屹然而高、如人之跂足直立而翼然

也、如矢斯棘、韓詩作朸、朸隅也、毛韓符合、可從、盖峻然而稜、如矢鏃之有廉隅也、跡云、

盖古指矢鏃之角为棘、如鳥斯革、翼然而張、如鳥之舒翅也、韓詩華作勒、曰翅也、又符

合、故從之、如翬斯飛、煇然而騫、如雉之飛、有光也、四也、無遠而望之。形容也、其下章相之

麦取對、○朱注、如跂、大竦嚴、正、如矢、廉、

隅整飭、如鳥、棟宇峻起、如翬、簷阿華采、君子攸躋、

朱注、君子之所升以聽事也、寔此主路寢言之、美、

盛若是、君子之躋、不無盛事焉、是禱祥

殖殖其庭、有覺其楹、五章、言庭室之正大以禱天子之安身於斯、○四其至近而歷

觀之也、自庭而楹、而正而冥、以筵言之、三章先言

垣墉而遠望大寢而近觀小寢、亦以筵為尊者

噲噲其正、噲蓋其儈通儈也、深廣貌、正、言堂也、噦噦其冥、噦者暟義、同冥、言室

也、堂有戶牖、其明曉曉然也、○

朱注、正向明之處、冥奧窔之向君子攸寧、主、盛寢、言之○

君子攸芋、君子攸寧、三章聯珠、至是禱、

辞也、旧說以草〻、

下莞上簟、乃安斯寢、六章、言休寢之安天子有吉夢於斯室、○莞筵而簟席也、蒲之

細青曰莞、簟、竹席也、寢、牀也、言寧而卧息、二句八佹儷妃嬪和樂之禱也、其崖語訖頃、乃寢乃興、乃占我夢、安寢而得吉夢、故占、吉夢維何、維熊維羆、維虺維蛇、羆大於熊、蛇大於虺、取同類以為耦也、吴語、為虺帯推為蛇將若何、大人占之、七章、言室家蓁之有兆、○嘗奠其人而貴之、故曰大人、維熊維羆、男子之祥、取其猛毅山居、維虺維蛇、女子之祥、取其陰柔穴處、但以毒物在說之、頌禱之中、自有風意、君子脩辭也、○毛物在山、蕃物在水、斯干南山之景入夢、叙善禱協矣、乃生男子、八章、禱其有賢男子、以諷天子宜實男德、○上三攸以章末取對此二生以起句取對、載寢之牀、載衣之裳、載弄之璋、裳言衣裳也、璋言玉物也、曰璋會韻、不必半圭、其泣喤喤、言其声高朗也、周頌、鐘鼓喤喤、朱芾斯皇、天子、紱朱、

倩庚黄朱、朱芾、周家之正色、室家君王室家之所尊以為君為王世、室家即周室周家也、
乃生女子九章禱其有賢女、女子只凡天子宜靜女德、載寢之地不復其牀、載
衣之裼褫云禱見被也、朱注即其用而無加也、載弄之瓦凡紡博也、特取其所
皆事而已、無非無儀唯酒食是議稿有無咎無僭善也、非門女子不宜有宜在周家
大姜大任大姒皆善女而邑姜為立言之旨無父母詒罹犯七
武王亂臣、鄭朱未味詩人
出而大歸、是詒憂也、○是二章以頌祝之辭見天七
子之貴男德而遠妃色、內宮靜嘉無哲婦長舌也
宜王既恢復大業、君子所安、在其懷、安、懷安之表
妃色為最、故男子之極其崇尊、女子之極其賤卑而已
而室家盛衰之原、固不外於此、則實頌禱之善者
可謂君子之言矣。○斯干積陰也、南山積陽也、以
是起之、以男子女子結之。○是篇宣王小雅之最
美者、章法亦可玩、

上半 首章七句、二章十句、五句五句五句 對、 下半 六章七句、七句、七章七句、七句 對、

斯干九章

無羊宣王考牧也、蓋宣王復牧官、始牧六牲於牧、因而落之也、是詩一意貫通、

誰謂爾無羊三百維羣、首章言牧官復古、牛羊新殖、○爾、汎稱王家也、一羣三百羊、而其群多矣、詩主羊、蓋牧人所牧、羊多牛少、牛則別有牛人、其徒二百人、羊人徒八人、牧人徒六十人、可以是推焉、

誰謂爾無牛九十其犉、爾雅、牛七尺為犉、郭注引是句、得之、此言九牛、非言黒脣、周頌犉牡、亦言大而騂者也、

爾羊來思其角濈濈、濈濈、聚貌、本又作戢、

爾牛來思其耳濕濕、呞而動其耳濕濕然、毛蓋以濕濕為動貌、陸佃云、潤澤貌、似依字揣義、○角也、耳也、固是形容之巧、然曰騂且角、曰毛牛尚耳、則祭牲所同

宣其辭
不苟

或降于阿，或飲于池，或寢或訛。二章言牧人克勤祭牲大備の受上羊未牛未
言之。三百九十者，有終繹，降于丘曲者。爾牧來思
有乾池羣飲者，訛猶尚寐無吪。
何蓑何笠，或負其餱。牧人之來，其徒有肩蓑笠者，
有背乾餱者，言克勤其職也。
牧人下士大夫。三十維物，爾牲則具。物，色也。無色三十，如
陽祀之騂，陰祀之黝，
及四方色，牲之牷是也。爾牲主祭牲，鄭云得之，賓
饗不辨物也。羊人職賓客共其法羊，牧人職言於祭
牲而不及賓饗，蓋其重也。其是詩並同，牧人
是心喜而安矣。下章薪蒸雌雄，受之成辭。
爾牧來思，以薪以蒸，以雌以雄。三章言牛羊蕃阜，牧
人閑暇の向師職，帥
其徒以薪蒸，其語法同。
拾雉弋鳥，來時負中之事。爾羊來思，矜矜兢兢，不騫

不崩依伯言其角也用天保壽辭亦善禱如舊說是詩人之辭拙矣○王安石云言羊不言牛省羊騫耗敗也羊不耗則牛可知焉是詩先羊後牛羊曰三百牛曰九十主羊祇事與周禮合舊說未確、

麾之以肱畢來既升既有言升之速也牧人閑暇指撝弋鳥而來見羣羊之肥息且角喜之燒柴煎鳥而無臧穀之過及日之夕舉臂麾之則盡來入牢於是牧人與其徒每蛇而歸休臥則夢亦美矣下章獻夢於王受星章閑暇

牧人乃夢眾維魚矣旐維旟矣卒章言特犢肥腯天子受祭之福以頌禱之○眾維魚言網人聚捕魚也旐維旟言旟續旐而羣之也旐

大人占之眾維魚矣實維豐年占夢毛傳盡之朱注怪僻夫人為魚殷集者魚眾多故也魚眾多陰陽和也詩以三百九十金聲之以豐年溱溱玉振之殆乎魚麗所謂萬物盛多可以告於神明之類宜王

中興、其時可觀、以鼻終宣王
小雅、而以魚麗終鹿鳴之什、
旐維旟矣室家溱溱
州里建旟、郊建旐、牧人之夢是設、蕃其國、牛羊縣
甚蕃之盛乎、左傳、有德之君、上下無怨、是以鬼神
用饗、祝史與焉、其所薦祉者壽考、万信君使也、故
是吉夢、維王家之祥、而牧人之福也、考牧故ゝ祝及
牧人良史、偕韓黠水不偏〇首章四句、四ゝ句二三
並三ゝ句、三ゝ句、二句、卒章八三ゝ句、五ゝ句、是立稀也、且每
章首尾其意相受處
最宜細ゝ繹之

無羊四章

美歲　規　刺用不肯　去婦　美考
鴻雁　沔水　祈父　黃鳥　斯干
庭燎　鶴鳴　白駒　我行其野　無羊
美歲　誨　刺童賢　去婦　美考

毛詩考卷十八

毛詩考

六

毛詩考卷十八

節南山之什第四

幽王在位十一年而小雅四十四篇、蓋鎬京將滅、故君子憂之者衆矣、且是時巧於詩者輩出、可傳者夥故也、左氏引禮辭醴辭聰辭語或重複帶同而詩三百篇之如斯者、非聖人刪定而傳之、何以至此、辭不實不足以傳、故知是時多詩人、

節南山、家父刺幽王也、

秉政於小人、暴虐不平、民殘而君子不得陳其力、故作是詩也。○刺幽王而專責尹氏、是大雅之格也、故序繫詩、亦與大雅同、不然、何必曰家父、

節彼南山、維石巖巖、

首章責尹氏之暴虐。○興也、截然南山、石巖巖可畏、以興民瞻仰師尹而懾栗之意、

赫赫師尹、民具爾瞻、

赫赫虐威如火也、左傳引赫赫宗周曰癘不義也、以巖巖而興之、則赫赫不唯顯盛貌、師尹、大師尹氏也、秉國政私族而不親、以致喪亂、其一

暴虐其一不
平遍常大病
憂心如惔不敢戲談
惔韓詩作炎同
大雅如惔如焚
民望其赫赫而心如火攻乃不敢談笑憂懼屏息
而已此厲王弭謗道路以目之勢菀柳序暴虐無
親而刑罰不中
幽王虐痛后
國既卒斬何用不監
國王虐也斬
言威虐殘割
而方崩離析也四
方蹙蹙故曰尽斬
節彼南山有實其猗
二章責尹氏之不平○興也草
木實之猗猗美盛也以山之生
物平均興師尹之不可不平焉○頌云有實其積
此似之而轉之莊子見狼為楸柏之實左傳山林
川沢之實言鳥獸衆驚也
章木爲山之實茂可相発
赫赫師尹不平謂何
此
以
山木美盛興之赫赫足是顯盛貌謂何無可復言
之意猶又死之謂何尹氏私姻婭小人其政不平
故責
之
天方薦瘥喪乱弘多
薦荐同頻數斯民也言
天而厭周德大瘥喪乱

世、**民言無嘉、憯莫懲嗟、**無嘉、猶曰不淑、唯是怨恨惡怨憂戚之言耳、蓋尹氏曾莫懲嗟以憂天災民患也、末句與首章一例責尹氏也。○釋言、憯、曾也、説文、朁、曾也、引詩、朁不畏明、正字通、從説文、以憯為俗誤、蓋左傳引詩作憯不畏明、參古文、朁顛有不可戲斷、

尹氏大師、維周之氐、三章端言尹氏之職、大責之、更○氐、根柢也、王周卒斬、方邦不畜、何以為天下氐、**秉國之均、**言執天下太政也、今專責尹氏之不平、故曰國均、下曰國成、亦同、姻亞膴仕、何以為均、也、四方蹙蹙、喪乱弘多、何以為維、我王不寧、却生王訕、何以為毗、**四方是維、天子是毗、**職者綱紀四方、輔弼天子、**俾民不迷、**政令明則民志定而不惑也、民心不闋、惡怨不逞、何以不迷、○以上尹氏所職、而今皆失之、故歴舉以責之、

不弔昊天、不宜空我師、天方厭周、危急之時、不宜使我万民無父母也、是誰

之責哉、何不退小人而進君子、以起下章。○天下赤子不得其父母、惸惸無依、是謂空我師。

弗躬弗親、庶民弗信。○四章、叙尹氏之惡、以責其不來、不身為政、委之姻亞、姻亞瑣瑣、民不服其令也。

弗問弗仕、勿罔君子。弗向、言不肅席君子而咨謀政事也。弗往、言不妄仕君子以周戢務也。聽納以言、明試以功、而後君子之材顯。爰今未嘗問之、又不使君子仕、而猥輕之、以不才無能故責之。

式夷式已、無小人殆。去私平心、以退小人、乃無為小人所危。

瑣瑣姻亞、則無膴仕。壻之父曰姻、兩壻相謂為亞。膴、厚也。左傳有大功而無責仕。○尹氏驕泰不聽政、罔君子、用小人、使姻亞膴仕、故盡一責之。

昊天不傭、降此鞫訩。五章、言良之告於虐政、以示中大往之易為力。○四句託天而言王政之無道也。不傭即不平、不惠即暴虐。○鞫、窮也。訩、凶也。悖、忤也。訛、化也。同鞫訩猶曰窮惡極

云

禍、今小人姻亞方熾、而民罹百凶、故曰不傭、**昊天不惠、降此大戾、**惠、行愛也、大戾猶大咎、戾乖也、罪也、天降罪害、無辜呼天、暴虐極矣、大雅、天不我惠、降此大厲、傳、厲、惡也、大厲大戾、皆自不惠來、**君子如屆、俾民心闋、**屆、不惠之反、罪害收而民心息也、釋言、屆極也、頌云、致天之屆、此屆猶王國來極之極、言弭暴虐而行直道也、左傳、以生邪心為生心、即心闋之反、今民不勝大戾、將生叛心、故曰**君子如夷、**夷、不傭之反、出惠陰而惡怒去也、尹民在大位、故於如屆如夷、稱以君子也、不與上君子同、此四句即張甫心害万邦之言、再稱君子、亦勸其必躬必親、而不善諸姻亞也、**惡怒是違、**民不勝鞠訩、而暴虐之怒將發、故云、○是章語氣最烈、若民心不闋、惡怒不違、一朝之變、宗社將推矣、驪山之禍、家又既知之歟、唯大位易為力、故於是投回天反掌之一策矣、

不弔昊天亂靡有定六章責尹氏秉政小人不平以致大亂○再提不弔昊天哀時余也
式月斯生俾民不寧禍亂不定逐月滋生民靡所可安処憂心如
酲誰秉國成篇中二憂心垂及民字如於如酲皆言民之憂也嗚呼今誰秉國成耶何
故主其位而不親其政乎句意下屬○国成所謂
先王成憲也有典有則旧章一成故曰国成大宰
職官成注官府之成吏居式也不自為政卒勞百姓秉国成於姻亞而不顧是
以乱月生民如酲也前章既援一秉故此極言不
親之害而勸其政励以張国成也○左傳存慶封
好田而嗜酒與慶舍政則以其内実遷
盧蒲嫳氏尹氏之秉姻亞亦是類歟
駕彼四牡四牡項領七章更端自傷尹氏皆蒙而不能行其義○項領猶悍牢墳負
新序引是句久駕而長不得
行項領不亦宜乎是義可從我瞻四方蹙蹙靡所

騁家父，王庭大夫也，欲展力於四方而不能，至此始言及己身。王粲賦：冀王道之一平兮，假高衢而騁力。**方茂爾惡，相爾矛矣。**四句言尹氏無恒，已所以不能展力也。○舊說誤章節，是八章章八句也，其不知中斷。**既夷既懌，如相醻矣。**尹氏喜怒不窺，盛其暴惡也，內有戈矛，既及其解怒也，如杯酒相酬酢。其好以人，惡以人，都無特操，昨日所進，今不知其去矣。初仕我如委我，而奪事之如仇，何以騁力乎。正月亦曰，如不我得，執我仇仇，詩人所以廓全同。**昊天不平，我王不寧。**卒章言所以作詩以終焉。○託天而言，王政之不平，使我王不寧也，不唯俾民不寧。**不懲其心，覆怨其正。**正，言正人正言也。家父之直言亦不行。**家父作誦，**吉甫作誦，亦在章間，與此一例。家父自著其名，以抵逆鱗，其忠烈矣。○家父猶趙孟、季孫之例，其家世襲世，朱注，家氏，父字，暗於春秋時事。**以究王訩。**極言王家

之中禍也、**式訛爾心以畜万邦**爾、作尹氏也、朱注說王心、謂邪不貫、夫通篇作
尹氏責之、其辭一貫、然王意所在、在風其主、編大
雅之例、子曰、於節南山、見忠臣之憂國也、正月之
大夫、猶自憂而望於君上者、
其主言之道、不下暁是篇同

節南山八章章法一二雙峙、三四五之
君尊下、七八及巳身以終、
褒姒傾國、寵臣成黨、讒勝周
殘、大命將墜、君子仕而不得

正月大夫刺幽王也、車牽庶、褒姒嬖姬無
志憂而内之也、○—
道至進讒巧 見風是詩所憂正在茲、

正月繁霜我心憂傷感于繁霜而傷巳抱於讒邪之
朝、○正月周六月、出左傳、繁霜
之哭、至八章說出之、褒姒亡之、○上四章憂身憂
民、下四章乃舉在位刺之、後五章更論逐終之、

民之訛言亦孔之將訛言、講張爲幻
世、見一篇眼目、**念我獨兮憂**

心京京。念々也、言念身孤立無知也、後皆同、念字四出、皆與憂心對。○自首章以妣、憂心七出、曰傷、曰癙、曰痒、曰瘉、曰哀、曰京々、曰愈々、曰惸々、曰慘々、曰慇々、以統離騷、是詩之立格也、即南山無自憂傷之辭反而爲對。

哀我小心、癙憂以痒。哀哉、我小量不能放下百憂、故長戚々、如鼠畏伏、如羊羸疲。○淮南子、鯉頸愈癙、山海經、可以已癙、正字通、癙憂病也、寔言病而鼠伏歎、釈詁、癙痒病也、

父母生我、胡俾我瘉。二章傷生而丁謬邪之世。○柏舟寤辟在受侮下、是最切適傷心、如此舟見侮、聯爵、窮呼父母、

不自我先、不自我後。不先不後、正當我身、胡生我之不辰乎、

好言自口、莠言自口。上句只是帶言、以自口二句、承自我二句、語氣優柔不迫、即是小心者、婉辭也、夫只禍之門、好亦自口、莠亦自口、今禍亂之起、乃以此口也、詩

以訛言起、全言遠牙爲猾之意、故宜言傷
而敷行之莠言、巧言也、其亂信如莠之亂苗、憂心
愈愈、爾雅、瘐瘐病也、蹶引是句、得之、是以有侮、朝夕
朱注、益甚之意、臆揣佗驚人、
憂虐、不是憂辭、小民之食、故速是侮也、肯酒洽比之徒
何曾知背後之憂乎、孔子読正月而見時不畏害、
已批由之、則曰非妖則妄也、孔之方穀之際
已独憂、癖如寤如寐、妖妄之侮、豈不薫心乎、
憂心惸惸、念我無祿、三章傷身不遇而憂後禍不困、民之無辜、并其
臣僕、夫讒言行、而害時之人、皆有是禍、恐已及之、哀我人斯、于何從祿、我人、
自身是身也、祿天祿也、無祿之祿、我將於何、如而得我直乎、瞻烏爰止、于誰之
屋、比也、未知後自之所帰也、
譬彼舟流、不知所届、一意、
瞻彼中林、侯薪侯蒸、四章傷讒邪殘民、而俟天命於侯
後貞○比也、林不見蒼翠之色

權殘爲薪蒸、秋風肅殺之景也、以比君之無辜臣僕、天夭是椓焉〇韓外傳引是句、言朝廷皆小世、与箋一意

民今方殆視天夢夢方殆受上句也、夢夢惛也、亂邪橫決、無道不切、香噬善人、而無禍若無天然、

既克有定靡人弗勝天之夢夢、是人多勝天耳、堅天既定、則何人之不勝乎、焉殘、

有皇上帝伊誰云憎桀跖虐之徒、亦將殄之、伏天誅矣

之憎皇、大皃、所謂皇皇后帝也、民方殆而不顧、若有所憎然、故曰誰憎、夫皇天無私、豈於人有所憎乎、殘民以人、非所因也、福善禍淫、必將不有矣、嗚呼上帝哀矜下民、天位殷適、一朝以亡、大夫所憂不唯一身、其以皇上帝爲言、寓意較著、言天命之可畏、以結上半四章、

謂山蓋卑為岡為陵五章、言朝廷之惑於訛言、〇比世、雖山之卑、猶爲岡陵、以比王室雖卑、仍存谷嵩焉、言其猶可以有爲也、

民之訛言寧莫之懲何不懲訛言以

振王政乎今後治而使之往方剸亂周家退之為
急務民苦所謂無經說隨式遏寇虐者其未先務
一世〇下未四章章卅以大臣
民之訛言起宜精思之召彼故老訊之占夢皆為
侮使所魅揚乀自聖互諸其夢以闘其徵祥無頼
甚矣〇或云首章訛言直受繫霜則或有如三月
賀壺歟是占夢
卅似自瑞霜末
具曰予聖誰知烏之雌雄骨日僕居使厥
后自聖大臣惑於訛言大亂在前而不知猶且祝
夢人乀自以為聖然能里如烏雌雄沆不可辨
本章傷訛言行而無所容身〇
謂天蓋高不敢不局
而行釈文局曲身世如有所壓然故曲脊
本又作蹐謂地蓋厚不敢不蹐蹐畢之世如有將循然故小步而行
孔子引是曰此言上下畏罪維號斯言有倫有脊
無所自容也上下循君臣
号民高微之世坊記民猶借死而号無告者理世
孔子至是章暢然自彼不違君子寔不殆乎然則

大夫采民向君**哀今之人、胡爲虺蜴、**哀猶哀哉、爲猶、今之人、言
而有請且肥也、
在位也、猶哀今之人胡憯莫懲、虺蜴、蛇虫也、
二表者、路人、悪得不有行、踏行乎、取譬巧矣、
瞻彼阪田、有菀其特、○七章言已所以困於衛朝之由、
比也、又體、特猶挺也、特生之比、
黄、周頌有厭其傑、阪田墝埆、猶布特生之黄以比之、
衛朝崎嶇、亦不無所安一身焉、君子欲爲阪田之
特而將不能、
故反而寓蔵、**天之扤我、如不我克、**天指朝廷也、此託命言之擬潛、
依、可大夫其既仕而欲陸沈金馬門者歎、故且此
身負頗阪田特黄、天極見力以震傷我、心寡弃泣窮、
矣、○六句毎句用
我字自傷之甚、**彼求我則、如不我得、**始堯是意、彼即与彼
有旨酒、字脉相貫、盖卿士尹氏欲
則矜式也、設有所矜式而薦達之、**執我仇仇、亦不**
执、縛也、進退維谷、故且言見遇、包苛刻也、釈
我力、訓仇仇、傲也、今也以豪氣加我、不使我展力

耳。仲尼出處亦如是，而蹭蹬不遂，
皆讒侫之爲也。故願見有疽者矣。
心之憂矣，如或結之。八章言繁霜之自，以終下事也。
章〇八句，章此於是，故以心之
憂來之解。正月繁霜結之謡，然而止。今茲之正，胡
是本志所在，乃絶華於獲蘇之意。
然厲矣。厲惡也，大雅降此大厲。今
年正月之霜，此何也哭邪。燎之方揚，寧或
興也。又体白圭之玷一例。燎放火也，昏日蒸
滅之。火之燎于原，爾雅宵田爲獵，火由爲狩，鄭有
椰乎
否。赫赫宗周，褒姒滅之。與周宗既滅同，詩無十
月雨無正連作於還向，
之後也。褒姒与伯皇父氏去鎬還向，赤不能定王国。
驪此大亂，播乃讒邪之術數，以惑天子。挪十月之
四章權内七子，皆阿附褒姒，以肆私恩者也。七章
以上所遇憂傷，讒邪横行，褒姒爲之主，至此道破。
終其永懷，又窘陰雨。九章更端，獻替於天子，先替否。
次章獻何〇比也。永懷言遠慮。

天子將來也、不唯繫霜、又將有陰雨之害也、**其車**
陰雨自鴟鴞來歟、繫霜陰雨、喩女壯之從、
旣載乃棄爾輔四句替否也、蹴之輔盈如今人縛
挾於輻以防也、輔車也、棄幽主無恆
一雖既殂乃忘其防。芳春不復用、故曰車既載、捆
則慢心生、而棄其輔、故勞不能全終也、易之大車
以載
載輸爾載將伯助予伯猶叔兮伯兮、呼人稱
也、至陰雨泥濘其車覆俄
悔而同請伯來助、亦無及也、大変將至、上天先王
徽以繫霸、王何不及其圖之也、自或懼年昏且臭
爾載。○將上添同字、有朱注號
伯以助予、誤也、引字亦不穩
無棄爾輔員于爾輻十章薦之可也、○員、益也、益其輻
數、故訓益、比功、芳春必有録之
以副股肱
御士焉、
屢顧爾僕不輸爾載車既堅、又使其僕
不怠、則必無敗績
終踰絕險曾是不意備豫如上、則危踰絕險矣、亦
可以不介意耳、以比可捍大

災滲太甚焉此二章以比輔爲比而敷衍之意專
在選輔御衆華虐小人在位則讒諂並進棄賢者
之類絶功臣之世尚八章所憂傷即在位也
焉讒諂殘國之變世至此以爾輔棄言發天子
魚在于沼亦匪克樂十一章傷已之進退維谷○比世下句同魚在池不如相忘於
江湖以比已在闇朝而心無所樂焉前二章歎替
以顯選輔御此權臣方熾讒使得志而天子不朗
何曾有望乃一毛用我言乎唯是如皇說以遺我向
耳魚說之於心有何所樂故以匪克樂受之此意
脈所
貫
潛雖伏矣亦孔之炤水淺而數害將及夫遊而不樂潛亦炤矣以比
進而陳言亦無望退而
默亦讒人驟顧諸朝焉
憂心慘慘念國之爲虐已困
于進退無如國之虐何後懼懼憂念而已若無辜
臣漢中林薪蒸局蹐虺蜴是虐也○慘者旅懼
彼有旨酒又有嘉殽十二章憂權門勢家樂禍而傷己孤特○十月所謂權門七子

之徒也、是〻亦
逐亦之淵藪
洽比其隣、昏姻孔云
洽、洽合也、左傳
再引皆作協比
親附也、隣、言〻兄弟宗族也、云、旋也、如葛覃葉之七
子之徒占〻天下、桃李、其內至〻於昏〻姻無與不顯榮、故
曰、旨酒嘉殽、會〻九族、旋乃外族、大歡足為樂○左
傳引是曰、晉不隣矣、其誰云之、言弃同姓即異姓
也、又引曰、昔兄弟之不協焉、然請庚之、不
念我獨兮
睦是隣為兄弟、昏姻為諸侯、吉義可見
憂心慇慇
孔子虎正月而曰、賢者既不遇天、悲
不〻從其命焉、害賢者不附讙羣小獨
立無律君偶〻中〻曰語、誰有周旋以自其寬直且窮
人醉而獨醒、若〻苗有莠、其務不及、故重念見獨也
佌佌彼有屋、蔌蔌有穀
卒章憂〻小人若進、傷無傷
事以從之○知釈訓佌〻
方
獨積〻、蔌〻、獨迫〻〻、並言難艱小人也、有屋、言宴
屋漏〻也、方有穀、言食祿方〻盛也、昏同、既富方穀
盍所　難艱之人最貴方〻富
本世、**民今之無祿、天夭是椓**而黎民、則皆為〻天〻夭

所拯破、有亡宅而暴露者、有失食而飢餓者、何民
主之不恵下、而斯民之無禄於天、至憂傷極矣◯
天夭是椓、是妖孽之妖、既以天
妖嫉、椓也、其實言霍政

哿矣富人、哀此惸獨

有爾
有穀之人、方是歡樂世界世、不再哿年、哀々者、我
身惸独、何以免於今之世乎、◯兩無主、再哿矣、乎
哀哉煢、故或謂富人須慎是惸独、非世◯哀我人
斯之哀憂心惸々之惸念我独今之独是句非指
細民之孤独者也、既傷民之無禄、依旧傷已之孤
特以終之◯是詩憂身憂國憂傷哀念、如虎離驂、

正月十三章

十月之交、大夫刺幽王也

皇父擅命、進德退賢、還
王都於向、而不能定、民
人離散、君子傷周室将亡、感于災妖而作是詩也、
以是篇与雨無正、一時之作、或出一手、犯孟纔讒
徒王、不敢避難者也、忠厚義烈、託周室之
比干也、皆憂之辭、三篇並見於卒章已、

至

十月之交朔日辛卯首章君子傷時深畏日食提之以哀食○純陰而食陰太壯也且日食蓋忌辛春秋在莊公六年三食辛未庚午鼓而癸亥不鼓鄭大夫用辛○李標云唐曆志十月之交以歷推之在幽王六年則是日有食之爲幽王之詩無疑矣是可驚駭者亦孔之醜是篇上半四章汎言災妖以結下半四章本旨所存彼月而微此日而微言日月屢食也彼此者內外之辭今此下民亦孔之哀首章二章上四句下四句三章以下八句直下以卒章一例也

日月告凶不用其行二章廣上章之意說及國政之取譬日月○行躔度也首同日月之行則有冬有夏以食爲失常度是古意也四國無政不用其良受日月故以天下言之其實四國無政即王政所致而不用其良人即三章所以取譬也彼月而食

則維其常此以陰陽君臣立言者、非主理言之此日而食于何不臧
月有盈缺、日則常全、在天之神爲至尊、故日食謂
之非常異、天存至戒也、左傳引是曰、不善政之謂
也、國無政不用善、則自取謫于日月之災、古君子
唯如是說耳、宋注者食不食、必食、非古意耳、
爗爗震電、不寧不令、三章舉災変薦臻、以哀朝廷之不知畏、○不寧、言時存人情驕
動也、左傳謂乱平爲寧、不令猶不祥也、竹看三年
陘謂浴竭、岐山崩、三年大震電、六年日食、案不犴
不遠、詩抄今年日食、併數徃災也、
宋注、十月而雷電、山崩水溢、非也、
百川沸騰、山冢
崒崩、崒巗嵓巖也、言山裂而項如剆剖也、○周語幽王三年、三川皆震、是歲三川竭、岐山崩、三年
寫誤、史記竹看不誤、高岸爲谷、深谷爲陵、隊是二句甚有関系皇文祖向不守
生、故寫君臣易位之意也、左傳、社稷無常奉、君臣
無常位、自古以然、因引是二句、是言詩李義者、

秋

哀今之人、胡憯莫懲。今之人、言在位也、下章受之。以歷挙七子、懲篇有懼也。

皇父卿士、四章言災變之所自、以結上來。○拠竹書、皇父師尹氏大師也、云、幽王元年、王錫大師尹氏皇父命、幽宣王二年、帝有大師皇父、必非一人、或皇父是師尹世襲之号歟、卿士出之洪範其、各古多拠左傳、左卿士則天下執政也、此對司徒則冢宰也。

番維司徒、姓譜潘姓為周畢公之後、食采於潘、是歟。○鄭謂幽王八年而植么子司徒、是詩作於其前。鄭箋是妄矣、厲王無小雅、幽王無大雅、

家伯維宰、也、小宰、中大夫、是冢宰之貳歟、在詩並可畢、拠宰、疏拘、

仲允膳夫、膳夫在周礼上士也、冢宰属、考左傳東匽時似列大夫、

聚子内史、内史、春官、与冢宰通職、皇父結黨宰矣。○聚子似蕤子、刘子、單子、栗与鄭鄹同音、拠大雅蹶之里、蹶父、帝似因地名、楀与鄭同音、

蹶維趣馬、趣馬、夏官、属在周礼、番聚蹶楀、盖畿内采地名、

為下士一皁一人徒四人甚微後世或進其爵位或
稱校人曰趣馬也校人中大夫大雅叔哉冢宰趣
馬師氏膳夫左右可並考趣馬膳
夫近王故奉御之政之總衣庶貢
楀維師氏中大夫司
徒屬七子寺時之權門
豔妻煽方處
褒姒得倖臣
所謂今之人莫懲者七人以為羽
翼肆其罔極意色揚氣熖是熾故曰熠方怒○
首曰孔哀次曰何不臧次曰胡莫懲此曰熠方處
毎章結語之總絡可味哀詰三歎而爲繁華喜躍
之狀以收繳之甚巧孔字何字胡字方字如繡
抑此皇父五章更端言皇父罷鄙以震盪萬民
○柳音噫懿厥哲婦之懿戒柳也**豈曰**
晧栗作之時也豈向使民之不時乎見奪民
不時時在皇父非所責也以起下句大雅豈曰不
極使胡
胡為我作不即我謀不時見君之常態不
為憾必咎也此何故役作
我而未始一言謀及我宅暴赤甚矣即我謀如盤
庚云扁是也皇父与其惡黨決策忙急以衆遷故

衆怒責之。**徹我牆屋，田卒汙萊。**不憚之故，更起意外卒也。惶急，不遑他，棄田宅而奔命，故牆屋穿缺，田亦下者爲汙，高者爲萊，失我生業矣。皇父荅辭也。君子謀之廊廟，以徹毀庶民，周家之礼則然。**曰予不戕，禮則然矣。**

皇父孔聖，作都于向。六章言皇父浚民封己，而不顧王室。○皇父以亂礼自斂，故曰孔聖，以嘲之也。礼，宗伯之職，聖，宗伯之材，作都亦与聖相受，文之豐，武之鎬，周公之洛，皆聖作也。皇父遷都，爲我平相國營福原，未幾而復旧，君作私邑，則不遺一老，徂向。及下篇王都，皆不通。**擇三有事，亶侯多藏。**三有事，三卿也。多藏，言因遷多網財利也。皇父択聚歛之臣，棄民以愁，實府庫也。此亦黠智之魁，與孔聖志擇字可味。**不慭遺一老，俾守我王。**且願之辭。左國多例。皇父率大臣百官先王而還也。凡人主昏惑，而權臣傾朝，蓄積威之援，有如是者。

是詩以日食起之、歷言山
川陵谷之變、為是故也、擇有車馬、以居徂向、擇富
強之族、皆其居宅以徂向也、言專皆其私而不顧
天子、左傳、分魯公以殷民六族、康叔殷民七族、唐
叔以懷姓九宗、職官五正、遷都
猶建國、皇父因以殷其邑也、
黽勉從事、不敢告勞、七章言侍人而從皇父、謗毀君
子、以致大亂、○詩人君子盡力
以從遷都之事、無罪無辜、讒口囂囂、我畏罪而唯
懼而不敢違也、命是從、然讒說
言譖之、以投竄於我邪也、下民之孽、匪降自天、破
始皆讒勝君子窮之事、
前章之噂沓背憎、讒使常態也、面前則當同、退則
天災、相毀也、噂噂猶竊竊、啗啗猶聲
遷、皇父遷都、人心不服、爰背憎乎、職競由人、噂啗背憎、
百司諸尹、或使或懼、不敢一言、
朝無直言、故下民之孽、王由人生耳、○左傳於
由人興也、人棄常則妖興、無罪見罪、棄常而甚、

悠悠我里，亦孔之痗。八章，言王室將覆，已黽勉於僚宇以終之。○釋文：本或作瘇，案郭璞引作悝，爾雅：瘇，病也；悝，憂也。大雅之如何里，本或作瘇，瘇，病，與憂一意。左傳：寡人離病於外久矣，言罹憂也。此下句曰痗，則里訓憂爲穩，悠悠，憂之長也。里居之役亦好，我里出將仲子，但傳訓病，則毛本从疒从心，亦不可知。

四方有羨，我獨居憂。民莫不穀，我獨何害，二意同。首四望皇父七子之黨，殷富而有餘衍，我則獨居貧還之憂也。此四方只是身外四面也。此憂亦言貧昔也，與首章對。孔痗，出上句。

民莫不遑，我獨不敢休。亦主皇父七子之黨一言民逸勞之反，我黽勉從事，不敢離君側，不暇痗憂，故辭易自退也。三句承上起下。○我獨勞與上句對，不敢実與下句對。

天命不徹。爾雅：不徹，不道也。徹，轍蹤。上通用，言不循故轍也。○篇於矣，故逕遮首三章曰食陵各之变，言天命將之友，只傷之天所祐之子孫，將見賊于天。

我不敢

徹我友自逸周其偏喪文武將絶紀人臣之義唯力所及敢不亟勉我友兩無正所
謂朋友避亂而不至朝者也自逸
言其潔身畏難而不亟勉王事也

十月之交八章

雨無正大夫刺幽王也皇父恣虐去鎬得備大臣內違諸侯外援讒言繁興
王者惑而不覺大夫諫不聽憂王者之將無所依
故作是詩也○篇名雖曉韓詩亦如朱子所較洪
範月之後星則以風雨言上從下則乱也主從
褒姒皇父固乱不能為政雨無正意世乱而無政
之謂歟存疑

雨自上下者也衆多如雨而非所以為政
也釈篇名有凡六皆後人注釈竄入都不定
儀且周官夫政自上下者也所摘取為説

浩浩昊天不駿其德首章託矣以傷王政之暴○浩
亜世昊也皆大也而今不大其德

也、**降喪饑饉、斬伐四國、**上天降禍周室、以喪亂饑饉、斬撃四方之國也、託詩
于天以傷王政、諸侯之不朝夕、全在此、**旻天疾威、弗慮弗圖、**旻愍也、而疾威
不可得而思量也、安書扉 **舍彼有罪、既伏其辜、**幽王信讒、
出人意外、如下所言、
刑罰不中、出後寛免有伏辜
者、後侍弄臣、則吏乃及覆、**若此無罪、淪胥以鋪、**
淪胥、徧混向也、有罪赦之、以無罪與有罪混同、而
敷及之也、瞻卬曰、此宜無罪、女反收之、彼宜有罪、
女覆說之、所刺正同、是疾威之不可慮不可圖者、
所憎民無措手足、在此、三事大夫、何肯夙夜、
周宗既滅、靡所止戾、二章言周亂、大臣諸侯離、而王
無悛心○周宗、周之宗室、言鎬
京也、左傳晉不恤周宗之闕、而夏肆是屏、亦言京
師也、引是詩作宗周○皇父作王都于向、鎬京生
草、故曰既滅、皇父不能定遷民
離散相失、故曰民靡所止定、
正大夫離居、莫知

我勩 正長也、上大夫、遷都之吏、六卿不知同爭也、自敬知而莫知民之苦、苦而撫定之也、此四句裏亂殘民、即

三事大夫莫肯夙夜 居同三事暨大夫、言三公

不駿其德也、諸大夫也、正大夫布在其中、上言不顧民勞、此言不顧天子也、不慈遺一老、言皇父之暴惡、此耆大臣畏罪不近王所、

邦君諸侯莫肯朝夕 王者之不可朝事、如茨棘

言之、所指各異、斬伐四國、故或背後不朝、或暮來朝、在京師者、布畏罪而不敢近王躬、沈孤矣、○首章言大亂之源

庶曰式臧覆出爲惡 曰庶

而是章受之以大亂罔支之一靡三事莫念上昊天杲矣之者庶幾而言之也、晉語、庶曰可以鑑而鳩輯宰一、又庶幾曰請庶義而撫之、式臧與式穀一例矣、大亂既極矣、我庶曰王自此懲改而用善道、然不唯不懲、却發出暴惡之吏不已也、

如何昊天辟言不信 三章更端提撕言之禍以戒三年所之人、是詩每更端、章減二句、

○蓋大夫覩幾，王悔悟，或進而有所規諷，冀王卻徵大亂，益發暴怒，不撫循己，有天命，若紂於祖伊、方故洪款而号於天，向法言不見信之故也，其實諭言潛言方行故也。

如彼行邁，則靡所臻。

棄辭言而妄行，如夸父之逐日，如汎舟之說，而不知所至，夫無所至則無有定，不已終不已也，故以太命近戒百君子○大臣請度皆離，妄行亦可少躊躇，冀王猶不悛，故以行邁靡臻取辭言可味。

凡百君子，各敬爾身。

凡百君子言從而在王所者也，副章大夫是內違而不守王所者也，朋友是大夫避亂者也，詩人乃守王所者也，同在王所，故忠告之曰，危急之時，不可不自戒慎望。

胡不相畏，不畏于天。

前篇卒章末句之意也。天謂曰毋怠戢守命，將覆此，吾儕見危致命之日也，何以不相畏乎，不畏于天命乎。

戎成不退，飢成不遂。

四章提師旅飢饉之禍，而傷王之不信辭言。○兵亂構成而不

者退飢饉荐臻而民不遂其生也退遂猶進退文
字映帶或之不遂所謂万物不遂也箋俞說優矣
○飢成之成周戎成而爲饑荐飢是飢成也戎
成則飢而成故曰加之以師旅因之以飢饉**曾**
我暬御憯憯日瘁曰我親之也詩人勸人遷王顧
其憂守王躬者亦忠誠也暬御
在王左右憔悴殊甚故言
其忠勤而傷君側少人**凡百君子莫肯用訊**敢
以救我飢之謀告於天子者也其說在下
何蓋暬御則有聞見而告天子者**聽言則**
答譖言則退聽言擿逐言道聽之言也大雅聽言
則對誦言如醉今天子聽言則面席
応對見誦言如醉固矣向一譖言則怒退其人其
不信譖言亦固矣故非說譖言不以語者苟辭詐則
王乃厭之讒人從而搆之遂陷不測之禍故凡
百君子之莫用訊亦宜矣時勢至此噫如之何
哀哉不能言此章更端自傷已辭言速禍而窮於謂
言者○三章四章凡百君子並在下章

首句成對、十章不能言莫能言對、六章不可使與可使對、

匪舌是出、維躬是瘁、舌來出而躬處瘁、言禍之速及也、管子爾入而舌出。○此詩人自道也、與無言不收相喚應、

哿矣能言、是謂言者也、

巧言如流、俾躬處休、休言顯榮之地也、正月所謂有旨酒、有嘉殽、有屋有穀、是也、

維曰于仕、孔棘且殆、六章自傷進退維谷。○曰者詩人其心曰也、云者、天子言之也、詩人大夫、固既仕者也、然尸位而無能爲耳、故其心曰于仕者、言展力行義也、而有不可先者、卒章求勖以是也、于偏往欽哉之往、不辣、旻天疾威也、

云不可使、得罪于天子、辟言者、天子所厭、必云不可使、是有一喝耳、

亦云可使、怨及朋友、聆言僭言者、天子所寵、故天子弟云可使、則朋友必怨我同流合污、是黨言也、詩人固非與挤徂往者、

謂爾遷于王都曰予未有室家卒章言舊臣世家不
憂于室只自傷其言
竟無用者〇爾從上朋友去王所者偏呼離居者
也、王都言新邑向也、已進退窮亦在王所不能行
其義故就離散大夫勸共遷王都盡鼠思泣血無
六憂王所無以人一歎相謀而致力世
言不疾告爾以護天子爾却嗚呼詩愚溝我以與
奔之說時勢已至此年乃癡憂疚無而自
傷我之言而無不疾痛耳不唯進言於天子昔爾
亦諸大夫毋嚇我而已〇疾字思上庠字
純忠義烈奮憤於離散者以終作
出居誰從爾室之曰昔日年與皇父出居向之
時誰是作爾室者爾自經營之耳苟欲遷王所其
何憂於室家有無乎而只是嚇我何哉〇既遷而
不安棄而去之可見遷都驟擾人心不
服有去者有留者蕩析離居以致大亂
雨無正七章皇又遷都正月十月雨無正三
篇相聯而見此後不復一也

小旻大夫刺幽王也、在位無君子、小人風儀國命、導皆回邪、將以覆王室、故作是詩也○小旻小宛小弁小明、即以其為小雅、余之、大明周當不周、小明也、宛弁何必同、大宛大弁、

旻天疾威、敷于下土、首章言王庭儀論之不正、○言矣而王、言全而天、持之辭也、先提君子猶白之意与辭、章照彙于帝天命而長、

謀猶回遹、何日斯沮、暮舊聽言群

小之貽邪說而不止

謀臧不從、不臧覆用、謀臧、言君子所獻替也、

我視謀猶、亦孔之邛、卬、病也、言句猶眉、章數衍上章、哀群小之導貲

潝潝訿訿、亦孔之哀、○潝潝而同也、訿訿風儀也、言族疾導語、苟直而貽通言、大雅毛傳、訿訿窳不供、吏也、訿訾呰同、史記窳偷生、注、呰弱也、皆窳苟且、惰嬾也、釈訓、翕翕訿訿、莫供職也、朱子因今言決義、不取也、

謀之其臧、則具是違、

違謀之不臧、則具是依、又惡彼長言、而惡其字雅淡
可玩、或分附王使小人非
也、我視謀猶、伊于胡底、于往也、於也、孟通、底至也、
止也、即不集不得不潰之
謂也、議論憒々、都不一定の一百章何日斯沮在
殆弁孔之邛、在集其是章相指此、淺中取趣処、
我龜既厭、不我告猶、三章直言謀夫之多責貝隊、
無頼の議論不決、屢卜筮而潰、
蓍龜弁小人常態也、龜天子之守也、故
曰我龜所以卜王室之吏也、故曰不我告、謀夫孔多、
是用不集、姻亜騰仕、倚月狐鼠、
阿無一頭角嶄然、發言盈庭、誰敢執
其咎、徒鼓其舌、滿庭噴々、如鴉鵲、都是見儀倚曽
有一人能任其成敗之責、而建議決策百年一
左傳引是曰、如匪行邁謀、是用不得于道、如坐而
雖世受其咎、謀秦楚
之道、若未嘗行邁、其險易遠近、何所得乎、道以喩
經國之道、遂起下章先民大猶也、小人多是不學

無術、未嘗行遊于道者也、取譬切當。○月此毎章以譬喩取結、至卒章、都是譬喩、

哀哉爲猶、四章更端、提先民大猶以責之、匪先民是程、匪大猶是經、先民、如周召畢榮者也、大猶、如文武之政、布在方策者也、程、言以是爲法式也、經、言以是爲準繩也、

維邇言是聽、維邇言是爭、言邇言、道聽塗說、俗間之言也、失廊廟甸嘯之体、代矣、工者而邇言鄙哉、爭、言難詰也、

如彼築室于道謀、是用不潰于成、邇言紛紜、是如作室于道、與行之人謀度、苟無先民大猷之取決、何以遂于成乎、前章不得于道、此爲道之人所惑亂也、凡邇言、賤人小吏所從憑居焉。○是章喩以先民旧法、次章喩以今日之周有人、聯二章如訓貞、如大雅通篇之精神也、

國雖靡止、或聖或否、五章提聖哲肅艾以責之。○靡止、言不、毛以得之、邦畿千里、維

民所止、**民雖靡膴、或哲或謀、**膴、美厚也、言其性自早戴于衆也、視遠惟明、所以為之哲人也、聽德惟聰、所以定良謀也、**或肅或艾、**貌恭而其德嚴肅者、發言從而能治之者、
雖無聖如黃帝、哲如大舜者、上可名之以五德者、則今日亦有其人也、**如彼泉流、無淪胥以敗、**泉流雖清、遇濁水則淪胥偕汙青也、辟言下色、有善者、不用則相偕顛沛焉、如彼泉流也、豈無淪胥以敗、至殷之末世、有微子微仲王子比干負子膠鬲、而帝辛以亡、大命近矣、以起下章、
不敢暴虎、不敢馮河、卒章言小人不知大難、以哀時命、○馮、馮陵之馮、左傳小人伐牧、以馮其君矣、**人知其一、莫知其他、**既曰淪胥以敗、則其他、言喪亡也、
戰戰兢兢、如臨深淵、如履薄冰、君子恐其他、是以大懼、所以吾以訊之、

小旻六章

小宛大夫刺幽王也、幽王荒忘、忘宣王之業、飲酒無度、上下化之、君子屢困於非罪、憂身哀時而作是詩也、○小旻責尚朝謀夫、小宛為兄弟戒懼之辭、二篇無一言及時王、而風規之意、隱然懇到、詩体之善、言之最、以是也、若說兄弟相戒之詩、不関時王、將焉用天子之雅、

宛彼鳴鳩、翰飛戾天、首章懼禍之及、感念父母、戒不自怠也、○宛小貌、翰鼓其翰也、有奮勵之義、大雅如飛如翰、許慎云、鳴鳩奮訊其羽、直刺上飛、數千丈入雲中、以小鳥能奮而高舉、比己既小才、力行不已、欲以全大節焉、

我心憂傷、念昔先人、遇世之亂而思不能得遺体、所以自戒懼也、

明發不寐、有懷二人、明発將旦也、二人父母也、孔子引是微文、祭慕父母之甚、又母全而生之、子全而反之、人之大節也、今身窮而屢困縲絏、難哉免於今之世矣、是以感念憂思、至於通昔不寐也、幽王忘宣王之業、荒廢逸豫、故以是風之、

人之齊聖飲酒温克、二章傷時之沈湎、相戒自損也○齊聖飲酒之良、非必有尺規、壹醉、唯
而何邪、昧者或疑
侍人嘗有酒敗、官矣、彼昏不知壹醉日富、酒是耽、
不知節也、富、未住循性也、實富於醉之意、或云、冷
比孔之徒、荒醉急疾、而日以富貴也、亦通○先
彼端人、思齊也、後各敬爾儀天命不又、幽王君位
彼昏人、內自省也、上下沈酒
淫液、勤無礼文、紂之覆轍也、故兄弟相戒同務自
敬威儀、天命一去不復來、何畏加焉、天命守基重
在小雅、王家之喪也、凡憲蔆監爾儀、爾子、
尔所生、兄弟相叙、而其實刺時王之心、
中原有菽庶民采之、三章受上、訓子弟不染惡習也
○比也、中原之菽、非其菽也、此
庶民采以充食、以比求之所以得焉、盖菽、豪豆、總
白是時粮食者、采雜豆以禦飢、故云○二章言敬
其身、三章言教其子、并末句、充之上四句比賦並
異、對峯而支則一世、故二三成對、而一與四義相

得和結了是篇旨也

螟蛉有子蜾蠃負之比也螟蛉之子非其子也然蜾蠃負以育己以比教之可以化焉家語政猶蒲盧待化以成○昔人辨其說失物理然古老所傳道存而周是先哲常規

教誨爾子式穀似之穀即齊聖溫克之規矩也教以善道使其象似之求斯得之教斯化之頌云君子有穀詒孫子今似因是詩○蓋幽王放太子於申原人將悖以爲青貸負螟蛉之子以孽已私矣觀於鄭語史伯之言其機已見矣詩與小弁連詩人其風之歟幽王父不父宜臼亦子不子教乎之言於時蓋爲切其曰申侯果奉太子入周似非唯詩識而已

題彼脊令載飛載鳴四章言念先人力行不已以終首章之義也○興也脊令亦小鳥以飛鳴不止興力行不安焉鳴鳩取其決起高至脊令取其不須臾休○脊令因常捷固是足躬急難之時五章以下專言急難

我日斯邁而月斯征征邁不敢自暇自逸之謂

也、彼皆不知、皆遊蕩荒廢耳、十月大夫、恐勉從更、
民逸而拋不休、而要全臣節於乱世故也、是詩主
子道、故明哲保身是所願也、然苟生苟免、忝所生
也、非征適之義○眷令有急難相救之義、我云爾
云、即相切相救相
保恤之意也、夙興夜寐、無忝爾所生、大戴礼引是日言不
自含也、寔是詩之本義也、既日日月、又日夙夜、即
眷令不行時毛自含之義○凡伯刺幽王曰無忝皇
祖式救宗後可急先人、曰懷二人、曰無忝
所生、欲使幽王可顧宣王中興之盛也、
交〻桑扈、率場啄粟、五章更端始說苦困身境也○興也、桑扈亦小鳥、肉食不食粟
九月築場於圃而納粟焉以
桑扈之失性、興己之失所焉、哀我填寡、宜岸宜獄、
填瘨同、韓詩作疹、亦病也、填寡言困瘁孤單也、不
同流俗、故屢陷於獄、犴也、岸、韓詩作犴、同、家語獄
犴不從不
可刑也、握粟出卜、自何能穀、粟以為禮也、握粟卜窮慈也、猶曰桑

扈之咏，餘窮之窮也。出入，向後末，禍福也。釋言：穀，履祿也。福祿之義，或與式穀韋合之，非也。往自焉，難身危，乃卜遷，前窮適運，無吉象，已焉哉。末如之何世也。今生民失所，無辜呼天，訴之一身，以形哀亡。夫首章以下，念先人而力行，敬儀誨子，夙夜匪解，非賢大夫耶，而不遇，流落至此，則時事可知。

温温恭人，如集于木。卒章言天命將靡，已唯知懼以終之世。○思以身儆，恭人也。温恭，熙温克敬儀。惴惴小心，如臨于谷。恭人有是小心也。戰戰兢兢，如履薄冰。仍是恭人戒也。或以温恭為一人，小心為一人，戰兢為自道，誤也。三如為國危，故幽也。末二句與小旻同，或出一手，或府相因。其非言舉常敬慎可知，則風規時王，亦朋哉。

小宛六章

小弁，刺幽王也。自此四篇，皆憂讒之詩。太子之傅作焉。不言太子

之傳刺幽王，稱不自，巷伯寺人刺幽王，是亦古序
傑格嚴矣。邪說者云太子自作，非傳作也。噫，宜臼
馮毋家，只太戊入周，殺更又幽王
其不孝可知，安得是至誠之發矣。
弁彼鸒斯，歸飛提提。首章哀自傷而獨遠於父母。○比也。弁，樂也。亦與拚通，拊翼飛
也。鸒斯與螽斯一例。爾雅注言可徽，小而多群不
反哺者，歸伏其相愛也。提提，安也。言群而學焉飛
淮南子的的者獲，提提者射。只雅烏之樂群，比凡
民父子團欒而歡焉，特取於不反哺者，蓋著萬民
團聚，不必慈
孝之子也。
民莫不穀，我獨于罹。穀，祿也，善也。父子團欒，人之吉
祿也。此句亦出蓼莪、四月。
何辜于天，我罪伊何。傳云
皆哀不能享父母之詩。
舜之怨慕，日號泣
于旻天于父母。
心之憂矣，云如之何。悵忽不能為懷也重
者三何字，沈痛哀切。朱注安之之辭，大誤。太子之
傳，其不為恨語固也。且與父母之不我愛，於我何

哉君意大異、不可爲等閑病此句、且傷如之何云
如何里、辭之痛切僅同、宜與其旧如乞何及觀
踧踧周道，鞫爲茂草。
二章承覆傷神人敗周殘父子天
○比也、踧〻平易也、請廣不朝
通道生蕪以比讒慝
在朝于道穢塞焉
我心憂傷，惄焉如擣。
重〻皆三
憂字、句
句然慘極其
苦毒之甚
假寐永歎，維憂用老。
永歎假寐以憂
故顏衰形槁也
人子〻恒言不知老、是章不徒憂其身、所謂小弁
之怨、親之過大者、同擣、同老、同疾、切〻入骨
心之憂矣，疢如疾首。
首、重如山、坐
亦假寐而已
維桑與梓，必恭敬止。
三章廣首章之意、重號于天也
○興也、此細民之支恭敬、如其
桑勿翦、内則父母所愛亦愛之、父母之所敬亦敬
之、至於犬馬盡然、而況於父乎、桑梓遺愛所存、故
人情不安
摧殘之
靡瞻匪父，靡依匪母。
以恭敬桑與梓興
瞻依父與母焉遺

物尚且恭敬況父母俱存推不瞻依之乎是章為
賦亦通照細繹上六章待人命意以興詠之者也
興於庶賊廣著人情の朱注亭
不屬于毛不離于
而御之曰瞻親而倚之曰依
裏
金毛言皮膚也裏中衣也指父母懷抱言之唯
我抱始生有異唯吉昨皆而未嘗屬麗於父母
懷抱兒下向
天之生我我辰安在
我六物之吉凶
我辰以是
何所存乎以恐
于天也〇六章唯是章不言心之憂矣因前章三ノ
憂字登出相交收歛前来甚精巧須知六章之内
前三章後三章詩意中分以成對前半寓斯茂草
取比桑梓取興以收後半柳与佩鹿其雉取比捉
見其宛人取興以收忽見全似兩段照心之憂矣
左宣七句一貫之故上六章下二章是扁法也
菀彼柳斯鳴蜩嘒嘒
四章言君恩不及無所託身〇
比也又体芘蔭之大小喪以樂
以比王澤所被微物亦遂其生焉以傷己不如鳴
蜩〇釈訓郭注美蜩鳴自得己失所可謂得古傷

蒠矣。有漼者淵、萑葦淠淠、比也、淵之廣、微草以肥、息、比意如上、鳴蜩、右情也、萑葦、無情也、吾取其微、微之不知、所以自悼也、譬彼舟流、不知所屆、受上、譬其、居也不定也、不集於菀、不浴於沢、會不知小蟲微、草之有所託焉。比之下下又置譬喩、猶似斯干之例、心之憂矣、不遑假寐、居處不定、奔走營求之、不暇、何以又假寐乎。

鹿斯之奔、維伎伎、五章言慕父懷家、形容凋傷。足、比也、正体伎伎、歸貝、叙文本弗、作跂、寀其足有時歸跂、循其群也、以比身奔奔之、心不能忘其親焉、尚憶從南山同鎮、偶水濱、此使、使之意、雉之朝雊、尚求其雌、比也、比妃匹、息愛弗不能忘焉、父子之餘尤故及、此寫遑恤我後、照志。奔也、雉也、吾舟流中之苦、況鹿獸也、雖鳥也、前後取其草、後取人事、逐章皆意、愈切至、譬彼壞木、疾用無枝、受上、譬其支体憔悴也、焦心斷腸、故耗其氣

心之憂矣，寧莫之知。怨慕之辭也。若毒至此，王何
不降一點恩露乎，以起下章。
相彼投兔，尚或先之。六章怨君又之不我顧，鳴咽以
結之。〇興也。兎体投兔見追逐不
而投以人也。先之爲爾走路。行有死人，尚或墐之。忍
世此不忍之心及禽獸
之心及路人。君子秉心，維其忍之。以人情之不忍於疎
遠，及乎興君子之我忍
於骨肉焉，其
忍出人情外。心之憂矣，涕既隕之。一念及之，則嘆
咽不能復言，悲
號極矣。之字四聯，是結法。〇生而爲天子，正適之離
德青之只章遂中野，曾鳴蜩萑葦之不如也。鹿之
奔，非不忘其類乎。雉之雊，雁愛之情，其可劉乎。流
落不定，如舟形。顏枯槁，如痿木。是境是苦，何莫之
知毛。君王照臨天下，其視我不及小民之於投兔
饑乎歌何其忍矣。乃款陳區區，以告愬，則憂自中
末，傍既滂沱下，咽而不能言。是三章之義也。〇蜩
萑葦、鹿雉、投兔、死人、舟流、壞木，衆多物以盡綢繆

君子信讒，如或醻之。七章更端，始舉天子信讒罰無辜之冤。○受酬爵即飲之，所謂好聽讒也。至此憂憤怨慕，圭角露出，責君讒人，無復鄭放也。大子之傳作，固有下與太子自作不同古傳確矣。

君子不惠，不舒究之。君子不加惠於我，宜斯信之，不徐徐傳訊審究也。左傳：大子縊而死，公徐聞其無罪也，乃烹伊戾。

伐木掎矣，析薪杝矣。比也。掎縛。木末而不頓踣也。杝，盡木理也，隨其理而不妄挫也。以比斷刑罰，宜審其倫理，而不暴不戾焉，剖決曲直，故取比伐析。○考工記：析幹必倫，連順其理也，相似。

舍彼有罪，予之佗矣。不罰有罪，而畀請他無罪者也。予，畀也。商頌：勿予禍適。我字九出，而別無予字，宜訓畀，疏得之。

莫高匪山，莫浚匪泉。卒章。惡讒人食王心而悲憤決絕。○比也。比君子秉心，宜如高山深淵焉。言高必極山，言浚必極泉，故造語若是。

君子無易由言，耳屬于

垣匪由勿語凡言必有所由而發故曰由言大雅
亦出人主不可輕易出言讒邪側耳遂食其心
夫他人有心予忖度之況有所微觀乎盡樂王輕
忽聽則讒者遂構成大子故言之只切諫幽王希
其有惜發也○二句意韓非子**無逝我梁無發我**
評說之呂氏引李迂最明了
笱謗人此勿逝我梁發我笱而竊中我利上矣何人斯
胡逝我梁句三字亦憎讒人也凡讒人陰之必
有以**我躬不閱遑恤我後**既推讒人乃又同鳴呼
自利我則我躬且不閱又何遑
恤子孫毛欲逝則逝欲發則發我何觀念吾居來
此所謂決絕之辭也心不能了斷而外奮於言耳
徐敬弦引離騷又何懷乎故都甚合邶詩刻是四
句為去婦絕夫之君既絕而更說起數章而見決
絕之出於不決而是四句之有餘情矣○左傳引
是只窘子可謂不恤其後矣言子孫也表記亦同
說去後未優乃宋儒謂小弁不與舜同案宜
曰庸人其傳代曰何以大聖之言虛飾之至

小弁八章

巧言刺幽王也、小弁子号泣于父、巧言臣号泣于君、哀怨切切、二篇如一、故比、曰何辜于天、我罪伊何、曰予慎無罪、予慎無辜、無出首章、大夫傷於讒、故作是詩也、是什、大夫刺幽王、止於小宛、是詩乎小弁比、且題曰巧言、故下曰大夫傷於讒、於詩亦有參閒、

悠悠昊天、曰父母且、首章呼天而怨、已無辜離禍○悠悠、遠大貌、天子為天下父母、曰昊天曰君子、其實一也、無罪無辜、亂如此憮、亂、言讒人之禍也、爾雅、憮大也、昊天已威、予慎無罪、天王疾威、予則戒慎而無罪也、是章類呼昊天、偏下章類呼君子、昊天泰憮、予慎無辜、爾雅、憮傲也、類曰無罪歟、王之察有罪也、

亂之初生、僭始既涵、二章、言亂之生在信讒、以接下、箋○、僭始、旬作僭亂、始古作亂、

故礼、呂刑上下比罪、無僭亂辭、盖言讒人僭亂之
言既浸潤、是亂本也、大雅、僭始竟背、本字作僭亂、
○涵、說文、水澤多也、盖浸潤之意、言漸而瀐漬○
通篇用亂字凡九、獨小旻多用謀猶字、皆其所主
也、亂之又生、君子信讒、王不速退僭亂者、其言浸多而醞釀、則王亦惑於是、兼
機數、因讒、王逐信而用之、亂乃成
矣○亂字七、君子五、究如貫魚、君子如怒、亂庶
遄沮、一吞怒于讒人、則亂可立止、君子如祉、亂庶遄已、讒人見誅、則無
罪而寵如待人者、渥再三、沐天澤、此詩人所慮幾
也、非言別登庸賢者○怒、誅有罪也、祉、復無辜也、
君子屢盟、亂是用長、三章言亂之甚在信盜以結之、屢盟與下信字照、君子不
信、唯盜是信、故屢盟者、相背相詩、祉怒不定之故也、君子信盜、亂是用暴、信讒用其
言也、信盜用其人也、踈之、盜言讒者、盜言孔甘、亂是用餤、凡盜之所進言

於王、何徒而從孔甘、故王喜用之、是非反覆罔逐
亂也、此言非主讒言、讒者讒人自進、及其見信用、
媚之謀私、邪悪百端、是亂所以暴也、然逢君悪以
甘言、故王咲之、如享美味也、此二句演釈上句〇上
飫与咲同、史記以徐飫天
下、名雅訓進、弁甘食之意、

匪其止共、維王之邛

止
於仁、止於敬之止、共言供其戝也、大雅皆椽康供、
盜不止於供、已職所為、都為王之病也〇家語引
是曰、此傳云、陸蔽主以為亂者也、咲主以甘言愚
弄以肆其私、是蔽主聰明也、此謂不止供〇是詩
上三章、下三章分段、首章是天三出、無罪無辜谷
再出、二章初生又生對、如怒如祉對、三章是用字
三聯、

奕奕寢廟、君子作之、

四章更端、言讒人鑽主以敗国家〇言之以傷今之為群盜寇
穴也、寢廟王者聽政之居也、大猷王者取法之典
也、与小旻匪先民是程、匪大猶是經、其感同、唯是

不諼破耳〇通篇七君子唯是言先聖王也、

秩〻大猷、聖人莫之、

言之以傷今之爲群盜所殘破也、莫〻大也、秩〻序也、君子以位言、聖人以德言、爾雅謨謀也、又嗼定也、至通於此四句、閔王之邛惡盜之交、瞻望古今、何限感慨、

他人有心、予忖度之、

四句、寢廟大猷所以壞也、他人天子也、予讒人者也、對他人曰予、讒人者之耳、常屬于垣、徹覦以食王心也、

躍〻毚兔、遇犬獲之、

比也、毚兔比至敏捷之人、大犬比讒者、飯控王心、棄纔而甘言中聽、故其讒必行、雖至頴敏者不能免也、若是而放賢逐良、屏忠陰直、乃倚彼百五乃茅茹以進遂之矣、寢廟使先王不勝其腥臊壞、秩〻太猷聽小讒慝利之說、詩人所以致也、毚與讒同、

荏染柔木、君子樹之、

五章、言讒人無王寵而無忌憚〇比也、柔木比柔佞者、樹言樹而培殖之、緣今綠今廿所

往來行言、心焉數之、

佁今一意、比天子寵讒人焉、

往來而行之讒說者、其心常忖度君心之心也。數之承君子樹之、故為計較其心。○左傳費無極謂朝吳曰、王唯信子、必求之、又謂其上之人曰、弗圖、必及於難、蔡人逐朝吳、陳乞德請大夫於高國曰、莫而盡滅之、又謂諸大夫曰、二子者禍矣、盍先諸、大夫從之、高國出奔、是亦往來行言也。

蛇蛇碩言、出自口矣、

蛇蛇、猶委蛇、柔媚紆餘之意。碩言猶曰碩大之言、大臣以傾賢人以逐、王家以騷、民以喪亂、故曰碩言、非所可道而醜此而言、故曰出自口以慒之。

巧言如簧、顏之厚矣、

碩言之巧如簧、以竽為笙、以馬為鹿、顏厚不知恥也、蓋大夫惡讒人探得王心、虛構以顛其已於不意、四章以下、專言讒已者、上章下章、章段之妙可玩、上章先言王之信讒、

彼何人斯、居河之麋、

卒章奉讒人之謀主、以如怒不遍沮之意終矣。○何人、猶曰何等惡物、麋與湄同。○魯詩以是章為何人斯之首章、沉惑之人、此左傳哀十四年有明徵、亦毛詩所以為

眞物也、無拳無勇職爲乱階、上文八乱字、一括於此、旣微且
可尊
尰爾勇伊何、骭瘍腫是出尓雅、衆主適右是病也、居何以下明作其人之辭則侍人爲
是人所陷也、
序文可念、爲猶將多、爾居徒幾何、爲猶大且謀汝所生
居之徒是有幾人乎、小醜無勇、且病、言易誅除也、
左傳衞侯哥之孫林父懼以是也、大夫言之貴勸
天子一一怒以感德
人之一一數寧也、

巧言六章　首章　二章　三章　四章之之之　五章之之矣矣　六章

何人斯暴公刺暴公也　蕢暴蕢識內國名公、卞公畢公之公之公、大車刺周大夫一
例列國無
是其句、暴公爲王卿士而譖蘇公焉　以敘詩之所以爲小雅
世、君無道王庭、則不得以雅
刺之、是意昧帝直禪長夜也　故蘇公作是詩以絕

之世、世字因足利古本補。○絶之、大癸詩意、真是絶交之辭也。○是詩外德也、大臣也、蓋伯內德也、小臣也、故比、不首一意、直下而無曲折、是詩上四章下四章分段、而中四章兩兩相比。

彼何人斯、其心孔艱。首章怨暴公之黨於德人。○何人作從暴公者、而三章四章却作暴公、詩之辭不拘、蓋伯之譖人者同、不可强合、艱之人情險於山川之險、

胡逝我梁、不入我門。所以艱而不可知也、從暴公者、即德人也。蓋艱之所要、而今突然從暴公而至梁、

伊誰之從、維暴之云。云不成辭、当作云、彼人未嘗近我梁、塞之乃有所從而借末世、其誰從乎、乃我僚友暴公也、嗚呼暴公其實於德人矣。○通篇章末二句、皆第要、

二人從行、誰為此禍。二章怨其負舊好。○二人成黨、其禍我者、唯居暴公之不信我、又側可知、蓋暴公木棄卻為徹之類、

胡逝我梁、不入唁我。自戚廣恐、故曰唁與

以

禍字照

始者不如今云不我可 始者言㥯寛如舊之時也云助字不我可言不義爲可而易交於讒人也乎生歡是未嘗念其反覆至此故言始而責今

彼何人斯胡逝我陳 三章惡其入我門內○陳所謂中唐有甓也自門內當至於階下此言暴公爲不知者而來噎也

我聞其聲不見其身 暴公心恥故適直於將命者不面穢之倏而去矣鬼蜮句既依于斯

不愧于人不畏于天 厚不愧言其顏又欺矣不畏也既讒我又爲不知者而來亦不相見而去矣故云

彼何人斯其爲飄風 四章重惡其屢飾以譏之○飄風南雅興風也此取其來無方不與卷阿同

胡不自北胡不自南 既讒我則絕矣可又何來乎既入我門則當面主人又何遽去乎

胡逝我梁祇攪我心 何故屢屢逝我梁只擾我心

乎其情都不可知也提我罪盡道途所由欲既
陽永歎古人愛情累罪之說亦可念小弁無逝我
梁亦指德音也○曰攪同所同袛盡寬結悲憤之
緒也須凝醇味之○暴之黨於德人缺然不復往
來獲之以寬然居審知暴之謗已因其絕而不問
訊責之只明已然知其責友也上半一章至五章
六章遂望其一來乃歎相爾而論決
焉故也三物詛爾之辭所以知之
爾之安行不遑舍已○安行亟行無言其過已門
五章更端言其長以而希其過
也下章遷而入
爾之亟行遑脂爾車耻過門不入故遠驛去
相照會寸懇也
也左傳左師為已短策苟過華臣
壹者之來云何
之門必驕其支並是情態差似
其盱求雅盱憂也希其一來欲而決之也或之既
絶而謂之來願其悔悟非也暴之為王執政
比德人以陷良狗其罪繫天下之大樊
獲之豈匿怨而友其人乎所以絶也

爾還而入我心易也六章重言之一面論決之意〇過入
仍不入既是不使照歸路者律
而使我面向吾情則心亦
可以安易耳易難之反還而不入否難知也還
不入其情否塞不可知也還而入期
万一也黜景也還而不入實不入也壹者之來俾
我祇也祇與疷同之子之遠俾我疷兮〇朱注訶盃
緩者不知其猜非也何不愧不畏又月以
飄風何更為柔侮團熟之詞年觀為寬為鍼
之句貽與惡如蒼伯同日忠怨何淫厚皆僑
伯氏吹壎仲氏吹篪〇七章貫能知已而欲盟其寬詐
同僚兄弟故曰伯仲壎燒去
大如鵝子六大孔篪竹八孔橫吹大雅如壎如篪言
相應和也心親則音更協以蕃始嘉歡甚其歡之
如是而遊不入不見都可及爾如貫諒不我知
怪上六章之怨以是躍如
西身一貫何故出此三物以詛爾斯爾之知與不
不知我無罪乎知我之有罪

与否、請盟詛以決之、故希尔一来、然尔過門不入、則實無面目見我、故思之、古傳、鄭伯使卒出豭行出犬雞、以詛射潁考叔者、蓋因衆寡而異其牲也、此用三物、因其事之大小、而牲有輕重歟

為鬼為蜮、則不可得、八章極言其無道以絶之。蜮水蟲、含沙射人、又射水中人影、毒人、或呼水弩、**有靦面目、視人罔極、**靦、面目居然也、尔垂幻怪如鬼蜮乎、変為鬼蜮則不可得、靦然具面目、其視人横逆而無有紀極、真是人面而鬼蜮有耳、君拵訖似報卑財亮、越語、余雖靦然而人面哉、吾猶禽獸也、以因是詩、**作此好歌、以極反側、**好、好、音之、好吉甫作頌、其風肆好、極言尽而不已也、反側、即壊衆変為鬼蜮也、王安石云、好奇云者、歎甚悔懼、非也、美音好、辞人之所傳播以讃訴也、鳴鼓而攻之之意、則有之

何人斯八章

巷伯刺幽王也列女傳周宣姜后脫簪珥待罪永巷范雎傳亦有永巷字爾雅宮中巷謂之壼盖巷伯寺人之長也寺人因無獻詩之例自表官名詩寺人傷於讒故作是詩也叙巷伯之為寺人孟子也与大夫傷於讒同非被讒而為寺人焉在周禮內小臣奄上士四人寺人王之正內五人然合而言之內小臣亦寺人也の一二對三四對皆章四句

萋兮斐兮成是貝錦首章言讒言羅織之美の有萋有貝穀琭其旅有斐君子斐然成章皆華麗貌

彼譖人者亦已大甚言譸張為幻之妄甚也の幽王之大雅三以其用婦寺皆椽習之大壞竊案他寺人諫褒姒者搆巷伯而代之遂譬以至執國命叙然則是乃大壞之監觴故巷伯之思至於此毛楊園畝丘以戒百君子託似有所覺見彼大壞者矣

哆兮侈兮成是南箕二章言讒口吞噬之大の嘵讒文張口也穀臭哆然外奇廣也

言大膽無忌。傳云張大也。攟傳袂傳拿之。**彼譖人**
侈南箕云廣哆蚩傳蚩、言其舌疏張也。
者誰適與謀 疑其大是也、譖者亦必有適、主如前。扁居向之處、此句訖知其適者也。
緝緝翩翩謀欲譖人 三章四章戒譖人、以凡其上○。緝緝、相會聚也、如緝斯羽揖揖。
今文相咕噴也。說文引作咠、聶語也。翩翩、往來皃。
諆、受誰適與謀、聯下章三也、以著貝所與謀有徒。
著上媚也。蓋出于入外內宮而媚。**慎爾言也謂爾不信** 宜
任媚后、古右弄臣為幻也。
度世只、朝庭將知世不信而治其罪矣、為戒譖人。
之言非君德人謀也、所以風切朝庭焉。下章同。
捷捷幡幡謀欲譖言 重言上章之意○。捷、便旋皃、如。從夫捷捷、字書捷又作謏唼。
君言也。案三字不見古書、如字通。
幡幡、往來飄忽皃、如威儀幡幡同翩。**豈不爾受既**
其女遷 百方搆成巧言如組、豈不信而受之乎哉。不信之言既露、今其將敖遂此矣。既者言

遷之達也遷遷乎有怙之遷也不信其罪也遷遷其
罪也欲使朝廷知其不信而罰極之故言之
驕人好好勞人草草三章更驕始言己偶於讒以惡
于天○驕人言作己吾致惡也
勞人言己更疲而勤苦也好好喜從己所好而喜
也如衰衰里里之例采字訓變變不從從古訓草草
疑訓憍憍勞也那跡與算哥義同堂憐頁心
動不安貌也𡘋遽因算算或與義之轉聲
蒼天蒼天視彼驕人矜此勞人天子視彼好好可憎
情意向矜此草草之責
人不察罪者無故以讒矣其實惡之也○念旧老
寺人而被讒害降而給下劃故因勞人無辜
彼譖人者誰適與謀注或曰衍文得之此句爲涉衍取
眉重出且二章々大句爲涉
彼譖人投畀豺虎六章既恐其天數也取讒人以
有心者○捽豺虎病饕餮魑魅奇
錢不足以
誅故也
豺虎不食投畀有北北方極寒之地也
饋也乞地也昔共

三行言含色禮生寄投之北荒則有北之
投畀豺虎之故豪也不食惡其不潔也
有北不
受投畀有昊
不受惡其不祥也人者夫所生故歸
請其本不獲在地上也既已惡之天
將制其罪焉の子曰惡惡如巷伯
言是章也擬于遠侍人之義矣
楊園之道猗于畝丘
也言言所以作詩以述之の此
也猗倚同不必刑加楊園墓主
之阿海也此大臣丘形如壟畝曰畝丘比小臣適
楊園言必自畝丘以其漸始於小而至其大焉の
在周禮內小臣是也次閹人其次寺人閹人王宮無
門四人園海亦物之寺人詠楊園以有伯箋書有
桃園皆有蕭風
蓋以種物合之
寺人孟子作為此詩
蓋是行在但
故自秋盍未
凡百君子敬而聽之
降君子而曰敬齡書已所老
見是以為大臣刑戒故教使
其不敢怨之
不敢志之也

巷伯七章

烈諫莫甚焉　作都于向　責僚夫不作王　子号泣于父僚友大臣外諫

節南山　十月之交　小旻　小弁　何人斯

正月　雨無正　小宛　巧言　巷伯

憂傷莫甚焉　遷于王都　戒兄弟不作王　臣号泣于君　僚友乞臣内諫

毛詩考卷十八終

毛詩考巻十九

谷風之什第五

幽王変雅之什首、皆受前什之
末例也、○蓼莪、大東、四月、北山、
小明、行怨望之詩、至轉諸星什、
鼓鍾在幽王遠遊良苦之詩也、

谷風刺幽王也
幽王不道、受體無恒、薄俗所由宣
於華章蓼之、○谷風明友欽也蓼
莪、父子先也、朋友窮於
薄俗孝子歎於労役、

天下俗薄
什首什来序蓋
曰天下是什大
東、四月、北山、小明、方詠四方之乱、則谷風以天下
為言、確矣、○俗因風字、卯谷風曰夫婦離絶、閨俗
傷敗焉、仮
相照成辞、

朋友道絶焉
何人斯、蒼伯、垂傳友之誤
也、故谷風為什首受之

習習谷風維風及雨
比也、東風和而成雨、以比友道
之和焉、易同、震沢、免君子以明
友情習両澤相震潤惧文盛也、

将恐将懼維予與女

○孫炎云、谷之言穀、穀生也数

女予與女言相信之厚也君意與下聯風雨之比先提友道之常而次四句言其薄絶之甚也

將安將樂女轉棄予自安樂則不復念昔日患難相救之恩也人情輕薄

習習谷風維風及頹比也頹焱之及暴風自上而下者也始習習而終以頹比朋友忘舊而至于暴戾

將恐將懼寘予于懷親暱之不知加褚際則其受任恤之力大而蒙奔走之勞厚矣是以免患難

將安將樂棄予如遺鄭箋善解之

習習谷風維山崔嵬東風和而慶及山巔山之材將受其長養也〇二章三章比友道之失仍以習習谷風起之者所以著始殊相愛而後大相背也所謂俗薄

無草不死無木不萎比也谷風吹山而草則死木則萎豈非以失其習習之和變為焚輪之頹毛以比久要之親儀而至於很閱焉是章受風及頹而演之曰風及頹則谷風與頹風也此詩之辭耳風

已焚輴何以習之乎既歎其生又欲其死此卒章之義也○崔嵬山巔也頹風自上下者王庭失道隆此傳從箋詩人微意

忘我大德思我小怨轉棄如遺艸死木萎以是也二言緊要大有益於友道余嘗言谷風之三章取是二言焉家語顏淵向朋友之際子曰不忘久德不思久怨仁矣夫○大德言恐懼之日拮据相救也切磋非是篇所及小怨非唯安樂之日恐懼寘懷時亦有之若犯顏臣從羈絏從君臣之罪是多矣是也○左傳大德滅小怨道也楚茂以小怨寘大德吾不義也似因是詩○一二予予卒章我我亦韓之協也

谷風三章

蓼莪刺幽王也前後二章毋四句兩兩成對中則八句二章而不對民人勞苦言萬民苦勞於行役也此士庶賤者之度故曰民人勞苦周經劬勞瘁下之具義錯互而通

此妙孝子不得終養爾釋不卒也而通篇字字皆是風可謂拔詩之髓矣
蓼蓼者莪匪莪伊蒿首章言己不才以哀父母○比也蓼蓼日漸長大見蓼蕭同莪
自青青者莪來比美材也蒿惡草又母愛我極焉
以我爲美材望其長大撫育無不至而今則大病
不待湯藥無賴已甚嗚呼我是蒿已
大負父母初心矣○是章来子得之哀哀父母生
我劬勞哀哉父母徒勞苦而消旋不得償宿志也夫生而遇人之艱難育怨育鞠其勞如何
哉讀者宜体是孝子之心而知其至痛母以佑世
生績汎然看之序言不苟也經曰鮮民序曰民人
則非大夫之詩也王政罔極下手窮
民生我所勞而有恩飢分哺之哀
蓼蓼者莪匪莪伊蔚二章重言以哀之○父母曰嗟予子蓼蓼者莪也妙寫孝子喜
父母恩愛之誠至矣自致曰匪莪伊蔚也其實此是
孝子非我而何反斯人有是致者他同是天罔極

民人劬苦耳、且莪自菁菁末、則父母固壽此子、愛育以有待、孝子亦成美材、要報他日之歡心、宥顧丞不遂之意在焉、何限模寫、○**哀哀父母、生我劬勞、**莪蔚皆有蒿名、故三物比類、劬瘁甚於劬勞、兩章互變、以自傷劬勞父母而不丞報德也、是爲首段、三四爲中段、五六爲末段、

缾之罄矣、維罍之恥、三章、言己不孝、以哀其身、○比也、缾小而罍大、罍盈缾罄、缾之罄謂之罍之恥也、以比己不得供養、則是父母羞辱焉、行役劬勞、資財匱竭、故以貧困之窮爲比、是深痛父母卒喪多悔也、○左傳亦以小大取義、朱子劉瑾從之、**鮮民之生、不如死之久矣、**孝子負罪、以爲無祿不孝、以忝所生、故爲是痛切哀慟之辭也、鮮民言無告之民也、舊曰、惠鮮鰥寡、鄭詩、終鮮兄弟、**無父何怙、無母何恃、**申言鮮民不知死之故也、曰無父無母者、蓋在役而父母偕喪也、**出則銜恤、入則靡至、**孝子又旨

役無所瞻依出則觸境感傷目矍心瞿並口不哭滿腔只遺憾已故曰銜恤入其門則棟宇如故不見其人何怙何恃身無所歸至耳出入無所見生何為　○左傳至則無歸矣言妻死也鄭朱添如字歛之

不雜

父兮生我母兮鞠我

四章極言父母之恩以哀其亡　○生我本其氣也既父母如一生鞠非二重分屬父母其義相通拊我以下合父母言之古雅之辭不可拘泥之句言三年之愛也末句明了

拊我畜我

所指因者勞變隋辭之道也鞠与撫摩而乳哺之也鞠育畜皆養也生對義包下七字畜与拊對故指乳哺前与長對其義廣於畜凡畜育相對則二字氣象自有大小輕重古人用字極精審著

長我育我

成長而慈養之也凡九數作蓼莪九德衍義釋之自嚴優而為己用皆父母恩勤之力也使我暮而贖三年而覆逐天性情以協為万物靈是謂長我

凡旨甘柔滑之慈煖寒衾章之安遊嬉寢息之節
湯熨鍼石攻養知而無不盡心焉而我得以長大
美好矣是
顧我復我
施視而及寢之也復摘自矣
謂會我申之申夫弗于剸劃不知之
水火方立乃顛方步乃躓俯仰之間自危交至於
是視瞻好旋在我者誰居我之不寧不寤不瞀不
貌具體而肌膚充盈者唯是二人一顧之至恩也
是謂顧我其顧念心緒之又報我如機梭行緯一
出一入往來不已慮之又
出入腹我
子生三年而
慮勤之又勤是謂復我兒於父母之
懷先王以制再期之喪盡人情世行義同夫人勞
於道形於一而其使我具七斂之知而則致心之
精爽者三年之愛實成之始而父母之助芳且瘁
其厚莫遑焉孝子歸自役哭注窆旁退而即宅念
父毋不覲涓魂傷魄乃踊乃辟乃芒弱是席重三
年之感感通衷所遊及咳切于生績哀狐特于暴
昔教大慈仁之迹
欲報之德昊天罔極
欲拔其宿
陳恩唯恨恨戚戚志也不可

淺觀昊天罔極言王道無紀極也父母以我為我
我舊整有技德奉歡之志衍義同不幸而遭王室
多難之日内怖戰栗告別悲咻父勵于室母伏于
闈曰予既登矣欲不我治矣背膺胖決心呼号裂
柳戒令烈烈之後責有無壯夫虞其子賊決心逐棄我老
而背出行道致之日遠庭闈孤鳥于飛老鵲鳴悲
自雲不歸暮山若思陟山路水吞壹千里是以日
夜瞻望以祈歸養之逮其存鬼神而志之不圖風
木闌心母望之殘奮已及我二人貽我以終天之
傷矣已哉有百年之德而無一日之耽鳴呼上天
之不極生民之不得直是誰之惡矣乎哀哉王國
不彰民力孝慈道熄靡人不盡哥是困亟以痛矣
于周公于后稷今生后稷形民力周公重親之故
借言之說者衍義而帝意始彰〇昊天罔極之恩
自西漢既言之悲在詩罔極非無涯義且下弁
哀已不穀而不終養非言其德大故不能報也文
言有所
生矣

南山烈烈、飄風發發。五章、言行役之苦、以哀己不淑、○比也、喩役路之難、以比身世艱苦焉。烈烈、寒也、冬日烈烈、飄風發發、痛

民莫不穀、我獨何害。穀、福祿也。俾爾戩穀、自何能穀、式穀以女、及孤寡不穀之穀、皆同。此言父子兄衆也。害、災害也。害同、罹其災害。

南山律律、飄風弗弗。重言以結之。○律律、蓋栗烈也。律、蓋後世字。痛弗作颱、颱後律。崒、高峻。亦好

民莫不穀、此哀己不穀之辭也。民莫不逸、亦同。是時民人皆勞苦、何曾能身、穀盤已有此害、則自以爲天下之禍、叢己一身、恒人之情也。詩善体人情。

我獨不卒。一篇精神攄於不卒二字、以是斷却、而上章字一無涯之哀、大有勝看。行役之變、見於南山飄風、而南山飄風受昊天罔極溜出來。

蓼莪六章

大東刺亂也世亂國亂之亂也、王臣虐而下國告、與縣蠻、微臣刺亂正同、刺亂小雅ニ
出、已の今凡蓼莪耦、而大東耆而四月北山又耦、序繫辭有法、編意大可見、東國困於
役東、曰釈大東、而傷於財易之、不傷財不害民、譚大夫明是古之所傳也、
作是詩以告病焉左傳寡君疾之以病告、下篇君子作歌維以告哀の首章懷古
二三告病至四章更端言東人苦、西人驕、五六七事刺王臣合而言之通篇皆告病也、此下國告病
何為於天子之雅、故首句曰刺亂世、序之嚴峻、不俟尽心哉、
有饛簋飧有捄棘匕首章、舉古之惠政、以傷今日の賦也、飧稠食冥實、黍稷也、鄭以
飧礼說、不必然也、捄曲貌、棘心匕、以載鼎肉而升之於俎の二者、天子所以勞来諸侯也周道
如砥其直如矢周礼之遇諸侯、平且直也の盛飧勞来、周道平直是一篇大綱領、

君子所履、小人所視、王庭君子所履而行之、天下黎民所仰而瞻之也、蓼蕭之時、是道行、故黎庶皆大悅、睠言顧之、潸焉出涕、睠又作眷、同、受上視字有趣、

小東大東、杼柚其空、二章、言東周之傷財困役之告東周之病、故曰小東大東、朱子曰東方小大之國是也、曰天下諸侯非也、杼、說文持緯者、柚、釈文本文作軸、朱注受經者、未知何據、董逌云、卷織者、葉杼柚織具也、杼柚所以既盡矣、蓋貢物也、副章言食、此言布帛、

糾糾葛屨、可以履霜、夏屨不宜以履霜、出國貢而衣裘不具、百事困窶、皆以爲可用以履霜、言窮甚也、是句下屬、

佻佻公子、行彼周行、佻佻、抑爾雅遠行獨處之意也、公子主、傳即汎指東周也、周行、周之道路也、此言公子以衆役事於周者、

既往既來、使我心疚、言往來頻頻、國不堪其役也、首章顧周道而出涕、則今周無禮於公子、而知周既傷

財、杼柚其空、乃葛屨履霜、往来遠道、虜役而不
已、其何以為周、所以告病也、是章序文明白、之切〇
有洌氿泉、無浸穫薪、三章思其労苦、而欲其閔之　比也、洌寒也、氿泉側出、薪已刈
矣、無使水浸以比人已労矣、無復駆役窮之焉、洌
泉比侵刻之政、与曹下泉同、且洌泉与履霜映帯
有寒慄之意
契契寤歎、哀我憚人、憚人、言労疲之人也、　爾雅、憚労也、鄭川是
詩作憚、此詩人哀之也、哀之
故不欲氿泉之浸穫薪也、
薪是穫薪、尚可載也、
興也、是詩意岐、興亦異、枯上、薪言用以供
爨也、載言載以帰也、孟子所謂車薪、爨薪
哀我憚人、亦可息也、之情於周人曰、君若薪是穫薪、庶幾　載之、君若哀是憚人、庶幾亦息之息
憚之反載自泉浸来載而避水受薪世有命彼後
車謂之載、之之意、夫穫薪不使水浸、理之当然也、
以当前之理、勵其哀我憚人、是能言也、比以告
病、又興以之情、是異格也、憚人即幺子東人也、

東人之子、職勞不來。四章、更端言周人富榮、而不問東人。○東國之人專勞苦而已、而未嘗見勤慰也、何曾有盈飧棘匕之厚意乎。○析猶勞來字、亦異植、西人之子、粲粲衣服。旄丘之卒章一意也、西人粲粲、則東人蒙戎可知。○叔訓、佻佻、契契、愈遐急也、宴宴、粲粲、尼居息也、征夫愈遠而愈窮、毋粲衣服、止而居息、不問其窮也、尼止也、出山海經。舟人之子、熊羆是裘。蓋反實之言也、昔舟子而今裘熊羆、爲侍演中、蒯爲府莊之嬖人粲、熊羆裘異乎葛屨履霜者。○鄭君、今王不逮言卿士、而妖試幸措、侏儒、戚施寔御在側、言悉主也。私人之子、百僚是試。試用也、妖試之試、家臣見用升而列於百官也、舟人私人、言王之私暱競進也、長國家而務財用者必自小人矣、王庭皆小人、是東國之所以用而傷財也。或以其酒、不以其漿。五章、言王庭之不足賴。○比也、自此通篇皆比、眞寄思也、或者

唯同是用而不用其策以比王室鞙〻佩璲不以
用人之屏頗焉兹王次國故取譬
其長綜文鞙或作絹案尔雅亦從玉璗玉色婥娟
也璲即玉也佩玉宜長而今不以其長以比
王室用人不以其德焉盡玉佩程亦時好世鞙不
鞙皃鄭人士曰帶則有餘刺時帶短世○是章上
四句以括前章下四句却与後章聯亦異指世第
曰考合三章為二章〻十二句亦有理○左傳佩
玉縈兮縈〻猶縋〻然維天有漢監亦有光漢水象
佩璲或取玉縈〻然也瞻之
亦有光似氷坐無歷閨之效天漢比王庭焉俾監
在上而已矣此与首章應傷王沢之不下流世
跂彼織女終日七襄跂三星鼎峙皃終日猶終夕
織女非昏出晨沒故通日言
之襄上世盡言上機世一舍一織七次則七襄星
象行不息因次舍以人事言之織女以下皆比
王庭公卿大夫有名而無實徒在人上焉此應指
抽其空比王臣徒出入官有終日倥忽焉○七襄

未得毛鄭之說。疏以傳之襄、駕、解文、鄭引懷山言
襄陵、皆非駕車之義。且因終日字、以從旦至暮說
之、恐否。夏小正七月漢案戶、初昏織女正東鄉、
夫自昏至旦亦七辰、星恐不可以盡日理說之。

雖則七襄、不成報章。六章受副章下半、重而廣之。○報章、織文也。其緯反報為章。此比王臣並朝夕、如例。不能成何功効焉。

睆彼牽牛、不以服箱。服、服牛之服。箱、
万斯箱之箱、車內容物、如同箱、為牽是生、不以服
之箱、果何用乎。以下尸位素餐之態、屢屢比出矣。

牽牛、辟如掌客掌訝、何曾致牢礼輸委積乎。目睆、視以見。**東有啓明、西有長庚。**啓明不足開明、長庚不能長廣、徒揭其名而高懸耳。辟如二伯、何曾勞來諸侯乎。幽主時亦必有卿士總諸侯者。

有捄天畢、載施之行。畢所以掩兔也。施行、偏施于中達也。
天之畢捄皃、徒施於行列而已。列宿之行、帶兔道
之義。天畢、辟如虞人、甸人、庖人、各在位列耳、何曾

致餞積薪入林采○既取之

箋義非也施之行不穩

維南有箕不可以簸揚卒章言非唯不足賴亦將害我以結之○又志有饑盜賊有趣

維北有斗不可以挹酒漿斗北斗也非南斗至此東西南北都是無賴也實斗譬如妾人之稍聚旬聚所在而斂爰何曾待賓客惠饗旅年重言之者却欲掠人以富其聚之意○此弁又云有捄棘々

維南有箕載翕其舌箕星之舌色張年其形相並相抱故曰翕其舌毛公可從与呼今傳今形容自異未注又若有所吞噬得之或々實欲之象不優卷伺弁吞噬取譬

維北有斗西柄之揭四星為魁三星為柄未注又若有所挹取於東得之○詩以天漢為紀即夏小正七月漢案户織女昏東鄉之時天漢明斗女會實斗南北相望作青武柳小正繇之歌兮明々七月星象也旧說不見及此故以斗為南斗耳北斗西柄与漢

案正一時世南斗爲在箕北安得日北有斗乎且作者歴擧東西南北之意亦案無之

大東七章

四月大夫刺幽王也 大夫役于南國蹈時不歸感節物之積焉以告哀焉曰四月先祖匪人北山憂我父母無孝子役于遠方者四月南役北山北役所以相比也首序可玩廣詩亦皆三句四月示各章首章及二三四之義北山示通篇之意

在位貪殘 六七皆有是意

下國構禍 見五章

怨亂並興焉 各章皆是意大夫所以久役也

四月維夏六月徂暑 首章哀王政日烈念昔先人○比也諷行役之苦比時吏熏心焉南行最畏暑照忍可玩左傳火中寒暑乃退徂言陰去○首至三章皆思祭祀

先祖匪人胡寧忍予 先祖非人也人鬼不可不時祭焉又何忍予使我不得脩人子饋養之道

邪是思祭之辭也王肅云行役過時廢其祭祀我
先祖獨非人乎王者何忍不憂恤我使我不得脩
子道案是得大義比鄭朱悖慢之言極矣但作者
因云以父母先祖胡寧忍予則忍予繫先祖爲文
意○自四月而暑路涉汗以至六月苦熱憔悴行
役踰日日遠寢廟感王室如燬廟而号泣于先人
也○子曰於四月見孝子之思祭也左傳季
文子賦四月杜注義取行役踰時思歸祭祀

秋日淒淒百卉具腓二章哀百姓困悴而自傷將不得先人遺徒○比也比王政肅殺百姓困傷

亂離瘼矣爰其適歸爰家語作奚方真適歸言亂之歸也天下
亂離而民皆瘼矣是禍其歸於誰身乎自顧
而怵惕也故左傳引是風歸於怙亂者也夫

冬日烈烈飄風發發三章哀行役踰歲而不得祭先人○比也諷客路寒苦以比王
政酷烈身世艱難焉自夏至冬感時思祭之意皆
存釈訓哀哀悽悽懷報德也哀哀出蓼莪悽悽即

秋日凄凄也、霜露既降、君子履之、必有悽愴之心、
孝子感秋、故思祭、是懷報先人也、古義可釋、君無心
思祭之義、季文子
民莫不穀、我獨何害、至於不隱、徒此詳肉
匪四月、亦不通、
一歲之祭、昧陽不安、故言之自傷也、是句小弁
蓼莪皆哀不得養父母、例而觀之、古義寔確、

山有嘉卉、侯栗侯梅、四章、更端哀朝廷無人、殘良不
之、○比也、嘉卉嘉樹也、草木通、猶
言、以比俊乂者
廢為殘賊、莫知其尤、廢荒壞也、猶
鞠為茂草之
朝廷之美材焉、
鞠今在位無實、枕憒、為殘賊之行而無自
知其罪者也、孟子曰、知其罪者、惟孔頤心、

相彼泉水、載清載濁、五章、哀怨亂萌起、甚無治日○
比也○比朝廷、水比下、周泉水
色濁、亦有清時、以比凡
我日構禍、曷云能穀、我與下國
下國無亂、亦有治日焉、
對、以朝廷也、上殘賊不已、則下怨亂益甚、日日構
怨連禍、則其何時能知一平乎○曷、猶曷云、能來曷

云其還〇構禍互相構成也故序曰下國構禍鄭
之於構序文凡序立辭多變幻此是平易
滔滔江漢南國之紀六章怨在位不恤行役之勞〇比也比赫赫卿士為天下之綱
焉越山涉水遠至南國第三章之叙〇國語山川
之靈定以紀綱天下毛如之以其神靈福南國言
之鄭箋紀理衆川使不壅滯案受百川而注之海
此以水利言之朱注紀言經帶包絡之也案以口
形勢言之
三役皆通之盡瘁以仕寧莫我有大夫以衆役故曰人人皆悴以
仕仕青無非王臣何他茂我不顧念是惡在為天
下之綱之〇是章受爵二章而指之朝定為殘賊
下國構禍不已是吾儕所以盡瘁也南國即構禍
之國也莫我有者即殘賊之徒也
匪鶉匪鳶翰飛戾天七章受上小人騰驤而賢才言隱伏〇以朝廷無人結前章之
亂本文以物失
其性起下章匪鱣匪鮪潛逃于淵比也非鶉鳶而戾天悖矣

比殘賊占王庭、非鱣鮪而逃淵、亦悖矣、比君子伏
田野、鄭箋似可通、然天淵是明以上下成韻、故不
從、〇朱注通篇爲興、無理、只是章爲賦及啓說之
似有味、然是詩八章皆比也、猶白華八章皆比、且
須知首三章並比、正體也、四章更端、五章六章卒
章無比、反體也、只是章爲正體、故四句皆比也、揣
辭有倫、朱注四月爲興、白華爲比
比其全、不辨比興者、不復多言

山有蕨薇、隰有杞桋、卒章言所以作詩告哀、〇比良
人各有其宜焉、山隰與天淵照
君子以願今之先進者上下並得其直也、〇首叙
三時之後、陟山則感于山、臨水則感于水、山水以
浸草木鱗羽、比寫殊異矣、〇此山草隰木、與山有
榛隰有苓、及山有樞隰有榆、二木也、而段有條隰
有栗、山有苞棣隰有樹檖、並二木字句取
変、此似大師繪夫子刪定時加潤色者、輯

君子作歌、維以告哀、用於君子、詩之緯也、不表其
名、則竟是烏有無是公耳、

四月八章

北山、大夫刺幽王也、四月、北山、並大夫行役之詩也、小明主悔仕、故退而乎無将太車比、

役使不均、己勞於從事、而不得養其父母焉、孟子頌是詩曰、勞於王事、而不得養其父母、古義相符、則憂我父母、爲一篇截眼、可知、先祖匪人、亦在四月爲截眼、故比前章、不言思祭、三章一意、反覆明白故也、北山、雖知章法峯是通彼、

陟彼北山、言采其杞、首章言久役而憂父母、○取正雅杕杜四句中間擷二句以成章、北山、北方之山也、本言朝夕、則是亦北征大夫作也、采杞、客中遊戯、所以慰朝夕之勞、又有陟岵瞻望之意、

偕偕士子、朝夕從事、偕偕、強壮貌、士子自称也、上句至三章、下句至四章以下、

王事靡盬、憂我父母、杕杜本言期逝而憂父母、此亦因役久不帰曰、

朝夕從王事、以靡監之故、久而不歸、使我父母憂、
傷我無偕父母與我哉、下章之詠歎、都自是句
院〻流出、是孝子之志也、序所示之要也、君
輕〻看過是句、則通篇只厭勞羨逸之詩耳、
溥天之下、莫非王土、二章言役使不均、○傳、左
傳、引作普、言偏覆在上也、率土
之濱、莫非王臣、率循也、率彼曠野、率西水滸之率、言人所率行之地也、濱言海畔也、
人迹所窮、
大夫不均、我從事獨賢、鄉士役人不均、只我為從事、賢於人而緊
使之也、未免方將方剛、即朝廷所賢也、孟子
句、此莫非王事、我獨賢勞也、言賢之勞之、
四牡彭彭、王事傍傍、三章言已勞於從事、○傳云、彭彭然不得息、傍傍然不得已、盡
再下義、
嘉我未老、鮮我方將、鮮善、經詁之文、朱子訓少、未優、丈夫有父母、是恃
夫也、四月
思先人、
旅力方剛、經營四方、朝廷嘉之鮮之、故我考旅力方剛之

時、勤勞四方之事、朝夕不暇也、夫生王土、同為王臣、以從王事、何獨役使我而憂我父母乎

或燕燕居息或盡瘁事國 四章以下章言以反復前二章之意○三章皆以苦樂向背互對○尽者作焦字、形似且涉四月而誤、左傳引是作憔悴可從○燕々樂也、憔悴苦也、

或息偃在牀 向也常在室堂 或不已于行 服也、常在道路、役々夙夜無已、

或不知叫號 樂也、疏演毛云、不知上有徵發呼召、或云、不知自悲歎、所謂未嘗知哀也、或云、不知人永安而歡樂也、似無適未注深居安逸不聞人聲是不行々

或慘慘劬勞 苦也 慘々重出、此者作憯々、慘々懆々憯々相渾而誤、已叙訓憯々々勞也、慘々々慍也、別無懆々、

或棲遲

偃仰 向也、俯仰貌、不堪向之狀 或王事鞅掌 服也、疏演毛云事煩鞅掌也、不暇為容儀、安荘子鞅掌之為使、注、妄頓失容也、此近得毛意、又遊省鞅掌以觀無妄是亂々忽々之意亦

可以証轉傾狼狽之状○王事之不爲單複者、主意所歸在王事而已、獨勤勞故也、

或湛樂飲酒樂也或慘慘畏咎苦也、畏此罪罟、夫樂者、燕燕居息、而棲遲偃仰、而湛樂飲酒而已、苦者憔悴事國、而慘慘劬勞、扁且慘慘畏罪、或出入風議商也、或出、或入、怨此議事閑者、息偃在牀、而棲遲偃仰、而有時風議而已、或靡事不爲悲也、忙者也、不已于行、而王事鞅掌、而靡事不爲也、苦樂向背、偏甚、王臣之衆、均役王事、何至使我獨憂父母乎、

北山六章

無將大車大夫悔將小人也將、言推轂也、周經文小人是也、卿有寵者也、如寵之刺暴之意在於時王、不直刺幽王者、亦二二爲二二悔相比故也、荀子引是詩曰、言無與小人知也、古義相待而說者、訓扁勝古耳○此小人如王莽王安石者、彼皇文穢石甫家伯仲允輩、必非

碌碌庸人，其始出身者有少正卯之才，及其得志跋扈，大夫乃有是悔也。蓋是詩之辭無甚可觀，但其支其意，大有可爲後世戒，故先哲樂觀之也。○皇又按竹添宣王時有切至逃主致息是欲

無將大車，祇自塵兮。興也。將猶扶進也。大車駕牛，須人傍而扶之。大車，小人之所將也。○自塵通篇骨子也。故自字、塵字各三也。

無思百憂，祇自疧兮。百憂即將大車之憂也。大夫推轂小人而後悔，乃歎曰：大車小人之役也，無之扶進，後自塵其身耳。百憂，小人之憂也，無之悔恨，後自疧其心耳。夫曰將大車，則推轂小人之意既見矣，故下直以百憂受之。

無將大車，維塵冥冥。韓外傳，簡主曰：今子所樹非其人也，故君子先擇而後種也。因引是二句證之。韓義亦與肅合。

無思百憂，不出于熲。熲，光也。書曰：文王之耿光同。孟子曰：夫子未出於正，諸例同。不出于熲，言胸中鬱滯，氣宇皆昧也。將大車者，塵埃冥冥，所將鄙

也、思百憂者、心胸晦〻、所思亂也、君子憂其可憂
則以死、何傷於明、今為小人所欺、自速大悔、畢生
之恨、身後之務、何嗟及矣、深自悵恨切
盡腐心、乃奮然言曰、無思、更歸切矣

無將大車、維塵雝兮、〻〻猥文、雝又作壅、自塵、被塵也、冥〻、其塵如晦也、塵壅冥〻、塵塞人目也、

無思百憂、祇自重兮、愈、思愈加也、○首卒成對、中支句法、亦畢格

無將大車三章

小明、大夫悔仕於亂世也、前篇為可以將而將、則小人也、故悔、是篇為可
以仕而仕、則亂世也、故悔、彼求我則如不我得、君
子莫不進仕乎、執我仇〻、亦不我力、君子其不自
悔乎、○二序悔字、皆與經用字、字應、○前三章一
意、後二章一意、互反覆之而已、亦畢格、大東、四月
北山、小明、其篇章皆變而不雷同、美哉、○大夫遠
役、畏罪不歸、念王政日蹙、作詩以戒其友也、○大

東〻東方四月南〻方北〻山北方〻小〻
明四方〻至是四月之形狀皆具〻
明〻上天照臨下土將下逮已中心明白不欺故先墊上夫而表〻張之〻起〻信絶〻始〻是
詩以天〻老〻之〻以神終我征徂西至于艽野言行役之遠也
之〻月感而不怨〻以〻
艽野偏日艽〻之野〻蹤云艽盡地名〻似失〻毛
意〻或〻之教〻之極〻从〻艸〻偏〻海隅蒼生之蒼〻二月
初吉載離寒暑自〻二〻月〻御始行〻以至歲夏歷心之
暑〻乎〻寅也〻此言〻行〻役之久也〻
毒〻言〻憂之烈也〻苦〻即毒味〻痛
憂矣如〻三章其毒大苦毒〻甚苦於〻之若〻徑〻遠且久
而〻蔣〻庚〻偃蹇〻使命不念彼共人如〻二章涕零如雨朱注
行〻故受〻是苦毒也
共〻人〻僚〻友之廢者〻䞣〻之〻以〻已〻罹苦〻
毒於外〻故憂〻甚友罹罪罟於中也〻豈不懷歸如〻三章
三章同句法〇畏而不歸〻悔仕者見危
畏此罪罟三章三畏〻一篇眼目〻是友憂身在此〻

昔我往矣日月方除、二月初吉、是旧景除、新景来之時也、除有帰来之義、今我不樂、日月其除、除言陳而去也、

曷云其還歲聿云莫、曰曷還、曷還、今歲亦逐莫矣、

〇二章三章唯身三四五六句錯綜處可味、

念我獨兮我事孔庶、顧我之零、

丁無友、我使立於劇、

心之憂矣憚我不暇、憚我痛、自愛、

貝何以能辨知之、也、其煩而壯、

念彼共人睠睠懷顧、睠与春同、用憂、顧望不又憂友、

不遑顧身、猶也、

豈不懷歸畏此譴怒、固懷友、又懷帰也、譴怒亦無辜之罰、

昔我往矣日月方奧、二月有二、鳴倉庚、

曷云其還政事愈蹙、政事、

愈刻迫也、循庚愈促塞、王愈歎以而威力服之、驕乱、

不已、我事愈ゝ庶、日帰日返、未知其期〇下句応我事孔庶、

歲聿云莫采蕭穫菽、刈菽之冬之事也、案歲莫、不必俟冬、下句与念ゝ

我抛个向応有以已無聊感衆人
胡偕之意是両章八句取憂處
心之憂矣自詒
伊戚
悔往之言也心之憂矣其毒孔苦然叓煩而
悍我不暇總是自詒伊戚且其如之何曰北
门帰帰循天而是詩
帰諸已其致一也
念彼共人興言出宿
不能安寢
彷徨而宿
於外也始念之而深先悔於
是春春瞻望之遂起而出也
豈不懷歸畏此反覆
末句三章内句法則罪罟譴怒反覆亦皆一意〇
遠役多苦内乱最可畏故欲帰不敢帰懼其友之
羅三畏中心苦悩之此三
章之義即悔往之故也
嗟爾君子無恒安處
已畏罪不帰因憂其友不已故
忠告戒勸之此後二章之義也
是帰終以是二章不復言汝
已身上悔往之意自見矣
靖安也春秋繁露引作靜共恭也韓詩
靖共爾位正直是與
作恭。。与點也之之言好善其人也
与吾
神之聽之

式穀以女神之聽明正直者也。式安逸而能請能恭。周身之方唯正直之人是好。則無有三
畏。神將以福祿與女矣。我女敬矣。謂言其興之意
○尔雅穀獲祿也。言福祿是詩與景福對。其爲戩
穀之穀明矣。小宛之式穀爾兩無正之式臧
與此不同。説食祿最非也。古以與壹相通。
嗟爾君子無恒安息一意再反。既曰共人。又曰君子受敬之也。靖共爾位
好是正直須善乎直之人神之聽之介爾景福明哲保身。得以免三
畏。是神之福也。荀子引是曰。福莫長於無禍。是詩
之本義也。鎬京將滅。君子豈以道德施行之言乎。

小明五章

鼓鍾刺幽王也幽王遊淮。不知大雅將至。而流連荒亡。故作是詩也。以王遊遠方之
詩也。故編是什。在什唯大東鼓鍾奇而無偶。在什
曰刺幽王而下無廣辭。弗奇而無偶。盡心哉序法

密矣可謂謹嚴矣或問大東鼓鐘易地而可乎曰
否大東言東方之困故受蓼莪而先四月北山也
鼓鐘懷古之淑人君子故受小明而先楚
茨信南山也編詩之叙確如其可移乎
鼓鐘將々声之和鳴也淮水湯々水勢也憂心且傷幽王不知憂而
留連於遠方故詩人憂之○人或疑幽王不巡淮上幽則周公卿在淮為君子憂不知有何人著於
春傳乎幽王為大室之盟無左傳一出已淑人君子懷允不忘淑人君子言文
武成康周之明王也懷允而實不可忘也幽王無道周亂民皆宣在遠樂之時乎
鼓鐘喈々邑之聲盛也淮水湝々水邑也憂心且悲傳曰憂淫樂箋
曰憂默念並失歡矣淑人君子其德不回回違也如鹿鳴以燕嘉賓形于以覺
輟宴無違違者也左傳引大明厥德不回曰君
無違德是以違訓回也如陣方不回不違也

鼓鍾伐鼛跡之鼛、即臯也、古今字、臯鼓長一丈二尺。**淮有三洲**毛意盖言下張樂三洲大作中金而上也、朱引蘇氏云、湯湯偕偕之水落而洲見也、言幽王之久於淮上也、孟通。**憂心且妯**尔雅、妯、動也、于華子引是曰心由是以動也、說文引詩作妯、盖与懽同義。**淑人君子其德不猶**不猶、不若是也、始慕之而遂稱其德而遂道破今王也、文王靈臺成之奏何神人其諧哉○右三章禍而卒章喜也、禍之中其德字字三三相比而懷之、与伐鼛三洲取喜於前後。

鼓鍾欽欽鼓瑟鼓琴笙磬同音卒章使淑人君子不猶之樂也、說文欽欠皃、毛意盖言其喜欽欽作矣也、此笙磬二物也、猶鏞笙鼓之例、至**以雅以南以籥不僭**雅、二雅也、南、二南也、籥、寡也、不僭言其所自樂無害戒也、以刺幽王之僭是○卒章異一章、首句却為偶於一二、而末句不僭字猶是前三章一例也、不忘不同不猶不僭相聯如珠、

鼓鍾四章

楚茨刺幽王也、自此八篇、皆陳古合寓藁宗數為
十篇、而方置於三什、盡有說兑黍
苗、瓠葉、魚陳古、非二十篇之例焉、○楚茨
信、南山匹也、甫田、大田、似而大意異矣、
政煩賦重、
句、
桓、韵
田萊多荒、田萊也、周禮休不耕者曰
萊、或之汙萊而荒、非也、
饑饉降
喪、夌降喪饑饉皃
獨百福于禄
幽王也、擊
民卒流亡、乃旻曰、天篤降喪、瘨
我饑饉、民卒流亡、刺
詩不苟、
祭祀不饗、鬼神不享其祭、國日衰隊世、
上四句者、奉祀所以不饗也、
首章總提大意、故是序意亦盡見首章、○疏楚茨、
晚然如身在成康刑措之世、而是序状衰世、若景、
厘々五言、正与經七
十二句反応、至哉、
故君子思古焉、荀子曰、小雅
疾今之政以
思往者、其言有文焉、其聲有哀焉、案陳古周風亦
有之、而於小雅言之、蓋非寫諸篇叢出乎、君以請

扁為正雅錯亂荀子之言何以為說甚矣序與詩古
昏合也何指徵於鼓鍾送尸儀礼義疏徵於小大
稽首以
毀朱子

楚楚者茨言抽其棘首章總提祿福使祭之始末の
茨棘楚楚茂生乃抽茨抽棘塞自
以為良田也陳草曰茨陳
木曰柞茨草也棘木也
自昔何為我藝黍稷背
我何所為乎我唯藝黍稷而已の向稷之子孫
世世以農穡相傳乎牢蝦辞亦曰宜稼于田如也
我黍與與我稷翼翼以翼翼之蕃廡貌窠論語蹴踖如也
與與咸儀中適之與與如也趨進翼如馬融云也
我倉既盈我庾維億每萬億曰億每倉既盈
貌所形容一致於每庾誰億
也億言禾秉之數猶禾三百億有實其積萬億及
稱疏以一億十萬解算之恐否の周語野有庾積
以為酒食以享以祀丕濟卅祖妣也以妥以侑妥安也侑勸也詳出儀礼

安安坐也。尸始入，主人拜安尸，使之坐也。尸告飽，
祝侑曰皇尸未實侑。尸又食，主人不言拜侑。尸又
三飯，盡。以安以侑，言
安樂尸以勸酒食也。**以介景福**。介，毛傳訓大，為復。
介福，下也。○首四
句，上下力農也。政煩奪農時，賦重遠民財，何以力
農？田業所以荒也。次四句，天時和而年豐也。饑饉
降喪，民卒流亡之及。末四句，
神保是饗也，祭祀不饗之及。
濟濟蹌蹌，絜爾牛羊。三章言孝孫祀烝之慶也。○大
夫濟濟，士蹌蹌然。有濟濟辟王，
有巧趨蹌。今此主孝孫也。言之不然，說
以往烝嘗。冬烝
助祭之人，臣君在廟門內，全於臣子。
秋嘗庫
或剝或亨。礼運腥其俎，熟其殽，在退而命
於礿祠
亨之。前注腥，言体解而腥之；熟
謂体解而爛之。棄
或肆或將。肆，言迎尸之前陳設
此亦言腥與爛也。
之也。將，言尸既入奉
而進
祝祭于祊，祀事孔明。尔雅廟謂之門祊，即廟
之也。
門也。祭日於門內，繹日

於内、外此、言祭於門内、先祖是皇、神保是饗、皇、大也、歸、
也、孔明、汎總上言之、
雖也、無遺、言鬼神著洋〻、如在也、先神著其神
皆安而饗、是祭礼也〇朱注神保至次章不遺、
孝孫有慶、報以介福、萬壽無疆、言孝孫所受
執爨踖踖、為俎孔碩、三章言君婦祀事之慶也〇爨、
竈也、饔爨煮肉、廩爨炊米名饎、
踖〻敏也、有敬意、盡黍稷、君婦所薦、色不自執爨、
其踖〻者、因君婦言之、俎非君婦所及、因爨而俎
豆具文、〇特牲礼主人夙興、親側殺、主婦或燔或
視饎爨、此孝孫主牛羊、君婦主爨、正同、
炙、燔肉也、直加火、炙肝也、遥美之、三牲魚腊、先設之、既敏酒、即以燔美從、故曰從獻之俎、三牲魚
腊及燔美、皆君婦莫莫、為豆孔庶、多雅、慎〻、勉也、有静意、豆以盛
於爨為之、
内羞庶羞也、内羞所謂房中之羞、其籩糗餌粉餈、
其豆酏食糝食、穀物也、庶羞臐膮胾醢之屬、牲物

也、庶、衆多也、為賓為客賓客助祭者、天子之祭、有相維辟公也、孝孫言享神、君婦言賓

客、孝孫言祭之始、君婦言祭之終、互相備也、言為神既厚、為賓不薦〇交、牢特牲礼、旅酬、盡庶盡羞

內羞、王礼未得乞言繹者、蓋釈孔庶耳、獻醻交錯、既有是豆、賓客以行獻酬之礼、旅而

交錯以徧也、散謂公云、交錯、言當互相酬窮堂上堂下、東西各自為酬、不交錯、是為正酬、礼

儀卒度笑語卒獲賓客醉、酒飽德歸重君婦之足成辭神保是格

報以介福萬壽攸酢於言君婦所受也〇上章十三句二句二句二句三句、此章三

句一轄、前後諸章並四句相從、

我孔熯矣式禮莫愆四章重陳其殷辭也〇爾雅、熯敬也、孝孫自以為我甚敬於式

礼無所過失、孝孫至誠、所以受嘏也、工祝致告徂賚孝孫、賚即致告也、重神之

命、故丁寧之、曰致告以賚、是嘏辭也、苾芬孝祀、神
少牢嘏辭曰承致、曰賚、与此正同、
嗜飲食、八句嘏辭也、苾芬所卜爾百福、如幾如式、
傳馨香無穢惪也、
卜爾猶稽也、天保亦出、稽爾之後、曰百福之
至、如有封期、如有恒例、而無有所違矣、既齊既
稷既匡既敕、齊、齊明也、稷、敏疾也、匡、方正也、敕、愼固也、永錫爾極、時萬
時億、極之言福祿也、福祿多也、故變、變之、萬億、言多無數、或之萬世億世也、
禮儀既備、鍾鼓既戒、五章、言祭禮之畢也、曰備、言百禮既成也、正歌備、正樂備之備、
戒、言爲將奏肆夏、故戒勅之也、孝孫徂位、工祝致告、據儀禮、位是阼階下西面、
往也、祝告利成於主人、而後主人降、大夫士一也、
天子之禮不可知、然徂位旨在致告之後、詩因韻
勢前後耳、利、養也、祝傳尸意、神具醉、皇尸載起、
致告孝孫之養禮既成也、

皇尸之称、天子大夫士
一也、大夫雅又有之尸。
鼓鐘送尸、神保聿帰。
尸出
入奏
肆夏天子之礼也、神醉而尸起、送尸而神
帰、分神与尸如之、神保之義、毛之不可疑
諸宰君
婦廢徹不遲。
周礼、膳夫徹王之胙俎、案此宰膳宰
宰夫之宰、請宰言膳夫以下掌饌者
也、周礼、九嬪賛后薦徹豆籩
不遅、以疾為敬、又不留神恵
諸父兄弟備言燕私。
祭畢、帰賓客之俎、同姓則留与之燕、所以尊
賓客親同姓也、燕私摘服宴飲之、燕言在寝
樂具入奏以綏後祿。
犬章言燕私具慶、子孫勿替終
之〇燕祭不同樂、且具下侍之
辞也、非尽八綏猶定居、同克綏先王之禄、又綏
尔先公之臣服于先王、後福与後艱一諸侯
爾殽既將莫怨具慶。
箋之、皆慶
君大得之
既醉既飽小大稽首。
少牢礼義、臨礼大夫之臣不稽首、ゝ
卿安得有小大稽首之夏、朱子謂矣
神嗜飲食使

君壽考自此以下皆慶辭也、此二句因嘏辭言之、孔惠孔時維其盡之惠順也、祭統所謂備者百順之名也、無所不順者也、時得其時也、祭統、祭則觀其敬而時也、盡無不盡也、祭統、外則盡物、內則盡志、此祭之心也、子子孫孫勿替引之亦宰嘏辭以有壽萬年勿替引之爲結句、

楚茨六章

信南山刺幽王也、是篇等祀全與楚茨同、不與甫田大田專爲禳禱祈報者具異、什之義可繹、不能修成王之業、凡詩所謂曾孫不必斥成王、其功績爲甸而正疆理者、在周家但有成王耳、故是篇施於成王、疆理天下轉用經文也、亦出左傳、猶于疆于理、至于南海、夫能疆理天下、豈有前蒲篇四方荒亂之憂乎、是什以天下俗薄爲首、至此又以天

下為言所以明於詩大有堯典如文王
一什之義也**以奉為功**有邑韓奕帝周之明了
故君子思古焉六字与楚茨同疏云楚茨序及經
以言今信南山抑今以本古東田
直言思古略而不陳所思大田言矜寡不能自存
又略而不言思古皆文至見案是謂古人借辭
信彼南山維禹甸之有章言成王躬辭之勤也○甸
治也言水患平而南山成山於
原隰中平曰後民甸四之信与**畇畇原隰曾孫**
展之矣君子尤之矣君子天君氣相育
田之畇畇墾辟貌雅可食者曰原宪峯偶而及
曾孫者稱曰功不在為下世朱注歸重於禹
非也**我疆我理南東其畝**毛意盡疆言分田大界理
淪也疏似後畝畒之識也即田畝○右傳引是曰先
言疆內從地理通講迪畎
王疆理天下物土之宜与序正合朱子誤哉
上天同雲雨雪雰雰三章言上天應感之瑞○成王
勤田功大周民利万国歆而福

応芽ニ益之以霢霂既優既渥、小雨謂之霢霂冬雪

臻、優渥霑足ハ雪ニ有餘潤春雨有新潤

雨ノ雪ノ言之、既霑既足生我百穀

疆埸翼翼黍稷彧彧

三章言疆埸正ニ百穀茂以供其

賓之福也○剝葬之、万井暮布廣

野或ノノ成ノ文也、曾孫之穡以為酒食

之田之人也、曾孫之穡言畀我尸

賓壽考萬年

祭祀而献尸及賓客民功歆於

神明而有壽考万年之祐也

中田有廬疆埸有瓜

四章言田制其剝以献皇祖

之祐○中田、田中也、廬舍二十

畝井竈葱韭取其焉、其疆埸有瓜、是剝是菹献之

人家所同ッ植所以献皇祖也

皇祖 皇祖后稷也与祖考応后稷配天、曾孫壽考

故以其質者言之、与清酒騂牡応

受天之祜 報天之祐、自配天来也天与后稷無

ニハ 章法一二与三四對而語気歌佳、

祭以清酒，從以騂牡。五章更端言祖考祭祀之豐○

清酒言清明之酒也商頌既載

清酤○尸賓言酒食是祖言

似薦祖考言騂牡谷有旨也

享于祖考。祖考之武也○曰畀

曰獻曰享亦有旨也獻享對則有尊親

之別畀曰我上獻曰之享曰王文相安也

執其鸞刀，

以啟其毛，取其血膋。蓋天子親執而么卿贊之也楚語郊特牲祭義記蒲廬之

礼云云以類推焉毛以告純血以告殺膋以升臭

○疏云不曰啓使而曰啓毛明是取毛用之

是烝是享，苾苾芬芬，祀事孔明。六章與上接言受祭之福以終○是刈是

濩同字例

受在言也

先祖是皇，報以介福，萬壽無疆。四句皆出楚茨

盡是祭享常語故雷同耳不無一二年所出○楚茨

洵美熙信南山其格注之詑息大雅堪為連璧

信南山六章

谷風　蓼莪　大東　四月　北山　無將大車　小明　鼓鍾　楚茨　信南山

毛詩考卷十九　終

毛詩考

小雅

甫田 魚藻

七

毛詩考卷二十

甫田之什第六　楚茨信南山亞時祭也甫田大田亞祿禱祈報也其事異故分作然錯是耕而祭也故什之首尾相變〇是作二篇兩兩相泝

甫田刺幽王也　甫田大田言上勸農而下力田一也但甫田自上之雖大田自下之雖此其所次相變也君子傷今而思古焉　幽王之所以次見刺前二篇已詳之故至此不復舉其事直曰傷今而思古如此則今不如此可知今乃是篇之一反也序法高簡

倬彼甫田歲取十千　前章總提一篇大意〇爾雅釋大也與倬同甫田者一成九萬畝之田也九一而取十千　我取其陳食我農人　倉廩盈而陳之相因故使民藏新穀而食故穀　自古有年　勸農而力田取之有節用之今有法而古來必得豐收也

適南畝。曽孫出而耆農也或耘或耔。黍稷薿薿。言農夫方力田也耘

除草也耔雝本也食資志詳載后稷法攸介攸止。烝我髦士。勸農之政也攸

介攸止也言介衆所羣聚也烝言登進之如遂大夫三歲大比則帥其吏而興甿焉於衆人所會處其

俊民擇次秀之尤愈益鼓舞孝弟力田之俗也或耘次下力田勸農所次自古有年在此○介大也左

傳之於乾祭問於介衆衆人聚而成業故曰攸介句亦出大雅

以我齊明與我犧羊。二章言祈穀○齊明盛服言潔誠也朱注齊與粢同穆曰明粢

此便文次協韻耳其裳帷曰帷裳之禮運緹齊曰粢緹朱亦一考葉說潔粢亦通犧羊犧牲言純毛

也祀社稷大宰此舉一而已以社以方。不祈穀之方社也大雅禮四方於郊也方社不莫秋

報之說文理不屬我田既臧。農夫之慶。我田若既豐登是乃昔是之休祥也

宜爲我倉廩而祈之名夫祈求爲我治虞廣亞
宜主祈雨之言也王者以蒼生爲憂曰農夫之憂
曰穀我士女皆明主發見天育民之意也琴瑟擊鼓○以御田祖○前言方社後言
田祖五穀之祖也周禮鄭注田祖神農也以祈甘雨○以介我稷黍○以穀我
士女○甘雨若雨之尤者介訓助亦通穀養也訓子者非也戰國策求不姓之饑寒者收之穀之○祈
穀亦勸農也天子而曰農夫之憂曰穀我士女而齊明以有事於虞神農夫士女謹不震動力田
曾孫來止○首章言有農○曾孫周之祭祀以祈之備言南山然不止成王以其婦子○饁
彼南畝○田畯至喜○曾孫來時父老以其婦子饁之社者於田田畯至見農夫力田而
喜也三句又出之大攘其左右○嘗其旨否○蓋田畯取田蓋有遂之詩未其左右穀
賓而嘗以檢旨否也是句下屬疏以王肅意毛意未穩嘗饌亦未妥禾易長畝○終善

三

且有。禾能修治而滿竟故中有終好且饒之　曾孫
勞也　易易耨之易善與有亟言穀寔也
不怒。農夫克敏。天顔有喜而農夫益勤也　齊借農
盡其四支之職次從事於田野樂
祀而雖無惠天子不怒欲因是句
亦樂記者亦次曾孫為天子也
曾孫之稼。如茨如梁。四章言有年之盛。○稼猶穡也　散文則通梁與屋蓋對則宜為
棟梁之象　曾孫之庾。如坻如京。水中之高地　絕高丘　庾即禾稼之露積者　乃求千斯
倉。乃求萬斯箱。萬車以載之　百斯男萬斯年一例　黍稷稻粱。農夫之慶。方社
御田祖為農夫祈慶也至此其慶果　如字祈慶而得慶故再言農夫之慶　報以介福萬
壽無疆。曾孫為民祈慶故神報之以福壽也二句　出楚茨信南山三篇皆言天子之福應也
農夫之慶在上為祈慶之辭故二句不為突
出辭之巧也況詩稱曾孫本與神對之辭

甫田四章

大田刺幽王也。甫田祈穀，前出卒章次福應結大田報祭，未出而祈穀有然，故見於前詩之相変。言矜寡不能自存焉。序法與魚藻同，所出一耳，高雅可尊且是。詩言前篇所未言及者，只是三章而已，可謂貫詩正鵠，示之哀傷今爵民不保思古，寡婦且有利。

大田多稼，既種既戒，既備乃事。首章言農夫力田，嘉穀從曾孫所祈。○大田多稼，稼多為句也。一句先特然總提大意，既種次下所次然之故也。農夫既擇其種，既戒其事，凡百具備而後從事田畝也，備豫而不苟。以我覃耜，俶載南畝，播厥百穀。爾雅剡利也，郭引此詩亦剡，耜俶載，備始事也。首章二章並三句，三句，二句而成一章，故不事敘載，不復穀實說，法鵜鳴一例。既庭且碩，曾孫是若。庭，直也。備挺所謂直者如生是也。碩

三

穡莫知其苗之碩之碩也君從曾孫之願也曾孫

方往御田祖祈甘雨者若然見矣何箋焉句在是

詩祈報出卒章然曾孫是若猶甫田之結末有報

次介福丞次祭祀言之前後遞相唱應故雜知

既方既皁既堅既好不稂不莠○二章言人力神助曾孫是若○庭碩言秉

之莖方皁言未之果堅好言穀之實方生房也皁

成也房也周禮柞非栗屬曰皁物好言充盈光潤也

稂穀不成者莠則盡除也去其螟螣及其蟊賊無害我田穉三句

言曾孫祈穀之意也先種曰稙後種曰穉頌云稙穉菽麥田祖有神秉畀炎火

先種者於無虞而曾孫登之祈穀使蟲螟無害田

穉故田祖授之炎火而後種亦無憂蟲壞可知矣

○炎火毛以古義次盛陽滅之而蟲螟不得生也

如來注既生而焚之也雖通於考矣○古人然

田祖為神農蓋有傳矣神農謂之

炎帝炎火之德大與其德符矣

有渰萋萋。興雨祁祁。三章言秋大熟而恵及於寡○雨釈文本或作雲案呂氏春秋韓外傳食貨志並引作興雲傳以渰萋為雲状毛本亦作雲可知余新次云為真大雅如雲○是篇下半兩章擬一句亦與甫田之変雨我公田。遂及我私。○曾孫雩而雨降雨是曾孫之雨也乃喜曰餘澤及我私王者之民其如此欽彼有不穫穉。此有不斂穧。○穉未可刈也故留之爾雅穧穫也此刈而未束者彼有遺秉。此有滯穗。○秉束之者一手所把也滯穗滯而在畝者也與不穫穉異○四者所以施於閭里窮民也非為寡穗而不盡收之者明王之教本若是伊寡婦之利。窮民雖有常饒亦使其閭里互相任恤之豈故不飢不凍沐浴王澤菽粟如水火而民仁其是章之謂乎序提要於此示之鄭朱同草之

曾孫來止。四章言曾孫報祭次與嗣歳○曾孫來省斂且有事於四方也以其婦子。

二九

甫田饁於耘耔者也篇饁於收穫矣四句雷同畢竟遯詩

饁彼南畝，田畯至喜。從婦饁田畝者不得不謂是黙景耳

來方禋祀。禋祀福為祿禱報祭於四方之神也方助之婦子饁田畯至之時曾孫方祭也廣說以為祭四方之義為頌方命厥后奄有九有是每方之義也然方實在律多為助據余從多矣在野而種祀其為方祀則可知

以其騂黑，與其黍稷。騂黑南北稷之色牲也

以享以祀，以介景福。既報其秋成因以祈來豐故曰介景福也右禝以歸肇祀以興嗣歲亦祈報一時也○曾孫是若田祖有神有渰萋萋並種祀之數見於上三章者宜細繹之夫去年報而祈則今年曾孫是若淋種祀故無事於田祖以秉畀炎火乎既有事於田祖以祈甘雨則有渰萋萋之趾誰之為和

大田四章

瞻彼洛矣刺幽王也是篇諸侯保其家於次篇王臣飲名故以思古明
王次下四篇相類首末二序皆曰思古明王其説次谷風信南山曰天下能爵命諸侯
所謂福祿也賞善君子至止罰惡焉六師計功○是篇賞善之言爵命而罰惡之言
蓋然刺暴主者宜若是而協也疏云有賞當有罰故連言罰惡耳茲經無所當棄孔氏大誤
瞻彼洛矣維水泱泱與也洛在鎬京毛傳可從疏云漆沮一名洛水與東都伊洛別
泱水之泱泱與君子之福祿焉○每章首二是二句故不辯別格也次二句與已句君子至
止福祿如茨君子諸侯也至來朝也是諸侯之子孫者故有加比進律之慶所謂爵命即
進律也韎韐有奭以作六師韎絳色也韐韠也次言韎韋爲韠備命至跗法天子
于新所賜也服之從軍旅次計不廢其寵命盛矣受命者善也受計者惡也賞罰明矣

二五

瞻彼洛矣。維水泱泱。君子之武飾率以師萬年保家皆與於此。君子至止。
鞞琫有珌。是亦天子作六師故新受賜服以征不庭鞞刀鞘也琫鞘上飾也左傳藻率鞞
鞛昭其數也其飾以數分尊卑也此璲鮮明白瑟彼玉瓚之類義同用字醋從朱幘鑣之類君子
萬年。保其家室。以保姓受氏言即從之之意有罪者見討而諸侯之焉有是寵也
瞻彼洛矣。維水泱泱。君子至止。福祿既同。卒章無武事其敵愾
獻功之福祿名首章之福祿因來朝故所錫者同備舊福故同君子萬年。保其家
邦。也王誨以慢諸侯故陳古天子恩禮之厚以諸侯寵榮之盛以風之三章而再君子者一章以次褒以大之也
宜下與承叢之九君子比而玩之二篇之意大同而小異
瞻彼洛矣三章

裳裳者華刺幽王也　叔向見晏子歎曰我公室亦季世也欒郤胥原狐續慶伯
降在皁隸公室之卑何日之有作是詩
者其衰同至郤縣之世人情多不曉是　古之仕者
世祿　此言王人與前小人對　小人在位　皇父卿士番維司徒之輩　則讒
諂並進　多新進之人　棄賢者之類　類子孫也左傳言舍子明之類　絶功
臣之世焉　欲立新家必滅故族勢之必至也晉厲公多外嬖欲盡去群大夫時勢相似
裳裳者華其葉湑兮　興也次華葉悅人興君子寫人意焉比美其德度　我覯
之子我心寫兮　寫言蕩滌人意也　我心寫兮是以有譽處
兮　譽處言令聞嘉譽也是詩點化蓼蕭彼言諸侯見天子也此言天子見賢臣也
裳裳者華芸其黃矣　芸以景而言其色比美其盛德　我覯之子維其

六

有章矣。有禮文威儀也。維其有章矣，是以有慶矣。威儀一則三，以其士

大夫之上，故慶之以尊官大祿也。財美義有慶

慶而益其言有賞命也。○易曰來章有慶譽吉

裳裳者華，或黃或白。又加一字比，美其寵服。我覯之子，乘其四

駱。天子所賜也。賦奏以言，明試以功，車服以庸。此即車服也。乘其四駱，六轡沃

若。古明王之於賢者，始之其心寫也，次之

有慶也，故遂盛其車服列於世位也

左之左之，君子宜之。言先舉賢人，欲任則用之也。左，

凛天子之所宥，君亦有所

左亦左之，其之言

天子宜而使之也

左之左之，君子有之。有以之言視

如腹心手

足

維其有之，是以似之。明王既以賢者功在己

文體，故保愛之，使其子孫

亦似續是慶，而廟食不絕也。此謂世祿似召公是

似，似續，祖妣之似。○二句與維其有章矣是以有

慶矣同此宴意脈等應可味〇首章四句二首四句三章無此宴四章用八句宴是異格也〇周
古者先王為車服旗章以旌其尊卑班爵貴賤以次列
位為令聞嘉譽以寄其意與是詩等茷班齊即慶也

裳裳者華四章

桑扈。刺幽王也。桑扈有禮有文而受祜福鶯有道有節而受福祿故比君臣
上下。動無禮文焉。叙桑扈之等以為比也序法與大田同而反言殊峻刺古哉

交交桑扈。有鶯其羽。比也交交小貌是古義桑扈可鶯比君子小心匪敖而有禮之
威儀取小鳥比王公猶南方七宿取於鶉無尾君子樂胥。受天之祜。也胥皆燕
胥論胥之屬據卒章樂胥言燕樂相與也宴延
君臣上下洗酒淫流是序等應也動無禮文亦主下
其謀近小人飲酒無度而是詩殊明言蓋天子得
衆賢君臣上下禮文相接燕飲相敬等以受福也

二七

交交桑扈有鶯其領 鶉羽蛘蛾先羽後翼此亦一例 君子樂胥萬邦

之屏 如王在在鎬嘗樂飲酒一曰次序萬邦也 首章言皇天祐之是章言兆民賴之

之屏之翰百辟爲憲 天子爲萬邦之蕃屏楨幹而諸侯皆仰其礼文次爲法也寔延

庸飲酒無度天下化之 不戢不難受福不那 毛以得之哉言自斂束而不敢

放逸也難言敬事而不敢輕易也並小心匪敖之事○余意考戢集頫訓安集民之義今自悟其失豈

兕觥其觩旨酒思柔 此兕觥罰爵也罰礼觵其不敬者左傳舉兕爵因小國賴之知

逸於戾矣並罰義也思柔與九思之思一例○彼 思柔與飲酒溫克並視則也王暴於酒可知已

交匪敖萬福來求 彼交言君臣上下之樂胥也敖 惰慢無礼也所謂測弁號呶亦

敖也敖亦泉之反惰敖不敬取禍之道也在左傳君子所先見寔是也知是則萬福之所次求君子明矣

桑扈四章

鴛鴦刺幽王也。是詩別於若有所比興而非比興之例，非序明示之，殆不易窺哉。邪說者次羅鳥祿與天子福祿，噫嘻哉，殆不通。思古明王交於萬物有道詠二事，故曰萬物，所謂廣其義者在茲。凡詩舉一而著百，是序通之乎，而無之也。○王制田不以禮曰暴天物，黃震云聖人所以輔相天地而交萬物有道也。自奉養有節焉。詠二事，故曰自奉養，次示人所以大難解焉。自奉養言其奉養己也。

鴛鴦于飛，畢之羅之。賦也。刺幽王之暴殄天物者，陸佃云於其飛然後畢之，則不毀卵不射宿，貧賤之人得其一思而死，故先王慎於取之也。君子萬年，福祿宜之。仁人享福，天之道也。宜之與子宜之一例，言福祿來而寵綏君子也。與宜其遐福參差用之。

鴛鴦在梁，戢其左翼。在梁則知人之不己害也，故安仁及禽鳥，如魯恭馴雉，有章不

曰弋也而曰畢者弋自以弋畢自以彼蓋不妄射也○
梁石絶水也衆鳥右掩左雄左翼歛在右翼下

君子萬年宜其遐福 宜岸宜獄之宜前後皆曰福禄句法變故變而曰遐福

乘馬在廐摧之秣之 賦也刺也王之王食後服奉養過度者摧斬剉也秣粟也豢宰

九式有芻秣之式乘馬亦自奉養之一事也馬人情所最愛 君子萬年福禄艾

之○ 爾雅艾養也訓老非也凡奉養有節故無出入飲食哀樂之病所以壽福也

乘馬在廐秣之摧之○ 孔記國家靡弊則馬不常秣夫廐有肥馬民有飢色是自奉養

無節也 君子萬年福禄綏之○ 愛國用則神民福是所以壽福也

鴛鴦四章

頍弁諸公刺幽王也○ 角弓曰父兄葛藟曰王族三章也三年變各有所當也自此次

下皆表亦者與陳古者自異

暴戾無親如鷙鳥之暴殄天物不能宴樂同

姓親睦九族無桑扈之樂者也經有捌樂而序不言及猶下角弓有兄弟昏姻而序唯舉

九族猶帶言者略之也九族者同姓之親者也孤危將亡通篇皆孤危之象末六句將亡

之言故作是詩也此王孤危故作同族燕飲之詩次風其辭從痛變亡國之音哉

有頍者弁實維伊何頍然弁者伊何人哉將曰非王族之弁冠也弁皮弁也側弁之俄亦

弁而宴也伊何與宴伊猶繄唯未之說破也爾酒既旨爾殽既嘉爾爾主人

也主人設還大宗豈伊異人兄弟匪他皆是兄弟則可次飲是酒食中是歡矣

豈曰非異人又曰兄弟又曰匪他喻親親之辭痛切蔦與女蘿施于松柏

比也蔦女蘿並不根於地寓於木寄諸它自比也松柏比主人次己身之賴大宗寄辭而其實主九

一九

族託王室之意也○松柏後凋言雨雪而亦松
柏者以其不畏雪故喻主人也且寓意於王室則
詩之所以亦至焉者也蔦與女蘿自
喻之喜也而松柏則亦所託喜貞固也未見君子
憂心弈弈○君子弈主人也疏云既見君子庶幾說
懌○既已得見而有是旨酒嘉殽庶幾叙然開以次叙一夕之歡矣
有頍者弁○實維何期期與通用親詩子曰何其爾酒既旨○爾殽既
時○時物也訓善非也豈伊異人○兄弟具來○兄弟成律而更無他容蔦
與女蘿○施于松上○寄生之比諸公哀附骨之言與蔦蘿累也有餘累也同聲譩
施者未足與歌頍弁也未見君子○憂心怲怲○傳云怲怲憂盛滿也業叙訓怲
怲奕奕憂也毛豈因奕大丙火而生義哉○未見
而奕奕怲怲亦是零丁花憔之情與草蟲之忡忡

慨之不同。既見君子、庶幾有臧。願受一夕之顧眄而有適意之事歟。臧嘉也。

有頍者弁、實維在首。卒章變辭。頍弁在首者、非王族貴人而何者。○爾猶見炮搏而頍注中央廣而頭銳。莊子而頍頍然。注高露髮美之頍。葉盃頍頍相通。頍言弁高而銳也。爲頍頍吉規宜弁員兵未必笑。

爾酒既旨、爾殽既阜。嘉殽時物。而殽多也。豈伊異人、兄弟甥舅。甥兮曰兄弟昏姻。無清遠之矣。

如彼雨雪、先集維霰。大雪將至、霰必先集也。大雪況王室大壞、霰先集況諸公。是會王族不見親惔淡。今夕之讌、是王室將覆之兆也。自此以下一篇精神。故韻亦唯六句隔句叶。

死喪無日、無幾相見。霰集雪即降。故曰無日。

樂酒今夕、君子維宴。我輩之死喪無幾日、相見亦幾何。姑且酌今夕之酒、與君子偕宴樂、以獻酬人之笑而已。

十

頍弁三章

車舝，大夫刺幽王也。頍弁遠亡九族，車舝或盡妻。頍弁欲與君子宴，車舝欲燕喜
季女也故也 褒姒嫉妬，無道並進。無道之人如皇父七子者 讒巧敗國，
鄭讒諛石定讒諂巧佞之人也而至次為卿士言幽王時也 德澤不加於民。周德
音令德 周人思得賢女以配君子。上曰大夫下曰周人與雲漢序一例
也疏云見大夫所作述衆人之意故也 故作是詩也。周之興也大妊助大王大任助
王季太姒嗣徽音而邑姜為武王亂臣今人情皆悪褒姒故思得賢女以代之內助繼前世亦周家
風習所成云也王昏亂正諫不聽所信唯婦人之言故詩人冀其改德於賢女是亦補救無策不得
已而思此一看耳業非序意也曰周人思而大夫作則衆心皆欲廢褒姒而納賢女也非率爾意

間關車之舝兮。思孌季女逝兮。間關傳云設舝貌也今本脫貌字是刪去
本有来法設舝声也○言逝大夫命車出而旁求賢女也匪飢匪渴。德音來括。
渉飢如飢渉渴如渴庶幾德音之来會矣雖無好友。式燕且喜。嘉德音之来括
我王雖無下好賢嬌是扶爾歡者頌盡心次燕喜爾芳此琴瑟友之鍾鼓樂之之意也闕雎后妃之求
淑女也是篇大夫所作故次好友喜樂之也二章三章亟濟是意○吉甫燕喜言宴而歡也
依彼平林。有集維鷮。興也依茂木皃平林平地林也鷮取其美而耿介鳥辰彼
碩女。令德來教。辰時也王家如草林鷮之集不謂不得其所碩女之時及今矣困苦
不慊於天王家矣次鷮之集草林與碩女之来教王也式燕且譽。好爾無射。
譽與豫通所謂鍾鼓樂之也好爾者衆嬪嬙也今方著於褒姒嫉妒君代次樛木之德其将必如葛

蔦之羃之蔓之夫然後女謂自頭而懮巧不能下達也序稱褒姒嫉妒示是義也次章益廣之

雖無旨酒，式飲庶幾。大夫庶幾頌女之飲而安王家也**雖無嘉殽，式食庶幾。**大衆賓嬉好爾無射必將居飲食爾次奉中爾穀借令無旨酒嘉殽之設我庶幾其相與偕笑語而樂之**雖無德與女，式歌且舞。**雖無女德足次搖安者必將歌舞次樂女矣女亦庶幾欲洽求日哉是章狀亂房雍熙媱然周南樛木之美非逮下而無嫉妒之心者何次室此周南二南庶妒忌三出而嫉妒一可出樛木而已是序嫉妒或與樛木違應致序極精微存老

陟彼高岡，析其柞薪。更端言之墓門有棘斧以斯之斯不析也此因析薪字耳其實言伐其木也**析其柞薪，其葉湑兮。**此以伐其柞而新翠茂如以比庶褒姒而得寵容流妻蠱妻嫡方處故以陟岡比己柞新葉將至故葉不落其枝葉有葉維柞之枝其葉蓬蓬

鮮我覯爾。我心寫兮。孝曰：我覯爾句法同。欲覯爾求之不得，故我心不能寫也。

高山仰止。景行行止。比也。高山人仰之，大道人行之。次比賢女之德貌，然可尊而已。心甚仰之往之焉。是詩者其慕大姒是善之德。故孔子曰：詩之好仁如此。○史記孔子贊引是，雖不能至，然心鄉往之。業仰而行，詩本義也。○國策：今者臣來，見人於大行。言大路也。

四牡騑騑。六轡如琴。言既得賢女，迎而內之宮，時乘四牡，六轡之調能制，剛柔以寓內助之和，有洽水遷麻之意。

覯爾新昏。以慰我心。既迎而入，則鳥鵲不再鳴於宮房矣。

車舝五章

青蠅。大夫刺幽王也。青蠅讒人，集朝廷，嫉近小人，一短一長相比。○自楚茨至何草不黃二十六篇，唯是篇無廣辭，蓋刪後已明故也。讒人即車舝之讒，巧而實逆之小人也。

二十二

營營青蠅止于樊。比也。營營，往來貌。蠅，醜扇言樊藩也。朱法，往來飛聲，亂人聽也。

案說文作營之小聲也。于之還今漢書作營是非實。○青蠅汙穢不潔，能變白黑，構之又來，次迭讒人之集於王宮焉。

豈弟君子，無信讒言。樂易則聽明正直，而不信之讒巧也。

營營青蠅，止于棘。與也。棘即樊也。猶後世之橦籬竹藩籬。鳴鳩曰其子在棘，在榛。蓋與此同物。

讒人罔極，交亂四國。紀極也。訓已非也。是為禍於樊外也。極

營營青蠅，止于榛。與也。孫云藩次細木為之。棘楳即是為藩之物。榛此次之淺之木次結藩然。卑止于棘，止于榛上。明是種次為藩者也。

讒人罔極，構我二人。是為禍於樊內也。構言構成其隙也。二人，言王與詩人也。孝凜構我二君。○交亂四國，禍之大者，而先提之於章法為變例。蓋構我二人，大夫自道其身上，故後之。只是舜之與也。

青蠅三章

賓之初筵、衛武公刺時也。時言二王廷及當時諸侯也不曰刺幽王者蓋亦武公之志也備刺幽厲至于卒章戒監史者亦有自警之意通篇言賓而不言主亦慎樞機備抑之警

幽王荒廢、媟近小人。小人即青蠅也鄭淫泆濡戚旅賓衛在側媟近者言近尊賤不可近者也尊賤見辟則能褻慢如優旃二五可見

飲酒無度、天下化之。與刺時相應

君臣上下、沈湎淫泆。說文湎沈於酒也叢淫泆飲又飲醉文辭

武公既入、既入故得作小雅也序示三類之辭太嚴矣譚大夫告愬於王者也

疏得〇武公入相于周豈漢奧彥故直曰既入今是序文遂應者祖公者渾不知

而作是詩也。韓詩次於武公飲酒悔過之詩噫其何敢繫之天子之雅乎序曰刺時曰天下曰既入今是要譜

三十三

賓之初筵，左右秩秩。首章言古之人君將祭射而飲
酒。其初即筵時，折旋揖讓秩
然有序也。前二章言先王飲樂之飲，後
三章刺當時。次賓之初筵句分為兩段 籩豆有
楚，殽核維旅。楚，列貌。楚之者，楚衣裳楚楚之可並
殽，豆實也。核，籩實也。散則核亦曰殽
旅，陳
也 酒既和旨，飲酒孔偕。偕言飲之齊一也。夙夜
必偕受福，孔偕字義可
戒前射而君再舉
旅，大夫皆受酬也 鍾鼓既設，既設，即言宿縣也。大
夫辨受酬時將庠工
故言之。恐非設縣
射位之謂。泛矣言語勢 舉醻逸逸。舉之旅酬之爵者逸逸
逸然往來有序也
大侯既抗，弓矢斯張。大侯，君侯也。抗，舉也。將射張
侯，前是不繫左下綱，至是繫
綱于植。大侯張而弓矢亦張。節也。弓
矢斯張，亦出於弢弓也。矢是帶言 射夫既同，獻
爾發功。同，言其耦相比也。
二奏其拾發之功也 乃 發彼有的，以祈爾爵。

勝耦酌酒以飲方耦故左右耦各視的如仇以
求進躋於彼也於是揖讓而升下而飲是禮也
籥舞笙鼓樂既和奏〇上二章言古之人君祭祀之飲〇八句言樂先祖而福子孫不
言飲而飲自有〇凜而秉籥而舞與笙鼓相應案籥師職祭祀則鼓羽籥之舞烝衎烈祖
以洽百禮〇烝進衎樂也商以之成湯為烈祖周無是稱昭假烈祖出魯頌烈祖康叔出左傳
蓋諸侯所通稱故武公刺時不敢以王室之言也百禮祭之諸禮節也百禮既至〇有
壬有林〇壬然大林然盛也獻酬亦在其中錫爾純嘏〇子孫其湛〇射而
飲以禮祭而飲以禮故神錫之大福將至子孫承之是樂也其湛曰樂〇各奏爾能〇
其湛轉用上句言今日之湛樂也首章至四章上八句下六句相轉宜察句勢轉折求其以成以下六
句言賓主獻酬相和樂也奏能蓋言歌舞以樂尸賓也應上籥舞笙鼓為說恐不當賓載手

十七

仇室人入又　仇挹酒於罍也主人奏能賓乃手挹酒獻尸室人入于室又獻尸也曰又
則前此亦獻可知言屢獻樂尸也箋云室人有室中之事者謂佐食也疏云於賓客之中取人令佐
主人為尸設饌食之人也
酌彼康爵以奏爾時　酒所以安體也時時物也獻尸亦康爵也上二句專言獻尸此兼言賓客則互相獻酬次盡其歡心飲次礼不及亂也
賓之初筵溫溫其恭　三章更端言今之飲酒沈湎無礼の是也王之飲甚襲之樂也
疏云其未醉也旅前也曰既醉也旅後也是曰既醉旅未也下章無算爵也業次古礼叙之大夫當然也然是不可拘古礼說也但是飲亦有監有史則不與行長夜同武公次當時礼宜為刺者也亦
宴如是則彝酒之筵不從言
其未醉止威儀反反　反反有反也句出周頌其
傳云難也亦重慎之意
曰既醉止威儀幡幡　猶翩翩也幡幡瓢與翩翩通相

如賦落英繽法飛揚貌○朱法輕貌也 舍其坐遷屢舞僊僊 莊子天下哉遷遷

乎歸兮循蹁躚也 朱法軒舉之狀 其未醉止威儀抑抑 愼密也 曰既

醉止威儀怭怭 媟嫚也 是曰既醉不知其秩 礼秩常秩也

賓既醉止載號載呶 大四章言沈湎之態更説正義○大声囂也將似衍之式號式呼

説文呶讙声 亂我籩豆屢舞僛僛 舞不能自正也朱法傾側之状○言亂遷

豆之行掌上姿姿也 是曰既醉不知其郵 郵咎也 側弁之俄屢

舞傞傞 傞傞頒身傞傞不止也 既醉而出並受其福 毎章上分句下六句

為叙落故次下六句更説出正義 醉而不出是謂伐德 賓至醉則遠故皆受

君之寵恩礼不衰厚與燕礼也然醉而不出者必愆威儀謂之自賊其德礼法所不容也曰並者醉

十五

而不出者十而有一耳故著衆賓並出也一云上

戚言祭則三章次下亦言祭而飲故次受神之福

言之唯武公慎言故言不察之也の晏子引並受

其福主賓主之禮也並字與笺合然受福說有美

譽余所不安也 飲酒孔嘉維其令儀。朱注飲酒之所以次者美者次其有令儀耳

凡此飲酒或醉或否。五章言醉者之不可暬過深惡次終之云 既立之監

或佐之史。立監而法之次史也次句雖有監史不能如何之事也の朱莱云淳于髡曰賜

酒大王之前執法在傍御史在後此人君燕飲之制猶存於戰國者也立監即執法史即御史 彼

醉不臧不醉反恥。彼醉而迷亂不臧者却次不醉恣酒酗益飲而益醉也故監

史亦瞠若耳 式勿從謂無俾大怠。次下皆武公戒醉史之言也謂告也公辛

受矣殿不謂矣之謂不至大怠其佐則不謂而可矣 匪言勿言匪由勿語。酒間

多煩言莫如不言不語焉是疾醉者之言也監史是有言責者然壞亂己喜故使其噤口置之度外也○三句下無字義可味

由醉之言俾出童羖

此由其就其言而辨詰之也出童羖喻醉者之言言也彼將使汝出童羖言次狂妄意外之事唐突之也○童羖酷似彼童而角

三爵不識矧敢多又

今之人無禮以飲三爵則不覺言百東況敢多又而不止矣於子與行誅之意也三爵玉藻所謂三爵而油油以次退是也笑意不云不識猶不知其秩不知其數○武公戒監史曰勿從醉者而督責之特無使其至大怠斯可矣沈湎坐上不辨皂白唯當言言語語次自戒慎耳若就醉者相與不却招母望之祀陵也故醉者不可從謂今之人三爵而昏醉況其後乎不至大怠可次之矣疾其人而置之度外深刺時之意也置之度外避其唐突有自警之意

賓之初筵五章

甫田　瞻彼洛矣　桑扈　頍弁　青蠅

大田　裳裳者華　鴛鴦　車舝　賓之初筵

毛詩卷二十

毛詩考巻二十一

魚藻之什第七　左傳萇弘曰、周之亡也、其三川震、言鎬京滅也、是什小雅之終、故次魚藻為什首也。王滅鎬京之詩也。魚藻之於青蠅賓筵、猶谷風之於了人巷伯、甫田之於楚茨信南山也。○是什十四篇、然至于瓠葉十一篇、而亡三篇、附錄也、大雅周頌之末、往並十一篇也、編輯之意可以觀焉、三篇之為附錄、序工又下。

魚藻、刺幽王也。　前什陳古者八首相聯、而魚藻桑、救其詩自與八首異、故分而錄之、此二首有也、王将也之兆、故相比次並是什。

言萬物失其性。　與大田序一例、真古文也、詠一魚而見萬物得其性、是詩之妙用。

王居鎬京。　一句患其王将失鎬京、故特言。

将不能以自樂。　二句周叙經、而是句又顧聴賓筵沈亂、故

故君子思

古之武王焉。武王宮闕悴壞，故憂而思古之以
提思古，宮周稱古之武王。古雖惠
魚在在藻。有頒其首。與也。頒，衆多貌。於牧魚躍太平
之象。與於三星在罶者，次魚之
旅行而樂，與武王之與群陂燕肴蔬于時生民新
出湯火，天比開濟，鮮朝清明，與於魚行，次蒸萬物
得其性也。○韓詩頒，衆也，大也。衆制字之道，分字从
系者紛，从草者芬，从林者棼，从雨者雰，則从首亦
可類推焉
王在在鎬。豈樂飲酒。鎬京之宴，奉爵而侍者，
誰歟？斯散宜生、泰顛、
南宮适、周公、召公，濟濟天下大賢，武王之樂不亦
盛乎。媟近小人飲酒號呶者，安能自樂於鎬乎。
魚在在藻。有莘其尾。莘，衆多貌。國語莘莘征夫七共
莘莘將王，懷文莘莘翼翼斑
周賦組豆莘莘，注皆曰多貌。○頒首莘尾，從毛傳
則與武王之心廣體胖也，未如與其與衆樂之美乎
也在詩編意是
王在在鎬。飲酒樂豈。飲酒與良弼名
處逆之反　賢笑語坐而樂

天民之皇也。莊周於羊於蟻猶有分。豪猶於魚得於武王之樂亦譬之魚適其猶相忘於江湖哉

魚在在藻。依于其蒲。變文以取韻也。以蒲爲韻。物害無別。領首章尾而依蒲自適。王在在鎬。有那其居。那安貌。鎬京如盤石。居也。王與小人共飲鎬京。方居故言也。

魚藻三章

采菽。刺幽王也。言明於采菽見古之明王以次。敬諸侯也。稱古者君子陳古故也。侮慢諸侯。一句而意以侮慢即敬之反。諸侯來朝。不能錫命以禮。此與瞻彼洛矣所刺同。數徵會之而無信義。信義二字德部也。以失之舉烽欺諸侯亦以非虛言。君子見微而思古焉。見諸侯叛王室滅亡幾也。猶將不能自樂。

采菽采菽。筐之筥之。首章言明王之賞諸侯也。毛公據儀禮可從。菽豆景也。此與太

東起句跡

君子來朝，何錫予之。諸侯將來朝，故先期而心度其所以禮之也。

雖無予之，路車乘馬。同姓金路，異姓象路，是常例。又何予之？玄

袞及黼。玄衮，玄衣而畫以卷龍，上公之服也。黼，其裳也。司官長所掌識服職，侯伯以下不得

服九章之衮。然據韓奕采菽文，則凡諸侯皆可得賜玄衮，不獨上公也。豈凡冕服可通名衮歟？是

論不入韓侯命為侯伯，固當受玄衮也。是詩唯言其錫之盛者，豈凡諸侯所皆得乎。

觱沸檻泉，言采其芹。二章言諸侯之來朝。檻泉自下而上出者也。菽可以為藿而芹則

為諸侯鼎來故也。

君子來朝，言觀其旂。采芹之中諸侯既至。其旂淠

淠。第五句與首章下例人或不省。鸞聲嘒嘒。淠水本是，詩淠作茷，嘒作噦，其形容可相

照。

載驂載駟，君子所屆。旂鸞鳴，或驂乘或駟乘，是君子所至之儀容也明

王見而喜之此詩中境象也明王固不自矜其況
觀其旂聞其鸞聲載驂載駟是乎左右也
赤芾在股。邪幅在下。三章言諸侯入覲於是諸侯明王次信義懷諸侯之道下二章中
言也○邪幅如行縢偪束其脛在股下赤芾次飾
其外邪幅次攝其中稱君子外文明而內貞固也
彼交匪紓。天子所予。君子所接見於天天子聞而不德怠是天子所以次有錫予
也周洽有敬遷解慢而寡在刑殘是不得也樂只君子。天子命之。言賞命也
覲禮諸公奉篋服加命書于其上凡來朝者皆有命書可知服則有賞命所謂錫命次禮也樂
只君子。福祿申之。福祿所天子重賜凡厚意也既命而申猶保佑命之自天申之
維柞之枝。其葉蓬蓬。興也次枝葉之庇本根興君子之屏王國為柞堅韌之本故葉
新葉相承葉葉在枝○王侯猶本枝苟遇之次信
義諸侯誰非王蕃屏乎然本之不植葉將焉蕃屏

二十七

意焉然矣 樂只君子。豈弟之邪。此章造語不與上下同取変甚巧 樂

只君子。萬福攸同。左傳引浟福祿與上下合然似句法変故変矣 平平左

右亦是率從。平平辯治也言才能識蔵整齊一非左傳亦便蕃左右之臣亦相率而

喜從君子而至也左右亦天子所薦故言之次蕃明王恩礼之廣無非風規也粤成公朝京師孟獻

子謂王嘉其懐而厚賄之

汎汎楊舟。紼纚維之。興也紼纚索也韓詩纚作縈引舟者曰縈爾雅亦當然

汎汎紼纚之維持楊舟興三明主之懐諸侯諸侯王度猶維舟者汎汎言義則舟可得而維持焉則汎汎去

矣 樂只君子。天子葵之。揆度其功德而命之 樂只君子。福祿

膍之。膍膍同厚也四章言諸侯服天子五章言天子懐諸侯侯列令如次中三章之意只末結

二句並是新出。優哉游哉亦是戾矣。亦是者言諸侯次時朝宗不已也天子懷諸侯是邑故優優游游如祿源源而來也從願亦復來不善也頌云我客戾止書同無遠用戾

采菽五章 一章 二章 三章 四章 五章

角弓父兄刺幽王也。老成人訓誨王故曰父兄頌弁主貴人故曰諸公葛藟傷族離故曰王族立文精密君是不親九族而好讒佞。好讒佞是大族明鄭公胡不骨肉相怨。凡是三事是文兄一方憂故作故作是詩也。

騂騂角弓翩其反矣。首章言九族不可不親。或作觲調和貌此之戚此也騂只兄弟遠之則叛焉疏云今北秋角弓張則體若不繼縶則不復往用業傳詩之朱注誤兄弟昏姻無胥遠矣。無禁止辭訓辭也史記雖有親兄恩知其不忍狼是鄙語耳然角弓之次亦乾

二十

餒失德之戒也遠則反是次雖○是詩上半
四章而兩兩相比下半四章亦兩兩相比
爾之遠矣民胥然矣二章言王遠九族故九族亦互相遠○民即骨肉也爾之
教矣民胥傚矣爾遠次示之故彼亦傚相遠也書同無教逸欲有邦
此令兄弟綽綽有裕三章言不唯相遠又從而效之○雖有不令不廢懿親是有裕也
不令兄弟交相為瘉相謗相讒而相克伐此甚
二句是答與好
言自曰一例
勢雖王室不亦破毀之父兄所憂也○上半四章
主骨肉違怨言也下半四章主讒佞構逆言也
民之無良相怨一方四章言骨肉相怨王因好讒佞○民即骨肉序文朋友讒佞暴
貴九族見遠故骨肉相怨成黨於一方次相
謀也相怨不唯怨之又相為瘉不祥並興受爵
不讓至于己斯亡婦提讒佞王唯好讒佞是九族
之言次是非間也九族之遠者

悄悄相從而讒佞之見親近者日以富貴受
爵祿不讓不自覺其身乘招寇以取顛覆也
老馬反爲駒五章更端言王之暴父兄○比也不顧其後王侮慢父兄如孩童
而不顧念其後禍也卽讒佞新進所與次章聯
其義可見○五章六章上二句並比實叙下二句並
言宜如是七章八章上二句並言
宜如是下二句並實叙是意格也如食宜饇如酌
孔取○夫父兄者若食之則宜盡心歡洽以令至飽若飲之則宜多酌其酒以令至醉也下句省
孔取べき
宜安王宜若是而反以老馬爲駒好新進之讒佞
疎族食族燕而不行後禍未可測○孔取備多酌
毋教猱升木○六章言王之啓讒佞○比也猱以比讒佞讒佞者啓寵則貪陵驕恣而不知紀極
雖父兄猶爲其所忌憚而不能正其升如塗塗附○
未應受爵不讓兩章相聯並一句爲比
猱善緣又從教升如附泥於泥中渾清往不擇汙
塗木寓猱讒佞故言涉潮塗一云塗附以物不潔也

又塗至益不潔也故取醒言の者王以次行浮則
是以次割塗也是故塗不附猶言車輪踐比處割

藤君子有徽猷小人與屬○夫君子有美道則小人與屬べきニ
皆從之而附麗也王宜

知是行都反塗塗之行而使小人從弄風雨承徽
是塗塗塗之反徽猷義汎然親親之道最難として為すなり

雨雪瀌瀌○見晛曰消○七章言讒佞踐屬○以也以下小日消べきニ
人雖方嬌見君子徽猷則遠巡

辟易上為王宜如是莫肯下遺
式居屢驕也○韓詩同作婁莫肯下遺式居婁驕○

下遺言降黜屏棄矣王莫聽父兄而屏棄讒佞哉
讒佞方居其所屢彰言不可制也肯安其教誨不

翻之意可味婁屢同荀子作屢左傳屢暴於二王
○下遺即升本之反居猶鹽要嬌方處不下遺故居

雨雪浮浮○見晛曰流○八章言大患將至○王宜次晛
流雪而不為也故雨雪益暴頻

弁亦次雨雪命王空大患夫大湯不揚則人物
凍裂華蔽白露且涉周禮君子次憂秦之赤克夏

況雪益浮浮乎周之蠻蠻於蠻髦髦父兄安不憂乎**如蠻如髦**夷蠻荒耳次無親親之道況也

周室而親親滅幾其不以而為蠻髦者也王果死於犬戎之難**我是用憂**自是為文

兄者之語氣也父兄疾讒佞故曰亡斯言曰老馬為駒曰教猱升木曰塗塗附曰如蠻如髦皆激辭

也曰無香遠曰爾之教曰宜饇孔取曰君子徽猷曰見晛曰消皆父兄訓辭也序之遠詩三篇各當

角弓八章

菀柳刺幽王也角弓王族不親菀柳諸侯不睹而其言並直切故耦**暴虐無**

親困甚蹈無暱**而刑罰不中**敘各章末句**諸侯皆不欲朝**困二

無寧言王者之不可朝事也文字一轉潤辭之妙朝與事別事敘請也

有菀者柳不尚息焉比也文體不尚尚也王者仁恩右竹二庇蔭則諸侯皆願朝事也

比其常也 **上帝甚蹈** 諸侯之辭也故稱王曰上帝蹈毛意蓋如詩揚蹈厲之蹈震蕩不安之意天之方蹶傳亦云動也義固明又韓詩作悼是亦為通作則不費解只朱子從之戰國策作神於頭法共側矣

無自暱焉 自暱言從我汝身親近上帝也上帝震蕩予不可以數數於王庭焉釋言屢暱亟也三字以數數之義暱親近也故序曰無親諸侯之無暱因王之無親是古文之活處○自暱自瘵之自有味毋下慣之說世濫側而輕視之也

俾予靖之後予極焉 靖治也治王事如衛武公入為卿士諸侯之榮而不願者畏刑罰不中故也極言困而進退維谷也此以下諸侯在王官之任者成辭非每國而任王官也諸侯殊親王室者汝身自是曰不如無自暱若從我求親王事及我是自速大禍也

有菀者柳不尚愒焉 菀彼柳斯鳴蜩嘒嘒亦比王者庇蔭之大息者行而息也故比往朝

上帝甚蹈無自瘵焉 予無以自取病耳身自暱是身自瘵也其誰之過邪

不知何耳俾予靖之。後予邁焉。邁行也或出或放或罪言不得久君王所也○

暱與邇數察與極數有近故遠之有察故至於困也亦使字之誤○言患窒亦奇格

有鳥高飛。亦傅于天。與也又體次息之高飛傅于天而此與王之暴虐震蕩不知其所

至尊與之也至相從彼人之心。于何其臻。于天于何成戮暴虐無親而刑罰不中在

此比惡可也往朝也曷予靖之。居以凶矜。設使同曷是決斷之辭也居猶處也

矜與瘝通我曷靖之也後將處我次也惡瘝苦耳叙言矜鰥苦也

菀柳三章

都人士。周人刺衣服無常也。曰波都則嫌於下國刺之故曰周人是什

附下國詩故始稱周人併於華止二篇也古者長民。衣服不貳。從容有

常。從容猶逍遙言其休燕亦有常服也 以齊其民則民德歸壹。長民以下
至是句此出緇衣朱子云序由緇衣而得噫何以知公孫尼子非以詩序爲聖筆引是冒以子曰字乎
詩不序意不達朱注晦而多隱 傷今不復見古人也。此陳古者異序徒褒似○
蓋以亂世之俗其服組其容婦其俗淫其衣服之失亦遂治一所德是詩帶言女子者蓋士行正故女
亦不治容耳故序之言不及婦女須知今之士服因女而亂常故詩人借君子女示風之自矣
彼都人士。狐裘黃黃。都京師也人士長民者也黃中之色應行歸于周焦遠是詩主
服服正而容正言正行正也 其容不改。出言有章。表記君子服之其服則文以之
君子之容有其容則文以君子之辭遂其辭則實以君子之德與是正同 行歸于周。萬
民所望。左傳忠民之望也詩曰行歸于周萬民所望忠也二句明是長民者之德望也疏云

長民於經無所當譏哉○首章六句唯毛詩有之三家則逸見緇衣鄭注是亦毛詩所以尊也

彼都人士○臺笠緇撮○臺笠者服也臺皮為之緇撮緇布冠也其制小撮持其髮而已

句下章所謂容言行皆包焉下章同疏云衣以冬也笠夏也各舉其一葉首章裘二章服三章以再四章帶亦詩之叙

彼君子女○綢直如髮○昔彼王都之人士不爲婦脩故其貴女亦周淑端正其有一德如髮也萬民望而象之

○二章三章相比並言女子之德四章五章相聯並言其髮是句與謂之尹吉對或以為後章言卷髮疑是髮字者不審章法故也列女傳引是詩孟姬好禮與節一意

我不見兮○我心不説○所見者士大夫而毛服奇袖靡之如女孫矣其心流蕩無女溺志此何状態哉今之貴女不遵道冶容貽人法服廢風俗壞思古悵之不樂耳

彼都人士○充耳琇實○琇美石以為實也此言其飾與上笠撮成對節儉以綢直

二十六

戴飾受以尹吉亦可玩 彼君子女謂之尹吉 尹吉燕族言其有禮法也循其本

人稱姬姜 我不見兮我心苑結 不喉不說也檜詩不見素韠而蘊結孝子也是

詩不見琇實而苑結患臣也先王之法服苛以攝周人心也詩人之憂何唯觚不觚也已哉

彼都人士垂帶而厲 厲大帶之垂者其垂三尺此言從容行服亦有餘如大帶也

彼君子女卷髮如蠆 疏而髮長者皆斂之而短者若髮傍不可斂則因曲以為

飾萊箋行謂髮末曲上蓋是意號於鄭法算行以卷髮撥是則說卷其髮如蠆尾曲上亦通○士而曰

無女而曰卷自撫於徐陽升降之義 我不見兮言從之邁 得見則我欲從之去

也今不復見古人出門則組服婦容是淫浴耳若得見禮服君子雖為之執鞭而從而去是都以解

我苑結矣○撫房則君子女帶言耳故從之邁不與女子于淺

匪伊垂之。帶則有餘。從禮而不好異耳非故垂之匪伊卷之。髮則有旟。雖不故卷之髮自然而捲次其幼慣有容飾故也其心綢直未嘗為異髻矣○首章卒章變句法我不見兮。云何盱矣。欲從之邁亦無其人遂嗟歎而自憂思耳○唯首章無是末句而卒章則有之唯卒章不次都人士起而首章則有之首卒變作起結錯綜

都人士五章

采綠。刺怨曠也。都人士士女無常采綠夫婦失所故次二首序法可玩幽王之時。多怨曠者也。怨曠多者小什末及谷風之什可推也幽王之詩凡十凡篇而怨

女唯采綠耳舉一見百故曰多序雖一字其寓於義若是不可不省

終朝采綠。不盈一匊。自卷耳點化來亦復絕妙不盈一匊心不在焉故也於是始悟

二十五

曲局出門也

予髮曲局。薄言歸沐。庶賤之女無待女者止君子不歸怨女出

采藎草終朝而不盈一匊悄然自悟心之不專於此因撫其髮則曲局如蓬嗟我如是而出門哉人

将謂我行我且歸而沐矣乃眷顧反握毅葺之慕悵然歸矣○朱注歸沐以待君子之還也棄沐

髮之亂不保一夕乃託沐以待遠征之人迂矣是女雖歸亦不能沐耳誰適為容予髮曲局詩人蓄

是女以礼自防也豈一出而變其守乎自對君洗紅粧閑山之望甘心首疾誰為沐髮

終朝采藍。不盈一襜。襜蔽膝也不盈再出故是只言憂思不専於事也無復首章有

怪詠之意蓋采綠在秋冬藍在夏綠野生藍家植一次著經年之別一次著看如飛蓬不復出門○

綠以染黃藍以染青婦人無有事五日為期。六日不詹。唯是期逝不至之辭

也孔晁云過期之喻得之是閨怨語意最妥五日六日亦辭之和穩者也○爾雅詹至也

之子于狩言韔其弓 預擬君子帰自之事次有慰止亦既見止亦既覯止我心則降次以礼自防之意同但庶女之言真率耳 之子于釣言綸之繩 理絲曰綸爾雅緍綸也韔弓言納之于韔綸以繩言絡合為釣絲疏云繫繩於釣竿也恐不然

其釣維何維魴及鱮 並名魚也我君子當有是美獲 維魴及鱮薄言觀者 君子若有是美獲我亦從之而為觀者矣其樂如何哉觀者言觀魚之人也猶觀者如堵牆口我云韔弓綸繩非婦人事況觀其釣乎蓋庶女為夫執事行所不為左傳賈大夫御以如皐射雉晉悼公子愁使其女僕而用古人自有若事在庶賤不容詰其非觀者一句真是神筆

采綠四章

黍苗刺幽王也 上受采綠下以隰桑故編録在此補說者以為脫簡爾補古而其說窮

故耳

不能膏潤天下。詩以勞來民爲本意借召伯以風朝廷也故先言之卿士

不能行召伯之職焉。先擧王不能後擧卿士不能召穆公不淹於外後車遠

帰外無曠夫内無怨女是大東四月北山小明之交次次采綠而責卿士不能編法陸矣

芃芃黍苗。陰雨膏之。興也黍苗黍之苗也陰雨膏潤之乃能成嘉穀以興召伯之温

慈勞來視民如傷以成民功焉○鄭語賦黍苗之下同君若膏澤之使能成嘉穀業黍之萬有保赤

子之意春秋無麥苗言麥與苗與是不同悠悠南行。召伯勞之。遂之南征召伯

唯撫其亂以能盡其力也召伯之於征役常念瘠之膏澤之而召役夫雖在遠衣如從之父母沐其

慈恩未嘗知旅人之苦也○南行実自有温柔長養之和氣○南字謝実慕召伯之爲穆公

我任我輦。是章戒役夫也任提荷器物者也輦挽輦者也我車我牛。車掌牛車者牛

掌輦牛者。我行既集。蓋云歸哉。盍盍通作。我行事既成。何不速歸乎。趣治行哉

我徒我御。是章戒士衆也。徒步行者也。御乘車者也。我師我旅。五百人為旅。五旅為師。

師師旅之長。周禮師旅左傳多出。我行既集。蓋云歸處。處安息也。加一字勞意更

懇。蒲章爲而下四章。兩兩相比。須知二章三章全是一意。而一章言次。慕其勞。末不勤民之意

肅肅謝功。召伯營之。謝者周之南國也。申伯所封。功者土功。言徹其城。成寢廟也。本雅

申伯之功。召伯是營。烈烈征師。召伯成之。役民於遠而民勸勉之。召伯之營也

民悅其上者。不可敵。召伯之烈也。在周。司大役之司大卦之司。皆屬軍。司大衆動故也。故曰征師

原隰既平。泉流既清。相其原隰之宜而土田以治。通其水泉之利而溝洫以理。召

伯有成。王心則寧。可謂明主賢臣矣。在召伯則成是南行宣威邦國使天子不復

南顧也在宣王則召伯營謝成功而後心始寧矣
於是遣申伯鎮謝南諸侯行皆云謝爲荊徐要衝
之地○上二章言召伯之説次使民也使民如
是是次能成其功若下二章也大意本於喜勞

黍苗五章

隰桑刺幽王也黍苗思古之賢相也隰
桑慕今之遺賢也故此小人在位
如不能行
召伯之職君子在野歎桑之在隰也
今日不無召伯思見君子盡
心以事之也也字今本闕據足利古本補の孝經
事君章引之卒章作古言相符之靈妙
矣夫大臣不可不事然詩人在朝若爲小人所使
念不欲屈心事之故思君子登庸而爲之盡心也
隰桑有阿其葉有難比也阿難美貌興猗儺其葉
同隰中之桑比君子而野處也
春月載陽更無
丁女執懿筐來既見君子其樂如何君子登庸而
己得事之也

隰桑有阿其葉有沃 沃亦柔澤也有難有沃並以君子之態德與今之在位暴惡反對の桑在隰葉之沃 既見君子云何不樂 兩章反覆更無一人取斧斯來言見君子之樂以次慕今之憂苦也唐風取之是二句其次章因既見君子云何其憂是情意沾露者

隰桑有阿其葉有幽 遂無一人來伐遠想徒爾也繁鬱而已難言其形狀言其色幽言其形盛而色黝與幽南山同 既見君子德音孔膠 膠在三章之後故變句法遂美君子之一德貞固而今之在位其心無恒淪胥以溺者見於言外美君子之言而皆帶刺不人之意此乃詩之妙而序之盡乎詩者也風雨思君子也其序曰亂世則思君子不改其度焉

心乎愛矣遐不謂矣 遐表記引作瑕鄭注瑕之言胡也得之謂告也言下作是詩以告上也此說爲下告君子勸其進仕之言上風意婉而終莫之家語顏回問朋友子曰心必有非焉而弗能

謂吾不知其仁也謂學者以本是詩中心藏之何日忘之藏臧同訓善非也心乎覺如孝子之於父母中心藏如七十子之於孔子覺故不得不告其情藏故慕而不能忘也所謂愚見君子盡心以事云得是章之髓矣

隰桑四章

白華周人刺幽后也后當作褒姒不可稱幽后稱周人別下國也然是例國風有齊人刺襄公而衛人刺其上少異魚藻之作至此更端是篇孤立而無所將續於是若次者褒姒滅周也○漢書注引作刺幽主褒申后也可見是序錯誤久矣至朱子曰當為申后刺幽王也書甚全不知序例幽王取申女以為后又得褒姒而黜申后鄭謂棄聘后而立内妾是也故下國化之叙五章之義也下半四章先言下國化而後及褒姒是通篇大義所繫故序特表而示之

以妾為妻。諸侯廢之也。左傳若以妾為夫人則固無其禮也以孽代宗。廢嫡宜臼而立伯服也而王弗能治於是天下皆大亂也周人為之作是詩也。是詩嫌於申后作又嫌作於申國故直言周人夫申后不容自作下國之詩末附

白華菅兮。白茅束兮。比也。反體白華之菅束以白茅其用遂美以比夫婦之道潔白相結而成焉

之子之遠。俾我獨兮。詩人託言申后故我皆申后也之子遠我故我身孤特不得如菅與茅也申后怨其不自故又曰白雲○首二章末二章並曰之子中間碩人三出予一出雖隨便造發聲然成列詩人之意唯在每章呼之子呼碩人呼予而不措良可咀嚼

英英白雲。露彼菅茅。比也。反體英英生之雲降雨以潤彼微草不遺也以比王澤之大莫不被及焉○英英韓詩作泱泱毋賦天泱泱以無雲盛起白露是沛澤之義猶陰雨言之之意晉

二十九

後是先王覆之露子也 天步艱難之子不猶。王也其臺而不若白雲然菅茅汁御

上分菅茅爲夫婦此則合而自歎也○天步猶國

步自白雲撕起故曰天步天行不平易言時運之

柝隍而王澤之旋不善也不猶不若是

也詩之辭也箋上白雲露菅茅而言也

滮池北流浸彼稻田。比也文體沱水之澤尚被稻田次比一點恩露可以次高廣衆吾

一尺布尚可縫一斗粟尚可舂然王次天下之大

不能容己一身其情切于白雲菅茅矣蹇之豐鎬

之間水皆北流○英英大澤菅茅

小物也滮池小澤稻田大物也 嘯歌傷懷念彼

碩人。傷恩意之不及淵号於幽王也

樵彼桑薪卬烘于煁。比也桑薪與栗薪棘薪一例煁無釜之竈也以燃火照物桑女

子所有事申后自以卬自樵而自烘之以比憂心

如恢自焰以供徂吾夫桑以養蠶而樵以烘之非王

后躬桑先天下之義。次言身處之近。故取於近事。次自比也。蓋說於印(卬)字不安。維彼碩人。實勞我心。

二章○申后憂至此而極爲此言。上章只是怨慕。下章說出褒姒。

鼓鍾于宮。聲聞于外。比也。更端說出妾上僭之事。宮中之鐘必聞於外。次比王中冓之醜聲。次致天下嫡妾宗孽之亂。念子懆懆。視我邁邁。邁邁，凜之不說也。韓詩作怖怖。云意不說好也。後世因行邁之造訓。不取也。○念子不獨爲一身而已亂。意亦關最重。

有鶖在梁。有鶴在林。比也。反體。至此始言褒姒。鶖貪鳥也。鶴介禽也。在梁在林。比王后與妾。姒禮秩有常位。○綠衣黃裳比之正體也。今鶖在林而鶴在梁。然不曰有鶴在梁有鶖在林。而更言正體義。是反體也。維彼碩人。實勞我心。褒姒怨心所歸。故再提是句。

鴛鴦在梁。戢其左翼。比也。反體。鴛鴦匹鳥也。戢翼而安其所。次比妃匹之德音相合

次安吾擾爾雖左翼斂
在右翼下斂是雄也
之子無良二三其德
無良
背德

言無良首章言褒姒首章次下昔恨都
在此至此申后之意既廢矣亦已焉哉

有扁斯石履之卑兮
此言乘石扁然次卑其可用乎
次此身既棄背不復御於王所

焉石取其身次終也○傳乘石之除盖古者師象
也今不敢衣遠履石實非乘石寶不穩隸僕職王

行洗乘石鄭司農
亦引是詩證之
之子之遠俾我疷兮
若之遠我
遂使我至

周極也首章卒章獨用兮字且下二句兩章一例
○上半四章而英雲池成對於中下半四章而

愁態聲參成對於宋桑薪與扁石兩結相對是
詩人用公成篇者讀者不可不留眼諦視之

白華八章

緜蠻微臣刺亂也
王國亂而師役繁興大臣不恤
其下故微臣刺之下篇同言役久

病於外曰師旅並起曰見民如禽獸緜蠻是其首也大臣不用仁心卿士不能行方
伯之職遺忘微賤不獨忠王王侮慢諸侯邦國外叛王臣內怨是什始于魚藻終于熱
菓始于采菽終于緜蠻可玩不肯飲食教載之不肯安與次序相親行次示于
篇焉親也故作是詩也詩與瓠葉比是亦思古召伯南行之類而詠之者也召伯之勞及
往輦車先征師是次烈矣大臣不行征夫然苦至是王師燬而不振可知
緜蠻黃鳥止于丘阿比也久體緜蠻毛傳小鳥貌朱注鳥聲余從聲丘阿丘之阿也
四阿之阿○黃鳥微禽也尚止其所止此之微臣亦有所安息遑而自傷今遠行不得所止也是謂
交體道之云遠我勞如何在遠行微臣之苦最甚其罷勞路有不可如何故感
於黃鳥次自傷悲也飲之食之教之誨之於是大臣察微賤之苦乃矯之次飲

三十一

食其所不及者教誨之次於其不能也命彼後車謂之載之若有大夫疲而不能徒行者則命其副車而出慰其足也於是微臣皆感喜而忘其旅疲勞征行次親其上

緜蠻黃鳥止于丘隅征夫路涉而過丘之角見黃鳥之止于岑蔚之木宜如是次傷其不知息也豈敢憚行畏不能趨我豈敢憚其勞苦兮唯恐力盡而公事有闕

〇二句受上章我勞如何然非敢憚行也道之云遠畏不能趨飲之食之教之誨之微賤兮勞兮所不知勞兮所不及大臣次法吃去則大不勝也故假告昔喻則大悦之命彼後車謂之載之子産以乘輿濟人於溱洧亦賤人也夫在遠行飲食教載大臣之常事也故序曰不肯與牲牢饔餼不肯爾其下解丁欽也今之大臣廢常不行能無怨乎

緜蠻黃鳥止于丘側昔令序者敘之以曰言微臣失其所為大田魚藻序法如是以

是推此久體則思過半矣。豈敢憚行，畏不能極。趨者奔走道路也，極者達其所往。山國借齊朝，駕則夕極于晉國淮南矣；蹶越者或次舟或次車，雖異路，所極一也。飲之食之，教之誨之。愛之能勿勞乎，忠焉能勿誨乎。古之大臣能用其仁，必故忠愛之誠自然不能不勞誨也。命彼後車，謂之載之。下半四句，每章疊出，一字不改，是不爲意所存。讀是詩者須因是達作者之意。夫飲食教載，旅中要務，故頻言之，以規今之大臣。茫說者

緜蠻三章

瓠葉，大夫刺幽王也。緜蠻，大臣不行，不肯飲食教載，而王國殄瘁，勢棄。天子棄禮不肯用，牲牢饔餼，而諸侯背叛，所以相比也，並暮春。上棄禮而不能行。上，天子也。幽王侮慢諸侯，而不能行禮與大臣，不用仁人，以遺其志，微賤其妾，合於一矣。雖有牲牢

中羊豕爲牲繫養者曰牢饔餼熟曰饔腥曰餼芺此言宴客饔餼之具也饔餼與腥也主也

不肯用也雖有肥肉嘉有寒色尔雜牢饔餼芸以起叢執見至菲之義也故思古

之人不以微薄廢禮焉雖薄其行禮不廢敬客禮也今牲牢具備而棄之是

禮視諸古之人不之甚矣行以懷諸侯下篇曰或狄孫之荊舒不至曰四夷交侵中國背叛棄之是

其首也

幡幡瓠葉采之亨之幡幡與翻同義疏云瓠葉熟亨之釀以爲菹李時珍云瓠葉新生可菹

君子有酒酌言嘗之此君子言古之賢人也不以庶人雖士大夫其情貧者草率嘗有是供具而嘗小飲也或云酌酒而嘗以執棄也與下章異亦通

有兔斯首炮之燔之兔斯猶鹿斯焉斯之例首言割亨之餘只存其首也羊舌氏譜

有人盜羊而遺以頭，受而埋之，是亦羊肴之餽也。王肅源，祗得之朱子，從孔疏云有兔斯首一兔也，猶數魚以尾，柰誣之文殊甚。

君子有酒，酌言獻之。瓠葉，俎也，故別言兔首者也。故分獻酢醻，戒羣以明至菲，可以為宴主之禮也。然瓠葉兔首特言之，微薄之甚，固不可以辭害意。

有兔斯首，燔之炙之。兔之首與瓠之葉類也，瓠之美在宴耳。

君子有酒，酌言酢之。賓既卒爵，洗而酌主人曰酢，獻則盡賓，酢則盡主人，酬無盡。

有兔斯首，燔之炮之。切疑此燔炙宜作炙。○一兔頭不容或毛炰，或加火，或炕火者。孔疏所往然是詩之辭也，不然酬爵豈別薦羞乎。

君子有酒，酌言醻之。主人既卒酢爵，又酌自飲，卒爵，復酌進賓，曰醻。○論是詩循序，曰瓠葉兔首，不使諸侯食者，何等剴切。

瓠葉四章

漸漸之石。下國刺幽王也。下國古之傳也非業寺而言之者自是詩次下
蓋附録次終之也王之雅也鎬京悖亡之戎狄叛之。蓋茀然在表下國者揭示是意也
荊舒不至。二句高雅其詩味遠征故擧遠之然詩唯詠一方之役二郊公王肅孔疏皆因序
征經序之處亦有自來矣乃命將率東征。怨怒而勤師於遠役久病於
外。武夫征役月久而勞悴於外野也詩之意在茲故作是詩也。序書之式夏侵役孫其辭
皆變而有衰亂日加之意可玩其所述亂之狀皆有次叙經可玩結句整如以附録相聯處
漸漸之石。維其高矣。漸漸山石高峻山川悠遠。維其勞矣。賦也
是道遠征深入之險阻不式秋荊舒之役也○廣考味客中之困次比時命之艱難猶南山烈烈飄風
発之今改定次為賦武人東征。不皇朝矣。朱注言無朝旦之暇也得之衞詩風

興夜寐靡有朝矣武人勞於悠遠見星不發莫或遑一朝息也悠遠之勞一朝不息即久而病也

漸漸之石維其卒矣卒崩也卒之崒同言巉巖也山川悠遠曷其沒

矣悠遠之遠行時其行盡矣也王遠伐之暴下國亦被其病居矣○騁我士師沒其境武人

東征不皇出矣朱浅但知深入不暇謀出得也出沒字相照射是辭之巧也

有豕白蹢烝涉波矣比也雨豬豕四蹢皆白殘其性左蹤疾喜天將久雨進而渡水

也喻客行久雨之苦故比周室大難之將至甚○豕進淺雨徵也猶天將大雨商羊鼓舞烝進也毛

義勝月離于畢俾滂沱矣比也意同上句迫天之未陰雨又害陰雨並比武人東征

鄙世患是四句非興賦體也月離于畢亦雨徵也然則白蹢涉洗泥而自非也

不皇他矣憚我不暇一意懸軍入險久雨滂沱又何暇而及他事矣勞病極矣○周西周

出師向東方而出故曰東征

漸漸之石三章

苕之華大夫閔時也大夫為周大夫也為下國大夫是惡稱閔者大夫自傷也非風刺之例小雅止一出王風曰閔周者四首幽王之時與衆錄序一下例西戎東夷交侵中國受前序次言其不言叛且不至也附錄三首序皆言戎夷之亂前此後無是言矣此王之末西夷犬戎入殺王至平王辟戎寇而東遷夫鎬京滅詩亦皆戎夷之禍也三篇乃竹次著王者之迹焜序特示之師旅並起王師東西並起也猶乃命將率東征因之以饑饉有師旅必有饑饉然資亦東遷也災君子閔周室之將亡申明首句也閔之而己未如之何傷己逢之不如無生自傷也猶兜鬼閔周君子

不樂其生。爲序法唯於婦人曰傷繇

己。嗚呼是詩不聞於刺也。王再**故作是詩也**○鑾

不行剝棄棄禮行禮之去其得不廢者三篇耶周

室覆亡之詩也。一以病而作，一以傷而作，一以憂而作。

苕之華○**芸其黄矣**○比也。陵苕附喬木而上蔓，比遂王託在諸侯上也。芸，前傳黄盛也。案

苕華黄赤色，故曰芸。次之苕之華之方盛，比師旅並起，

用兵不息，身弛而運，競之甚，將次順之焉。左傳

周備不堪競，言下次之師競甚，而亡上也。與序妙合。○鹿

者苕附木而榮，與如彼棲苴同。大夫憂國憂身。次

戊今葉芸其黄，形容今方盛。**心之憂矣**○**維其傷矣**○

也。故精考序意而改定之。

然兵荐起，饑饉洊臻，盛哉數亂，大夫憂不能救，傷如

是凡二句，唯是憂字傷字長，歌之哀於痛哭者。

苕之華○**其葉青青**○詠華而曰葉青，則華之衰謝而其黄爲青。一作奪背矣。與裳裳

者華其葉清兮不同。**知我如此**○**不如無生**○人情百

比王師果然傷敗焉。計唯保

三十五

一生然若盛知我身如此不如無生安至今或哀國家偕亡武慨臣卻不遂比兔爰無以其甚焉

牂羊墳首。鄭樵云牝羊首小今也羸瘠故首大而身小三星在罶。二句比羊饑饉百物彫耗之景也若萃華於夏秋可知是三星亦以星光照罶中無魚而水靜但見三星之光而已矣羊魚皆喻食物也欲割牂羊則瘠矣窺魚梁則無獲矣人可以食鮮可以飽。前曰我此曰人憂益遠辭益哀今之人雖可以食者亦復不飽則其不得食者將如之何嗚呼文武成康之赤子哀之轉於溝壑君子之傷不亦宜乎鎬京之命絶於是詩矣○大夫是人之可以食也然無羊無魚何以能飽矣況已不飽哀人之不可以食是言外不盡之餘情

苕之華三章

何草不黄。下國刺幽王也。此下國苦役而作也衞石雖行昔同名武人東

征伐周之將卒也是 四夷交侵。受前序次言其不
詩則下周自道也 南東西且經曰經
營四方 中國背叛。不言蠻夷猾夏亦擾亂也。其
疏以八字爲一句是拘前序耳
風序極王夫 用兵不息。息兵教起下國不勝徵發
侵諸侯背叛也。○通詩是不息之歎
視民如禽獸。周曰匪兕匪虎極言也王之暴 君子憂之。下國君子詩三百
無非君子之詩 故作是詩也。是什之末詩以王風天子
之詩將與宗周亡故也
何草不黃。與也秋天肅殺之景曠野所望 何日不行。次百卉之黃落與征夫之勞瘁
焉 何人不將經營四方。將者進行之義也
頌曰日就月將
何草不玄。朱淺玄赤黑色赤黃而玄也得之爾雅九
月爲玄孫炎云物衰而色玄引之是句爲徵
朱說亦古義左輪朱殷之徵 何人不矜。次草之盡
訓赤黑草而同玄是壞色也 玄與民之

矜鰥寡首章發己身上取與至此憂傷益甚可味

哀我征夫獨爲匪民。我征夫與二三小臣我寡人同語渚上之人次我征夫爲非民也然其驅役如禽獸而使不有室家焉

匪兕匪虎。率彼曠野。身非兕虎常循曠野而不家息也句意上匪民來兕次爲用虎喻武庸故取次爲錦

哀我征夫。朝夕不暇。無朝無夕率行曠野而不暇息也身非兕虎安能朝夕奔走不失其猛乎○朝夕不暇則不書日行一日之中亦無朝夕也

有芃者狐。率彼幽草。興也朱注芃尾長貌得志山海經云狐蓬尾蓬芃音同芃芃桼芃芃其麥形容可參幽草者玄黃衰謝之草蒙豪太也是在芃芃幽遠昧昧幽谷乃狐之所循行也

有棧之車。行彼周道。棧之車即棧車也周禮士乘棧車又棧車欲其漆不革鞔而漆之者毛傳可廣或云如馬棧故名周道周之道路也自京師旁達天下○芃狐之率幽草

寂寞無人荒涼有餘次是與接車之行周道則王
師如狐而周道爲出草之鎬京爲禾黍之象兆於
此乃次是篇終魚藻之什古太師之編次殆將
夫子之所刪定殆其義有可闕觀焉學者詳之

何草不黃四章

魚藻　角弓　都人士　黍苗　白華　緜蠻　○漸漸之石　苕之華
采菽　菀柳　采綠　隰桑　瓠葉　何草不黃

毛詩考卷二十一

毛詩考

大雅 文王 生民

八

毛詩考巻二十二

大雅

雅者天子之詩也其事其音之大者為大雅小者為小雅

文王之什第一

文王至假樂周公所制定焉序不繫作者名我以是知之

文王受命作周也○是篇述上帝文王一體不貳之義故言天者十二言文王者十八周之所以在得天命則失命而亡可知成王之監正在此乃知受命作周真是通篇大綱領○作周即哉周也○國語歌文王大明緜則兩君相見之樂也是與鹿鳴之三用之燕饗所序云作詩之本義者也

文王在上於昭于天○首章言文王賛上天次照臨周家○在上篇三亦在天言文王神明赫然于上天次監周也○墨子引首章次為文王既没之事是義存古書者毛鄭失之朱子

得也周雖舊邦其命維新○后稷以來千有餘歲唯文王有聖德故新受天命然

則是周乃文王所以受於上帝也子孫保之者無念爾祖乎有周不顯帝命不時○

文王有聖德故周之國光乃顯也周之國光乃顯故上帝正當其時而命之也然則應邪而命之新

猶以國光之類也子孫若夫是國光天命亦將去矣此命有周與天命言也即保天命在念爾祖之

意文王陟降在帝左右○文王之神臨監其子孫升降在上帝側禍福唯命在

後王後凡無疆惟休亦無疆惟恤○是章文王與天周與命有周與帝命文王與帝所以相從乃上

帝文王一體不貳之義先德以提通篇大綱語雖皆追述文德切以成成王者也其旨深遠多觸

亹亹文王令聞不已○二章更端言文王受命休周福及子孫韋氏令聞仁声也愈

勉愈廣故不已子曰三代之王必先其令聞可見是文王所以王也末注淺哉○亹以備勉之義

首章　周命　周命
六章　配命　配上帝
七章　自天　上天

五文王既勤止亦其盛德也言周治無悪不敷行
亹亹之義也二字是成王至戒可貫而佩之楽法
文王兆有所
勉濟說廣矣陳錫哉周侯文王孫子。陳賜能施也哉周造周也
並出左傳言下敷施其仁政次草創周室其德大被中
文王孫子也○哉始也左國引作載周續維也
文王孫子。本支百世。本宗爲天子支庶爲諸侯並
偶百世之永也○文王孫文
受之上句疊之自此至五章一例
然通篇上下兩半洽相遞可指凡周之士。不顯亦
世。都是陳錫之所被及也新羨其芽五甫彪顯榮而
福及世子孫○言百世曰亦世須知永世之
蓋文王所賜然後王後民不能保天命次遏
爾辭則一朝次古文注世之有其訓戒視切
世之不顯。兩章相聯故首句疊前章之末
後四章相聯首末相承疊亦同厥猶翼翼。
三章受上言也善臣輔翊之盛宜與周配天休○芽
土求世崇高富貴豈不亦顯乎其佐命之謀宜能

翼翼盡其忠敬矣○是
章借重多士以戒成王
思皇多士生此王國
皇猶
靈也
多士生王國殷肅羽翼似天資志靈異不測故曰
思皇備於皇來美周有大賚善人是富聖人自有
天
祐
王國克生維周之楨
周之王室多士實為之楨
幹以營造之也楨當牆兩
端者幹在牆兩邊者○維清曰維周之禎或疑是
亦當作禎然毛傳時一六从木一六从示各有當不疑
可
矣
濟濟多士文王以寧
多士左右之先後之致身
授命奔走以弼成王業是
以文王得以不勞而王也故世其業顯其名族
以肢腹心爪牙之勞矣然則成王不可不重勳舊
者壽其基蓋大王基所存也著文王承天大賚知賢登中
庸之訓是章所主也○此濟濟以盛多也猶濟濟之有
褎
穆穆文王於緝熙敬止
四章更端言天命文王以臣
附商孫也○穆穆深遠也受

多士次寔謂熙日新之意循緝御之雨辻緝熙
光也周語緝明也熙廣也○前兩章一職次之章之
文王起之自此四章相假哉天命有商孫子假大也有
爾次之穆之文王起之
臣附之也此商之孫子其麗不億麗數也麗澤麗其麗皆連偶
應之文王孫子
之義不億不徒億也與無萬數語法相似○周孫
子有百世之數商孫子不億而顛謂此其照應
上帝既命侯于周服侯維也是章下半四句覆言上二句之意但上言文王臣
附也下言後不億者服文王而不敢貳也○宗儒
次於言凛念是章無當耳緝熙敬言日新其德而
克肅敬也堂次敬承文德之意者乎周公次作字
終是崇而左傳引之陟降二句曰信之謂也又引配
命二句曰忠也古人正與夫子所
謂王忠信者合主敬一家言耳
侯服于周天命靡常五章言天命可畏次戒之成王○
自四章次下每章言天命是大

訓也靡常則是王孫子亦可戒 殷士膚敏祼將于京○ 殷士言殷之舊臣也書曰
膚美也大也祼灌通主酌鬯獻尸尸受灌
地將行也奉也言酌而送殷士來助祼將之事
也京周京也○殷士應凡周之士膚敏則 厥作祼
非無翼翼之臣然天命傾則從而顛沛
將常服黼冔○ 黼裳而冔冠也言服殷之服而助周之祭是二句下屬○殷士而黼冔
者其來大夫旅 王之藎臣○無念爾祖○ 爾祖藎進也言進用臣猶進士之進此言
新進言云即前章多士之子孫也爾祖文王也多
方曰爾先祖成湯○觀於殷士次戒藎臣若次周
畏祭於廣姓如何哉文王受命依
周不可不念戒藎臣當次戒成王也
無念爾祖○聿脩厥德○ 六章言周之存亡在奉天命與修○聿在詩爲發語辭脩厥德
言脩飭爾祖之德業也左傳引是因念德不忘其
可敵乎文王遵之陳錫能用賢才而後穆之明新

恭己南面以保天命皆其德也永言配命自求多福○從天有福逆天有禍多福當由己求之也文王豈只是以哉周多士翼翼是以世顯皆自求者也東萊云王者代天理物操典禮命討之柄以臨天下故曰配命又曰配上帝殷之未喪師克配上帝○師衆民也例當尚書然此師與其喪不億撫應曰未喪者蓋今於不配命而喪也○是句以配上帝之配命卒章上天亦受自天首章有周帝命受上句周字命字是篇上四句下四句兩半整然文字相承極中四章易見前後三章昧者不知宜鑒于殷駿命不易○以鑒其滅亡爲去命之不易○無遏爾躬○卒章言奉天命之在刑之五以終首章之義○天之大命不易無當爾躬遏絶去孟天及付之身天下又大亂古丈多例宣昭義問有虞殷自天○義問來法則通善譽也業左傳宣昭令名標望則與今則不已應郊箋以禮義問老成人業

二四

文王遭事老成所知少壯者宜從而問之少儀義
則可問之則不據是則昭明其所問於邦家之來
知孰是有文也虞夏商而備之也禍福皆自天然殷
自天主之其天祿求終言也故同虞書曰稽謀自天
文例 上天之載無聲無臭 雖虞自天命上天禍福
同 之事神明不測周非人
知所及也蓋祭有殷人尚
集周人尚臭詔宜周是效 儀刑文王萬邦作孚 天不
可測文王即天也唯能既之王之德業而儀刑之
則萬邦悅服莫敢不用情也作孚作德之感忠厚
信者文武象德作信則人情和來禍亂不作蓋所
道之極功也左儴之王陟降在帝左右信之謂也
次作孚取給古意可觀 夫周邦文王所受命作
任也故保周邦在周帝命周帝命在法文王文王
與帝非貳也是通篇大旨
首章金聲之卒章玉振之

文王七章

大明文王有明德。大明之大猶小明之小蓋周公制作所先有是名非詩之小明意明德之明不與大明之明干淺猶淺樂嘉成王故天復命武王也。文王之三主之本王而稱述之是篇次武王終之也先哲恐後人誤而歸重於武王故繫辭如是革命原之文王右意也

明明在下赫赫在上。首章言天道福善禍淫之義次明周家革命出於天以天監明明於下而赫赫在上也非言王者明明與天監在下一義也皇矣上帝臨下有赫亦同○首章二十篇大綱與卒章相終始中間六章次八句起而次六句受之章之首尾其辭相接兩兩成對是篇法也

天難忱斯不易維王。天監甚明福禍靡常天不可信是以為天下君難哉赫赫之威不避聖明之子孫也○戒成王則周有之然通篇大義如序所示天位殷適。使不挾四方。明明之察也赫赫之罰也禍淫之道也夫天位而殷適其勢盤石也上天乃使之

五

其不挾有天下也占語嗚呼皇天上帝改厥元子
茲大國殷之命今成王亦天位周適也〇抒材因
先王既勤用明德懷柔衆言懷民而
挾有四方也挾抱持之義未得也
摯仲氏任自彼殷商 二章言王季大任有是善而天福之次中文王〇太任是摯君中
女任姓也殷商蓋言商都也摯是湯相仲虺之後
太任時亦有職司於王室猶周有子孫爲卿士後
故大任自商都來也豈是殷商歸周之嘉兆乎曰
有彼殷商以非徒然又與六章之辭相照須細加
尋繹
來嫁于周曰嬪于京 殷周相對故此曰嫁于周
其都曰京周之京 京岐周之都也劉君邈
孫所在必因其名
乃及王季維德之行 大任之德配王季而
無遜爲
大任有身生此文王 猶曰天錫之聖子
維此文王小心翼翼 三章言文王之善〇是篇次革命終始者故先稱此一德小心

大命文字映帶。昭事上帝。聿懷多福。昭、精明也。是詩文王武王並言上帝、蓋受命故也。王季不言天、所謂諸侯不稱天之義、殆皇矣。孝意自異。懷多福、循于祿、求福之例。言自求多福。厥德不回。以受方國。左傳引是曰、君無違德、方國將至。從而求福不回。

天監在下。有命既集。四章言文王有是善而天福之。次后妃。○天命既集于文王所。次擬爾女士也。君奭曰、其集大命于厥躬。在下聯首章、有命聯六章。辭之精微。文王初載。天作之合。初載、言幼沖之年也。於是后妃生而有配、文王之端也。合、配也。與洽之陽相顧、眡辭之巧也。紀、治合也。

在洽之陽。在渭之涘。天之所作合處、在二水之濱。文王嘉止。大邦有子。嘉、猶有慶也。大邦、莘也。有子、言有賢女子也。此言大姒既長、德行茂聞之時。

大邦有子。俔天之妹。五章言文王大姒至善相配、而天休震動於周家。○俔、譬也。天

二六

之妹言其有靈德也易曰帝乙帰妹是天帝帰妹也先下震上曰帰妹妹者少女之称文定

厥祥親迎于渭文礼也次礼定昏姻之嘉祥也不必繫卜吉說之士冠禮辞曰拜受

祭之次定爾祥造舟為梁不顯其光大礼滿矣光華盛矣人心西著天沐震動

也比造舟欲言新造舟然擬爾雅天子造舟左傳造舟于河則造自有此義也

有命自天命此文王文王言文王大姒有是善而天福之次武王之命言天次天下

援文王之命也于周于京備曰命此文王于周之京也于堅于謝句法頗似孟受未據于

周曰續中于京上而成辞也次叢大姒來嫁德行益盛周京之教備大任及王季之時也纘女維

莘長子維行言文王受命后妃能一心其令德也微女嗣大任徽言之女大姒也維莘言

自莘國大小也長子孟女也應仲然維行言有德之行也應前篤生武王天之生猶必因

其材而萬億如維岳降神生甫及申是也保右命爾燮伐大商天保右武王而命之次燮伐大商也燮和也武王曰無畏寧爾也此謂燮伐○二章自殷商而來周京此章自周京而和大商篇內殷商大商各再出而互錯綜伐必曰大雅之盡者歟○是篇命字重序示在此

殷商之旅○其會如林○七章言武王奉天命次伐淫人紂○會聚也如林衆盛也信不可者億兆而滅天命有所歸故也矢于牧野○維予侯興○矢陳也猶武成會于牧野言兩軍相對也我維興言我旗幟精明起之也次二句即其畫商之大軍馬声皆啞上帝臨女○無貳爾心○熊羆之士奮勵競勸之言也士皆見大敵益生氣勢故軍容振作

牧野洋洋○檀車煌煌○駟騵彭彭○八章言武王伐天威淫次終祖考福善之命○洋洋廣也煌煌如火也小雅路車有奭彭彭英盛也騵馬白腹曰騵檀弓戎車乘騵爾雅一染

謂之源法 今之紅也

維師尚父，時維鷹揚。鷹揚，大公之志也。師，大師；尚父，

号也。舉大公猶王季之大法，文王之大姒纂真，王有有衰邪也。不可仲也。**涼彼武王。**涼亮。

同韓詩作亮。爾雅亮導也，右也，並有前鋒之義。肆

頌撻彼殷武，奮伐荊楚，彼字例正同。上章此文王

三出，故變再。**肆伐大商，會朝清明。**肆，故今也，與遂一意。受上命，爾變伐非是

伐是肆之肆。會，朝猶會同也。一戎衣而天下定殷

之諸侯亦莫不來服，萬國皆會朝於周，亦清明而

不復揚塵也。管子修業次清明，清濁亂，世

清明○喬說次會朝，反會戰之日，未見語例

大明八章

綿○文王專言文王之德也。大明上及王季，下及武

綿五。綿則本諸大王也。文王天五，出帝四，出命八

出。大明天六，出帝二，出命四，出

綿則絕不出天字帝字命字也。**文王之興，本由大王**

王也。文王之三序、繫辭別爲一例、所次示三篇相此也。大王是王業所本由、故先篇盛稱大王、而末二章次之、是王能承其遺烈終之、然卒章亦次文王、四鄰悉大王、王家法者、可審加尋繹。

緜緜瓜瓞。首章言王迹基於大王。○興也。瓞云瓜有二種、大者瓜、小者瓞。民之初生。

自土沮漆。我周民之初繫、纔始自大王起土功於沮漆也。是提綱之言。生、生息也。商頌帝立子生商、是土功也。邠漆土國城濵溥、而周原二水之間也。其沮漆自遷歷岐周、次至豐鎬、故邑岐下、曰王沮漆也。次瓜瓞緜緜之莫延而結實、與周人之浸而蕃衍盛大爲○左傳緜緜之生之此。古

公亶父。盤庚稱先王曰古后、大王蓋後稱古公也。亶父或曰名、或曰字。陶復陶穴。陶或云形如陶竈、或云燒埴造之、復累土爲之於地上、重複故名穴。鑿地爲坎、或云昔寒故然。或云上古穴居。陶復陶穴、遊之俗乃然、特言岐未有家室。周經營之盛、故曰未有家室、言

二八

寢廟社稷之制未備不然七月有公堂茅屋公劉有廬館築亢不可以辭害意矣

古公亶父。來朝走馬。二章言其遷岐○東萊以形容其初遷之時晷比相宅之精神風采得之循公劉鞞琫容刀朱汝走馬避狄難也未遷率西水滸。至于岐下。西水沮漆也豕遂獨與大姜去之踰梁山至于岐山之下從之如歸市焉爰及姜女。

聿來胥宇。胥相其土宇也公劉于胥斯原前篇有大任大姒繫是一句不及大姜也於難言之其賢可知于司妃次及妃大王之道也大王愛妃孟子不欺人大姜果賢妃矣

周原膴膴。堇荼如飴。三章言其定宅○周原在岐山之南膴膴肥美也堇荼之苦亦甘如飴爰始爰謀。爰契我龜。始循經始之始雖未及實既得地營宮廟朝市士民之居必自規度指畫之故曰始謀與衆議定也契或以楚焞也荊楚為之燃大以灼龜者或

以刻開之灼次卜之曰止曰時築室于茲龜兆告吉曰是此可次止矣又曰時亦及土功時不可失矣於是大王乃築室家於周原也

迺慰迺止迺左迺右四章言其撫因君民之勞慰其民而止是也乃左右分而處民也公宮在中民居東西迺疆迺理迺宣迺畝大曰疆小曰理言經界也宣通溝洫也左瀆宣洽洫畝治田疇也自西徂東周爰執事東西備南北言從役西面也後代自西徂東靡不定處忠信者同言衆皆悅服忠信次執事不怠也

乃召司空乃召司徒俾立室家五章言其宗廟○司空掌營國邑司徒掌徒役之事古者司空最貴故上之○此變用二乃字上八字西字下三字西字皆經營之事也用字精矣

其繩則直縮版以載繩竹以正基址也縮束也載爲從上下相承載也素

左傳水潦正而栽文庚寅栽杜注樹板幹而興作
亦稱古載哉通此載即與栽同栽猶築也栽草
木者必築固其根作廟翼翼○曲禮君子將營宮室宗廟爲先翼翼嚴正也
捄之陾陾○六章言治宮室次美其得度○虆其土而擧之牆上者衆多也捄言盛土於虆中也
陾陾擧也衆也歟訓偏偏格格擧也是歟詩捄之陾陾衍之閣閣也偏陾格閣音義同度之
薨薨○牆上人受虆而提土於版中亦衆多聲也
古度宅通用說文宅托也毛訓居鄭訓投
其實一也歟訓薨薨衆也即言衆聲築之登登○登登傳云用力也朱法相應聲削屢
馮馮○牆成而屢削之其聲馮馮然也康誥迪屢未同多方迪屢不靜與此一例百堵皆
興鼛鼓弗勝○役夫囂囂勅事樂攻休息之節鼛鼓不能止之也弗勝或云鼓人不勝擊
也或云鼓聲不勝人聲也鼛鼓長一丈二尺周禮以鼛鼓鼓役事

迺立皐門皐門有伉。七章言作門社次其其武滿。天子五門皐庫雉應路諸侯無皐應傳云王之郭門曰皐門伉高皃案毛意次序大王時未有應皐之名迺立應門應門將將。爾雅正門謂之應門將將嚴正也朱注大王作二門其名如此及周有天下遂尊爲天子之門而諸侯不得僭焉案毛朱皆通迺立冢土戎醜攸行。冢土大社也戎大醜衆也爾雅引是二句釋之曰起大事動大衆必先有事乎社而後出謂之宜此訓戎爲大肆不殄厥慍亦不隕厥問。八章言大王之有遺烈於文王。殄滅也厥慍大王所惜言混夷也詩通左傳且闕不令蓋戎醜最滿混夷也大王雖不能殄滅之亦不墜其令聞也後滿肆戎疾不殄烈假不瑕柞棫拔矣行道兌矣。柞棫皆叢生有刺故拔起除之也兌成也遂也古注與遂同遂亦通毛義雖然天作高山大王荒之笺云一年成邑二年成都

二十

三年五合其永業盛德日廣歸附殷盛岐山之險
漸夷險然成一大都會也後篇柞棫斯拔松柏斯兑
矣 混夷駾矣維其喙矣○駾突也説文馬疾行貌喙息也晉語余病喙注短
氣然言下混夷怖我威德而奔竄困喘不得復與我敵上
也孟子文王事昆夷然則昆夷慑伏在文王亦非
其初年也終言及此以著文王之功因大王之
遠烈也後篇串夷載路亦追而本之大王也
虞芮質厥成文王蹶厥生○卒章言文王之丕承大王以終之○質成猶
就有道而正焉之正成其訟之成也蹶生言蹶然動
其生氣也混夷既從天下之心而傾是生也於是
有虞芮之事遂風動歸周是蹶之也蹶如土之春土
氣震發乃耕發以起其蟄發生之氣若春雷一聲蟄
蟲咸振蓋蹶生之義也 予曰有疏附予曰有先後○言予周室也因助安
説詩人自我大非也此四臣雖主文王然而隆
亦非外大王言二王並善因賢本成王業故合

而称言文王亦兼大王家法者見矣而周公使成王兼文王家法之意亦見矣文王之三次次棫樸為政在人之義備矣

予曰有奔奏予曰有禦侮 傳率下親上曰疏附相道前後曰先後喻德宣譽曰奔奏武臣折衝曰禦侮孔子四友次同止為香次同人加錫止為奔輳同遠方之士皆至師止為先後同前有光後有輔由止為禦侮同惡言不至於門業疏附使疏者親堂弟有德宇者以先後在君側為股肱喉舌者以奔奏奔命四方者以禦為奏本亦作走禦侮即熊羆之士以齊諸樂羣賢名於次浩植公泊功之業次徹是篇結法

緜九章

文王之三章同嚴 五不容仲之看過

文王七章八句合五十六句二百廿八字

大明八章奇偶合五十六句二百廿五字

緜九章六句合五十四句二百廿九字

棫樸。詩專美文王，猶靈臺，終前三篇。文王能官人也。知人則哲，真官人盛德之事也。前篇次四鄰，老氣乃次棫樸，官人之變也。於竹次終文王之三也。編意可玩。

芃芃棫樸，薪之槱之。首章言文王教育人才而官使之也。○比也。芃芃，日茂盛貌，猶芃芃井黍苗。棫，樸，叢木，伐棫以根，枝迫樸，扁或云二木。蘇，伐而析之也。槱，燎祭天神。晴積而燎之也。山木日茂，比英才盛起，猶所薪之而後槱之也。此下說教育而後官之也。○周禮以實柴祀日月星辰，以槱燎祀司中、司命。實柴，亦槱也。槱字从火非从木。積之說文，槱積柴燎之。確矣。○邪說者云析棫樸以祭賊，杞柳噫邪，牛之文爾。性赤殺之也。

濟濟辟王，左右趣之。多少英才皆駿奔走從事於祭也。濟濟，威儀盛也。趣，趨也。易曰變通者趣時者也。○上句次燔柴，下句周次祭事，變之也。

濟濟辟王，左右奉璋。二章變上言英才，從崇之盛。○在左右而奉璋也。祭，於王祼次

圭瓚諸臣助之亞裸以璋瓚業奉璋者大宰太宗等一人也然兼凡裸者藏言之故曰左右是詩之辭也

奉璋峩峩。髦士攸宜。濟濟以取於水峩峩以取於山登庸而遂至奉璋是髦士得宜之極也是章先舉二擬之盛者一以收之

○歌訓歎以祭也亦是章言祭也歌言髦士去官也亦是章髦士要於衛國髦士也官與序符合非美二字孔嘉髦士攸宜攸宜言其亦宜然也

淠彼涇舟。烝徒楫之。三章言用之武事而能濟其功○興也淠傳云舟行貌業舳艫千里之狀也萑葦淠淠傳云衆貌其旂淠淠傳云動也烝徒衆也夫也楫在旁撥水者春秋繁露以是章爲伐崇之證或有傳矣

周王于邁。忠而動也成功于民

六師及之。將率師旅得其人故也六師追言也及之駿奔進也涇水之流烝徒行之淠然雲翔以興文王出師則六軍之衆集如風雨急曰及表曰作人並有興起氣象而章以文武中外成數故句勢各因其氣象絕妙

三十二

倬彼雲漢。爲章于天。四章言花之文職而治化休明上○興也次天文興人文漢大也

又興皡遍明盛矣周王壽考。入而靜也受祿于天遐不作人。群官百吏得其

人也故也遍沖適作以人使人氣起裝也未注言化變化

鼓舞之樂盡矣待文王而後興興即作也能官人

故能作人菁莪言大亦可揆也周禮進賢興功次

作邦國非能官人何以作人作人而國家文明○

周有大養善人是富也則富能熙之士入則富經

濟之太唐虞之際於斯為盛是而章並稱周玉爵

而二章並稱辟玉而卒章稱我玉章殺嚴正宜刻意

釋也朱子前三章後二章壽省文字相攜者

追琢其章。金玉其相。卒章言集賢太罷勉治術○比也追彫也苟子說苑引作彫相

質也金玉而追琢美之至也文質極矣次比其

運國刑政無不盡斯文矣此非集賢才傳不能

也勉勉我王。文王自朝至于日中昃不遑暇食其行為祗詢於八虞而咨於二虢度於

謝夫而謀於南宮而諏於蔡原而訪於辛尹重之次二周召畢榮濟之多士是文王也**綱紀四**

方。周詩經之次天緯之次地經緯不爽文之象也文王從方故天胙之次天下所謂綱紀是追琢金玉之所使即天經地緯之謂也○疏云綱大繩能張綱之目紀者別理絲縷

棫樸五章

旱麓受祖也。大王王季受其祖業也故不言文王蓋文王之三上限於大王故詠二王

承布所受次備也**周之先祖世脩后稷公劉之業**。公劉蓋后稷之曾孫也首句所謂祖者主后稷公劉而況指其祖故繫辭若是受祖之意須審三章四章**大王**

王季。是一篇不與小雅大遷廷者特陳二王之德而不及周室受命故也序箋疏哉昧序者長夜耳

申以百福干祿焉。通篇只是意也嘏樂同干祿百福是倒也猶楚茨序經有

三福矣故曰三申以百福首章有干禄故曰三申以干
禄詩所咏在百福與干禄卒章求福亦是干禄
瞻彼旱麓。榛楛濟濟。首章言二王之求福禄○興也旱山蓋在二王舊都以潤澤之
殖與豈弟之然禄爲赤木之長漸而由繁周語引首章曰夫旱麓之榛楛殖故君子得以易樂干
猶爾故興於榛楛則時和歲豐可知與於玉瓚則德明身尊可知是以與之常豈弟君子。
干禄豈弟。干禄亦謂豈弟而已何徼幸之爲蓋是周家法也君子爲二王以次知之曰大
王以前在豳邠君無雅故特有公劉一篇○釈言豈弟發也蓋言雖豈弟能發禄也○豈弟周語引
之釈以易樂與愉哀對說之是隨訓也
瑟彼玉瓚。黄流在中。二章言福禄之來集○興也瑟縝密貌黄流鬱鬯也箋云王季
爲西伯以功德賜圭瓚業美王季寵華因以取興豈弟君子。福禄攸降。唯王

瓚注之以黃流其美相配以與福祿必降於君子焉君子之德亦猶玉瓚之盛福祿爲黃流而來

鳶飛戾天。魚躍于淵。連次章言安民次祈福於神○比也比下君子揖讓于執小人福

歌于野鳥所謂上下察言上下明察物得其所也豈弟君子。遐不作人。人使

各得其所則志氣必奮作也有才不見用有功不見知人氣必爍矣左傳引是曰作人斯有功績矣

清酒既載。騂牡既備。是篇中兩章相接如與棫樸前兩章一例三章無福祿四章

無豈弟君子上下皆與而三章獨此亦以是也二王受祖之義最重故合兩章言之小雅祭以清酒

從以騂牡享于祖考是亦祖考之享也○騂以享牡備棫樸之六師然二王時既用騂牡矣

以祀。以介景福。左傳聖王先成民而後致力於神是古道也宗儒至于祿而屢窮

瑟彼柞棫。民所燎矣。五章言得神之福○與也其衆爲燎於柞棫盂盂烈之山澤之類

通周道亦于王之攻故取以為興以柞棫枝葉推
使為焚燒其旁草使木茂也或云燃以供燎余則
（未安）豈弟君子神所勞矣柞棫民燎以開道以興君子天神勞以除福焉
莫莫葛藟施于條枚五章章復言首章之意終也○興也以葛藟之緣木興求福之不
豈弟君子求福不回褒于祿為求福一意也表言君子引是四句曰其舜禹
文王周公之謂與有君民之大德有事君之小心葉以葛藟為興故以為小心以興之體從來如是

旱麓六章

思齊文王所以聖也大任思齊之德有以致之也大任思媚周姜而嗣徽音於
大姒于文王惠于宗公而使寡妻兄弟家邦皆有所刑是以不聞亦式有德有造譽髦斯士也
思齊大任文王之母首章言文王之有聖母○見賢思齊蓋周是也大任常思與周

姜齊克刑其內教寔是聖人之母也思媚周姜京室之婦○列思媚猶懷愛也言中心親之也周頌思媚其婦思非語辭京室周室也分開周京字大姒嗣徽音○則百斯男○大姒亦從大任之後思齊而克嗣其德音則有振振百男也

惠于宗公○二章言文王之聖因其母○后稷公劉至大王王季是宗公也言宗統之君也受祖是此古家浩旱麓下樸然是篇歸重於太任思齊之德矣神罔時怨○神罔時恫恫痛也此言文王曲當其神也次下節言之雖有其德而無其祭則怨雖有其祭而無其德則恫

刑于寡妻○寡兄寡人一例是三句蓋文王之言也直欲其言故有是謙辭至于兄弟○以御于家邦○御取治也上媚周姜下使大姒刑之教太任也上惠宗公下使家邦刑之教文王也下章之不聞者不諫者成人小子皆思齊於文王而譽髦蔚起也須知思齊是通篇

一事發而文王所以次聖亦大任之德也大任思齊而
文王大姒及兄弟家邦亦皆思齊其淵源盛矣
雝雝在宮肅肅在廟 三章更端言文王宮廟之德容次起下○妻子兄弟則雝雝和
也卿士大夫則肅肅敬也宮言闈門之內也 不顯亦臨 言在廟也可法與不顯亦世同
文王肅肅其德不顯明矣亦次臨照羣臣是次羣臣畏而愛之則而象之 無射亦保 言在
宮也保無厭所謂保惠有教訓之義文王不見厭於人而亦能保惠之是次家人愛而敬之自然而
刑家人九五王假有家言感格其人而有家也○清廟不顯不承無射於人斯
肆戎疾不殄烈假不瑕 四章言文德之被遠人○戎疾猶大惡也戎毒之戎烈光
假大也猶文王之耿光周語殷王帝辛大惡於民
文王時也殘雖未殄滅耿光不虧其瑕玷通化
日熙黎民歸德也○戎疾不殄一句 不聞亦式不
次慕其感化翔於封域外也可玩

諫亦入。烈假所被、及衆皆感、將雖不聞其道者、自順其則、雖不待諫誨、亦自得之也。文王肅肅之臨、以顯其德、雖之深不見射於人、是道化之所以神妙也。子曰、不令而從、不教而聽、至矣哉。決虞芮之成也、與此大從。〇入者、以諫之入成發、是辭之巧也。左傳、諫而不入、則莫之繼也。

肆成人有德、小子有造。卒章言文德之著其本。〇兩章兩肆、並受前章、并爲成人冠者也。小子童子也。有德成其德、性以洪國家之用也。有造、正業君學有所造成也。

古之人無斁、譽髦斯士。古之人文王也。無厭斁而不倦也。譽髦猶曰名賢也。無斁故譽髦之士濟濟也。是詩以育英才終、與緜之卒章以治國之要在茲。〇二章稱刑于寡妻、而三章次下、毎章只是刑也。文王思齊於上、而能刑于下、故下皆思齊於文王、是一篇之大義也。〇孟子引刑于寡妻三句曰、古之人所以大過人者無他、即因是文以稱文王也。

思齊五章

皇矣美周也。合三王一美之、是追述祖德之詩也。早楚麗言二王、受視思齊言之文王、受大任、是詩言三王相受三首相屬。天監代殷莫若周。敍首章也、唯文王可以次代殷。周世修德莫若文王也。也案據是利古本補○乎謂西顧、即顧文王也。二章至三章陳大王王季之德、則首章嫌於詠太王、故曰世德莫若文王、帝作邦作對、文王也、非大王也。是序若非敍首章、泛贊語耳。或云莫若周敍太王受命也、莫若文王敍始受征伐之命也、止兼太王受命、特追述之言耳。當大王時、殷國未衰、天豈有代殷之說邪。紂王無道、故始監代殷者也。

皇矣上帝、臨下有赫。首章言殷未衰亂、天命歸於文王○皇矣上帝、臨照下土赫赫可畏也。是章與大明之首章同格、先提其本意、而揄入大王王季、至五章方廣首章之事、次卒之。

監觀四方。求民之莫。〔莫定也。常監四方唯民之安定是求。而今故亂君禍之是君佑也。〕**維此二國。其政不獲。**〔二國密與崇也。文王伐之二國耳。而序曰代殷者。伐崇作豐此謂文王受命靈臺篇次受皇矣也。〕**維彼四國。爰究爰度。**〔二國政亂。故四方之君將相謀而討之也。○左傳引是四國此彼字易於從。優然毛公從傳時既已若是即從是解者二國有所不故曰此四國汎言故曰彼。〕**上帝耆之。憎其式廓。**〔耆廓未詳。傳云耆惡也。蓋四國多謀密崇耆上帝惡之。憎其亂戎衆戰。禍亂益張大疾。〕**乃眷西顧。此維與宅。**〔乃西眷顧文王而降格于周與文王偕宅而居其征伐也。此言西土周也。與宅言相與偕居也。漢書引是句言天次文王之都若居也。○淮南漢書並引作此維二字非誤。〕**作之屏之。其菑其翳。**〔二章通言大王遷周之見天命既有憑。○受而顧而說出西土〕

之初爾雅云立死椔斃者翳翳言不死而倒者也又
曰自斃椔是折蠹而顛者也來治作拔起也屏去
也脩之平之其灌其栵灌叢生也栵栭也郭注云樹樹而庳小叢栭茅棄故
與灌叢除之脩平道路也○朱注栵行生者也次以憶造訓啓之辟之其檉其
椐○依庫攘剔次除木言之猶平治硬次通道言之互其真辭與下路字映帶攘之剔之
其檿其柘○疏云攘者去之也剔翦之也○天依高也大王荒之故專次剃除林木差殘左濟
斬之蓬蒿藜藋而共處之言剛平原造國也帝遷明德串夷載路天之串夷
即混夷葉大王有明德故天遷之而王周其國大之
剛串夷顛其道而未服也是追而本之之辭猶言三
章奄有四方文王循書事混夷天立厥配受命既固配大姜也既固言自大王
時既已堅固也明是自後之辭也宜與三章
受祿無喪並卷首章先言文王之義瞭然

帝省其山。柞棫斯拔。松柏斯兌。此三章言下至於王季一矣。命愈顯上。○柞棫既除而松柏成行。大道挺々。儼然成國也。前章只言大王刊山通道。至是終之。帝作邦作對。作邦而作對也。對言自太伯王季。亦自後之明。君與是邦對者也。辭也。帝既作如是大邦。於是乎又作宜立之君。考對言丈王王也。故曰自大伯讓王季。○作猶作之君作之師之作。

維此王季。因心則友。因猶孝。友睦。姻之姻音義通。則友其兄。則篤其慶。載錫之光。光猶王季既受大伯之德。則益修其德。以厚周家之慶。而與其兄。以讓國之光。猶曰下彰其知人之明。不為徒讓耳。受祿無喪。奄有四方。二句。爾雅蒙荒奄也。應大王受命。故曰無喪。下章有萬邦之方下民之王。故曰奄有四方。是句在王季則言其基。在成康則言其終。詩之辭。水月鏡花。不可為典要。

奄土四方也

維此王季。左傳作文王明次文德說也其疏云王肅注毛詩及韓詩亦作文王業作文王盖古之真也作王季者盖鄭箋前涉上章傳寫誤耳義雖兩通余從左傳明文王為憑帝度其心。四章盖更上言文王之盛德。心能制義曰度帝次文王之心為有軌度也八德皆帝所許也八德皆兩々相比貊其德音。其德克明。德正應和曰貊言己貊然靜定而物皆應和也照臨四方曰明克明克類。勤施無私曰類言施而無偏下視同仁也明次照四方仁政所被無有遠邇王道所次蕩蕩也克長克君。教誨不倦曰長是者之道也賞慶刑威曰君言能用賞刑而慶之威之也王此大邦克順克比。慈和遍服曰順順言慈和而人倫順服也擇善而從曰比衆之倫服擇從焉文王之德可順可比故也比于文王其德靡悔。文王有克比之德故衆能比之文王所為則作事無悔也既受帝祉。施

于孫子○歲德如上故克受天祿遂被及其孫子成為天下君也○上半四章語勢下收

帝謂文王○五章言文王奉天命以伐密○受者章此維與密無然畔援○無然與無然世同畔援字別解之亦通韓詩武強也箋云猶拔扈無然歆羨○勿有貪羨人之土地

誕先登于岸○誕大也登于岸形容之辭猶言家語曰大域之中而公治之岸節然高者也故借言高明無形之地也登之龍斷猶網市利況登于岸而平臨之乎密人不恭敢距大邦○侵阮徂共○文王為徂而密人擅興師以侵阮遂往至共故曰不恭曰敢距即距違也

王赫斯怒○王登于岸高故四同乃有是不恭之徒此不可使衡行故怒而整師非畔援也非歆羨也爰整其旅○以按徂旅○爾雅按遏止也孟子按作遏徂旅言密人徂共之衆也以篤于周祜○以對于天下○答天下之望也人望之歸

二十九

亂始見於此，可見上帝之所與密，即天下人心之所同歸也。

依其在京，侵自阮疆。六章言文王克密定都于程。○二句著文王不親與密人戰也。

依，不動也。文王依然在周之京，而所整之兵既遏密人，遂從阮疆而出，次侵密國也。朱子大得之。

陟我高岡，無矢我陵，我陵我阿。高岡陵阿皆密之地，師至則敵棄之，而皆為我有也。我陵我阿，言為我有也。

無飲我泉，我泉我池。周師伐密，自阮疆出，而張師其高岡，則密人不守，衆皆奔潰而陵無兵，泉無飲焉，不血刃而滿目山川皆歸我圖版。故曰我為所謂入其虛邑者也。周公次天命言之，宣參言之系。

度其鮮原。真其密也。毛云小山別大山為鮮。葉原有鮮，故曰鮮原。箋云鮮善也。葉言其爽塏鮮明並通。或云居岐之陽則鮮原仍是周境內也。

居岐之陽，在渭之將。文王克密而作程，克崇而作豐。將，側也。疏

云此在岐之陽則去豐鄗不遠豐則在岐之東南三百里

萬邦之方。下民之王。方猶鄉也維旗方之之方王追言也二句與前章次篤次對二句照應克密是文王征伐之始故繫是四句而於克崇之下以無悔無拂終之而已此詩人至意伐崇作豐於文王有声贊述之

帝謂文王。予懷明德。七章言帝戒勅文王以伐崇懷君子懷德之懷是篇專稱文王之伐功故先舉是帝命以明文王之師出於不得已也且為伐崇之始安致附之起本可玩

不大聲以色。大主声下実声色之於以化民末也故不大

不長夏以革。不長鞭朴以撻人也王某云夏用木革用皮皆鞭朴之祖得之夏楚之为扑周已論也鞭从革則木末重革者必有據又古華棘通用棘亦荊楚之類也左傳雖鞭之長不及馬腹手某長訓崇長非也墨子屢引是夏革新非誤也

不識不知。順帝之則。帝云予欲以明德臨下國不

二十

欲厲聲色是鞭朴以懾威之文王受之是
命動容周旋自合天則其宣事攻伐之氣帝謂文王。

詢爾仇方。同爾兄弟。著征伐當於天心也即又所言
以對于天下也仇匹也敵國

同義好仇之仇
說讐國非也以爾鉤援。與爾臨衝。言其械器必
臧之也鉤援

所以鉤引上城者蓋雲梯類也臨臨車也左傳登
諸樓車使呼宋人而告之是類故衝衝車也衝突

敵者折
衝之衝以伐崇墉。墉城也蓋崇侯虎助紂為
虐天下人心之所同惡也

臨衝閑閑。崇墉言言。本章言文王伐崇次終天命○
閑毛詩與閑同言安徐也言言

高大也爾雅大簫謂之
言李巡云聲大言之也執訊連連。攸馘安安。連連
徐也

只是相連接不絶耳馘獲也不服者殺而
獻其左耳訊生獲斬殺所謂執訊獲醜是類是禡。

禡王制天子將出類於上帝禡於所
征之地禡既至敵地而師祭也是致是附。來
法

致致其至也附 四方以無侮 侮安徐如字亦無我敢
使之來附也 侮侮也 正考父銘或因
者左傳文王聞崇德亂而伐之軍三旬而不降退
脩教而復伐之因壘而降脩其教只是獻納之訓來
王時與禹班師 臨衝茀茀 崇墉仡仡 再駕之時也
敷文德大異 茀茀強盛貌
仡仡即孽孽將壞貌仡不安也出方言動搖之
貌我氣勢奮疾故城為震蕩移披也我衝茀茀故敵
目言仡仡我茀茀故敵目仡仡或 是伐是肆 伐奮擊
據書仡仡勇夫說堅壯貌從矣 也肆犯
突也葵 是絕是忽 絕言奮伐而決遏敵軍也 四方
得微 忽言兵勢神速出不意也
以無拂 拂戾也左傳文王伐崇再駕而降為臣
蠻夷帥服崇之後文王之作以動天下也
故以是終之是篇不受之以靈臺而文王之盛德大
業於備矣○四方二句相對而與五章六章之結
句俯鳴且二四方安定照首章四國安崇既
受之文王之師則四國皆斂手其何究何度乎

皇矣八章 在正雅最然長篇

靈臺 專美文王為亦次終上三篇且是文王之太成也試次是首章移皇矣卒章章有意自一下嘆文王之雅終於是篇焉 民始附也 言天下歸周也文王克崇蠻夷帥服三分之業次成矣莊子曰文王之有辟雍之樂蓋於是作樂 文王受命 言克崇作豐蓋於是改元九年而崩也文王受命而國勢興起上下皆樂故冒是句也○孔叢子曰文王之興附者六州六州之衆各次子道來故區區之臺未及期日而已成矣 而民樂其有靈德 文王靈德故民次名其臺酒尊之也文王臺自參看是詩上半言次然民樂者全在三靈字也序亦與孟子吻合 次及鳥獸昆蟲焉 周靈囿靈沼言也○昆蟲衆多而蟄動之義也出夏小正此是最古可從曰明也陽也不安 經始靈臺經之營之 蓋作臺而築是臺也爾雅基經也經始言度始其基址也營造

也治也猶脩之謝功召伯營之○楚莊王為乾谿臺之高不過望國氛大不過容宴豆夫臺不止望氛祲亦次為遊觀也如天子曰靈臺於是詩無閔靈囿靈沼亦是遊燕之處

庶民攻之○不日成之○

攻作也不日不多日也猶不日有曉○庶民皆樂為文王遂是役故其功速成

經始勿亟○庶民子來○

文王之度治之也本戒令勿急促昔為然庶民競勸如子趣父事靈集疾作此民之所以樂之辛受命而靈臺之所以次為靈也

王在靈囿○麀鹿攸伏○

臺也囿也沼也皆不日而成王不暴天物遊于囿則牝鹿伏息牸任孳殖民樂其德及鳥獸此靈囿之所以次為靈也麀鹿攸伏文王所樂也然民稱其囿曰靈囿民之樂自見是詩之巧也

麀鹿濯濯○白鳥翯翯○

周所以域養禽獸也濯濯肥澤也猶鉤齊濯濯翯翯潔白也新言作篇

王在靈沼○於牣魚躍○

漁之有曉故魚滿而躍於水也文王之國與民

同文王之樂與民偕樂也故民見魚躍則曰得
其所歟此我王之德也名之曰靈沼其説在此
虡業維樅。竹之次縣鍾鼓也植者曰虡横者曰栒栒之上加大版曰業業之上有崇牙其狀樅樅
然曰樅
賁鼓維鏞。賁鼓長八尺鼓四尺鏞大鐘也
於論鼓鍾於樂辟廱
論倫也言倫理之辟廱漢儒次爲學宮水旋丘
如璧次節觀者故曰辟廱辟璧通廱澤也崇思
樂之津水泮本是漢説近古〇蓋言泮邕而起之章
臺泮之辟廱也下半二章有王道文明大化滂流之
象家終次之辟廱之樂而靈臺之竹之次孝之靈亦
蹇乎鼓之辟廱之樂洮樂天民之學而行者
於論鼓鍾於樂辟廱
與士大夫皆樂育英之樂其意
未備君齊之卒章既亮崇而不
復事攻伐日坐辟廱次教育英
才快治民之風行其坦蕩之矣
鼉鼓逢逢。矇瞍奏
公鼉形如蜥蜴長丈餘剥皮次冒鼓逢逢和也奏
公獻其技能也爾雖公事也悉崇雖蕃兵亂未

戰然文王則在辟廱而伐鼉鼓之逢々月與波漲漲無用者樂與山桃夭芣苢周南之太平也靈臺其詠六州之太平殆何其雍々憂々英其所次終文王之雅不可觀焉○東業通篇皆述民樂之詞也逐章未了亦因孟子失持論不能隨辭直焉說耳

靈臺五章

呂朱並為靈臺四章二章章六句一章新書引是自首至鹿民子來又自王在靈囿至於牣魚躍似與呂朱同然楚語引是自首至鹿攸伏次併引兩章八句且韻亦首章當與成二章亟束與伏三章濯翯與躍而下半無句韻於詩律甚協又經始鹿民童出似非一章從為無不韻

下武繼文也 言繼文德也繼文繼伐是武王之大雅也次終文王之伐 武王有聖德復受天命 武王未受命言為天子也受前序文王受命故曰復 能昭先

人之功焉 昭哉嗣服。○是篇專美武王。循文王之有聲、棫樸、靈臺。○爾雅：繼也，述也。

下武維周。世有哲王。首章美其配三后於下。○下武猶降武，言天降殊亂也。宗世家天篤下藹孔叢天為生下嘉毅，下猶降也。

三后在天。王配于京。三后，大王、王季、文王也。武王循明德於下，執次能配其在天之神，而周時恫也。每章美武王奉先思孝。

王配于京。世德作求。二章美其配而成孚。○世德，世世其德也。世祿世官之世。作求，循營求也。作訓以起求也。康誥用康乂民。作求，言武王唯世其德之營求也。

永言配命。成王之孚。配天命，即前次配三后也。受患信也。王之孚，猶言王者之道德也。

成王之孚。下土之式。三章美其成而式於下國。○武王能成王之孚，故下國之人皆武之作孚也。

永言孝思。孝思維則。武王朝夕唯思前次孝事先王，其唯思孝。

是次有則也孝者百行之本本立而道生無所
適而不爲則爲其唯有則故下土式之也
媚茲一人應侯順德四章言天下其式而昭先人之功○媚愛也循三后辟卿也媚于天子茲此一
人武王也應答也循德正應和從循律也爾猶汝
維侯也侯順德即如三之孝之則是也武王百
行有則故下土式之愛茲武王五應是順德而儀刑
之也應順德循羣黎百姓偏爲爾德所謂德教加
於百姓刑於四海也故曰昭哉永言孝思昭哉嗣服嗣服言繼先王之事也序
所謂昭先人之功者武王朝夕孝思而不忘
故天下媚而應德周道四遠顯哉其奉先矣
昭茲來許繩其祖武五章美其昭先而祝其受天之福○來許謂繩繼也周頌嗣武受
許○舊孝許當作孝声之誤於萬斯年受天之祜
也孝許數爲許數爲許六爲
應三后在天夫昭繩三后即宜次齊天心也故次
是祝也○四章五章變章法然盡前章有不變者

卅八

受天之祜四方來賀 卒章美其祜而祝其獲良頌○書序成王既伐東夷肅慎來賀左傳齊侯之人諸侯皆賀此言王家有吉事而萬邦奉慶也 於萬斯年 唯卒章歎前二句上半下半取寇 不遐有佐 不遐近也不遐有爲不瑕有害皆同萬邦黎獻翕然歸來豈無大賢往來翊者哉欲其爲天下得人也爲政在人棫樸之論也文王之文思齊靈臺皆言及之此武德之事也の是詩次萬斯年祝也明是武王存日作也周公顧武王延年金縢明之萬斯年再出亦是周公至誠之發歟

下武六章

文王有聲繼伐也 伐文王征伐也繼文德繼武功武王之事畢矣 武王能廣文王之聲 能從文王之故事 卒其伐功也 非下止言牧野止戈而已夫

文王遹追祖考之業伐崇作豐武王又廣文王之聲如四章所陳是以文王征伐之功大成也

文王有聲遹駿有聲○首章言文王德能受祖考○聲行聲令聞也遹述也書曰祗遹乃文考即循述之義也哥家素有令聞文王述而廣之仁聲益盛也于日三代之王也必先其令聞○序廣文王之素叙遹駿有聲也

遹求厥寧○述祖考之業以求民之寧也循上帝求民之奠

遹觀厥成○觀國之光之觀成言功成而太平也我客戾止亦觀厥成先吳君天展足大成參互明天○于遹安與遹追來孝照而義得燎然

文王烝哉○爾雅烝君也蓋烝衆也言能合衆而長之也荀子君者羣也義以相將薄辟如師旅之長直謂之師旅

文王受命有此武功○二章言文王武功能成天命○皇矣次伐密伐崇繫之帝命矣

既伐于崇作邑于豐○徙都于豐而三分之業以成作豐是皇矣所不言而是詩

專主作豐而美之首章是述本文王
有求寧觀成之誠故命誅無道　文王烝哉
築城伊淢作豐伊匹　三章言創業而適祖孝之誠淢溝
也韓奕實墉實壑爾雅隍壑也
匹言大小得度也文王克崇六州系區亶夷飾服
維是不足之次受命故新營豐其形勢與國匹則規
模廣大注之復程是之記也次起下敘の傳云淢成
溝也藥淢韓詩作洫方十里曰成成間有洫是洫
洫但言築之斯城鑿之斯淢而
邑配中其國上也朱注棘急　匪棘其欲遹追來孝　作之
如
是大邑之者非急其所欲也追述祖考之志而來致
其孝也言同大王王季之勤王業文王繼齊之
天命惟九年大統未集
鈞是周與追言之者　王后烝哉　上四章言文王
也內則后王命
冢宰說命后王君公以周頌允王維后皆
天子之稱也或云其追稱后本稱非也
王公伊濯維豐之垣　上章言守而撫之方夏○公功
也濯爾雅大也王功洪大循之王

脩名塞言既治大邑而行以清內取外其獻盛大
無所不盡是以自京中豐之藩屏山楨大師維垣大宗維翰

四方攸同王后維翰○豐是四方所望而集集而王后承之楨幹也同

垣曰翰巍巍然其不可
歛確乎不拔之勢也

王后烝哉○上羊四章言文王
述祖考作豐之事

豐水東注維禹之績○五章言武王繼伐而辟天下○
豐水東注于河即鎬京之水勢
也言豐水者眷眷其卒文之功也
東注者蓋西周之業益東被也

四方攸同皇王維辟○四方攸同加前章一等矣自西自東承四方也
然又進一等矣夫纘禹之功除大災大患而同
四方者天下之辟也其豈與文王之爲垣翰於豐
同乎排一様文字而取異様氣象者成辭之巧也

皇王烝哉○皇王稱王但文武異稱耳朱注皇王
有天下之號業以今言視古言耳王后
所曾涉有天下之號乎成王自皇后竟曰皇帝曰
后帝商書之高后前后古后先后並天子也而皇

三十六

考皇祖妣皇姑皇尸皇辟之類士亦稱之閔予小子有皇考皇祖皇王烝哉皇王合稱文武也

鎬京辟廱〇六章言武王繼文而懷天下〇所謂明明德於天下也一句如此訓讀數之逢自西自東〇自南自北〇無思不服〇無思不感服也天下大治文德四照所謂卒其伐功也皇王烝哉〇辟廱本在豐武王起之鎬京次風動天下而謂廣文王之聲也然在後廣以聲是文王之事而序繫之武王次示文武一德世遠追之義〇序同此然是一章言武

考卜維王〇宅是鎬京〇七章言奉上天與王之意而成之〇考猶稽稽疑卜稽之類王于況而言卜從也晉語龜淫離散以應我淫睢也言龜所睢人之泚維龜正之〇武王成之〇龜決定其吉而武王成其所決定也坊記云善則稱人過則稱己則民讓善因引是四句以陳往武王讓之龜卜之業所歸善古義也武王尊命之意見矣武王烝哉〇

豐水有芑。與也。武王豈不仕。仕事也。垂子孫萬世之統而爲之法事也。亦以事

即下二句是也。豐水之芑準之茂盛，武王豈不以

閒澤爲己要務邪。○下章四章次豐水始終云二句

鎬東，洼是文德之益遠也。有芑亦豐水之餘澤也。

武之功都繫文之烈，是謂武王克敬武王之孫

序皆以繼 詒厥孫謀以燕翼子。燕安也。翼輔也。二句分二子孫之言，成猶自遺子

孫之謀以保佑子孫也。○豈不二字可玩。鎬京在

豐水下流，有芑亦文德之遺也。武之功者文之烈

然則不亦藏於父以詒子孫而可以勤周之子孫

以是爲心，命之不易，庶乎其無遏爾躬矣。此益周

箋意以 武王烝哉。下四章言武王廣文王之業，次於鎬京之業。

文王有聲八章 上四章有三，豐下四章有二，豐水二，鎬京。武王在下句

首一文王受祖考 四鎬 二豐 五鎬 三豐 六鎬 四豐 七 八 武王詒子孫

文王在上句

文王有聲遹駿有聲 文王受命有此武功

維龜正之武王成之 豐水有芑武王豈不仕

(一)文王二出

(二)文王二出

(三)王后一出

(四)四方攸同王后維翰王后烝哉

(五)四方攸同皇王維辟皇王烝哉

(六)皇王一出

(七)武王二出

(八)武王二出

文王 大明 緜 棫樸 旱麓 思齊 皇矣 靈臺 下武 文王有聲

毛詩考卷二十二

毛詩考卷二十三

生民之什第二

生民尊祖也。蓋言大祖而尊之天也，使後嗣天子不忘大祖之德也。前什贊述文武，真義一也。朱子論其用迂焉。后稷生於姜嫄。敘詩之本於先妣也。○家識仲孝生於不肖之笑，楚蘇泊汲腹鯀。文武之功起於后稷。周之廟后稷為之始祖，姜嫄特立廟，謂之閟宮，在大司樂職，先先妣而後先祖。故推以配天焉。追尊周卒章。

厥初生民，時維姜嫄。首章言后稷之生有神異。○民周民也。鯀曰民之初生一人姜嫄。炎帝後部國女，姜姓，嫄名，為帝高辛之妃。生民如何。生后稷，即生周民之始也。降而生商，帝立子生商，頌言生商民也。克禋克祀，以弗無子。弗之言祓也，左

傳襄廿九年穀豫禮方亦抹柩又第後通風其春所及爾雅古通音用寡蓋善嫄禋祀于郊禖以祓

無子之 **履帝武敏歆** 爾雅釋之云武迹也敏拇也是七十子之徒所凜歆言受之也

天所授之子也史記云姜原出野見巨人跡心欣然說欲踐之踐之而身動如孕者○姜嫄祀郊禖之

時見地有大人跡而踐其大指處心甚異之既而有娠遂次居有是怪而生是子故惡而棄之也祢

帝教有從之辭也朔宮曰上帝是依則帝是天帝也○一云歆行安與歆字疊而聲再故爾雅無歆

安朱子以歆絕句則下句不成辭 **攸介攸止** ○言介衆所集而獲是祥也次慕衆人所見

非虛飾爲小雅攸介攸也烝我髪也 **載震載夙** ○ **載生載育** ○ **時維后稷** ○

震有身也夙肅也○履帝武敏而歆是天攸介攸止而有是異不震而育是爲后稷

誕彌厥月 ○ **先生如達** ○ 二章言后稷之無害於母○爾雅誕大也猶誕先登于岸尚書

亦多出然，此過與思皇多士、皇矣上帝之皇，其義說同。先生，首子也。達，羊子也。以物於羊產最易。

不坼不副，無菑無害。記云：修己背坼而生禹，簡狄胷剖而生契。契與禹同觀，而獨在母不憂也。晉語：周太任娠文王不變，少溲于豕牢而得文王，不加病焉。文王在母不憂，亦周人所靈異而傳道也。

以赫厥靈。著其靈異也。此亦自後之辭。當初生之時，豈怪而棄之，何靈祥之為。

上帝不寧，不康禋祀。我所禋祀，上帝豈不寧，又康我。○物子云：寧，安也，安兼定義；康，安也，安兼樂義。業如上帝居歆，寧也；如神嗜飲食，康也。

居然生子。居然，特言之也。然，不若也。以是為禋祀弗無子之應，繫之上帝寧康，尊而靈言之也。○帝武之祥，猶言吉之生。爲言有是祥而生是子也。豈有無人道而生子者乎？鄭、朱以為祀而祓無子者，有合夫者也。姜嫄豈女歧乎？己為高辛氏之妃，則無人道之說何處得來也？於經全無所涉。

誕寘之隘巷牛羊腓字之〇三章申言后稷之屡有神異〇誕猶曰也寘異故乎林
寒氷亦同曰誕践妖迹而生之故怪而弃之腓庇也字愛育也猶令乎字文虎乳之憂之〇陳與之史記
同今不取也
誕寘之平林〇會伐平林〇又弃之平林則有伐木者而收之
誕寘之寒氷〇鳥覆翼之〇覆次一翼覆之也翼次二一翼藉之也疏云去鳥至月
而種之故十月而生之稷正當氷及
鳥乃去矣〇后稷呱矣〇鳥既蒸之后稷而去則呱々
往矣於是又往取之
實覃實訏〇厥聲載路〇覃長也葛覃之覃訏大也路大也三
弃之而皆有童異於是見其形状長大而声亦高路遂收而育之也
誕實匍匐〇克岐克嶷〇四章言后稷之天性於徳〇匍匐次手行也岐嶷是能達也
以就口食〇口食口能咀嚼也爵字軽雖經死地有無疾患遂至自能口食故曰就耳口

食是三年免懷去乳能穀之晴鄭朱以爲六七歲時汁哉 **蓺之荏菽荏菽旆旆**○ 旆旆枝葉揚也猶旗旒旆旆此言小兒遊戲也受之口食言也史記弃爲兒時其遊戲好種樹麻菽麻菽美 **禾役穟穟**○ 說役列也穟穟同穟穟禾美秀也 **麻麥幪幪**○ 幪覆也幪幪茂盛覆被也 **瓜瓞唪唪**○ 唪音奉說文引作菶菶菶萋萋盛貌傳云唪唪然多實也

誕后稷之穡○ **有相之道**○ 五章言后稷善穡次受封有邰○自然得助生隨之方也

茀厥豐草○ **種之黃茂**○ 茀治也言刈去之黃茂嘉穀也如黍稷稻粱色黃而能茂此言新墾地而播種也下句實方上添則字后稷之穡新墾亦必有大獲也 **實方實苞**○ 方言苗生齊等也廣與崇方之方苞茂也方苞體之苞 **實種實褎**○ 種言種之分而生隨也褎者遂長也 **實發實秀**○ 發發穗也秀吐華也 **實堅實好**○ 堅其實堅也好其實

三十

美也

實穎實栗○穎禾末也穗大而茁繁也栗其穗栗栗
栗然成熟也五句言后稷之穡雖除

草茅種之常必
如是蓁隨之也
即有邰家室○有邰母家也家室詩
之辭也自此后稷次

有邰爲之己者故云疏云時其君或滅或遷故封后
稷也朱注使即其母家而居之以主姜嫄之祀故
周人亦世祀姜嫄○后稷始封史記以爲堯舉傳以
爲虞業必在唐虞之際左傳我自夏以后稷魏駘
芮岐畢吾西土也是蓋統而言
在堯封於邰必不待夏后之世

誕降嘉種維秬維秠維穈維芑○六章言后稷降嘉種
次始祀于國○言降之

四種於民而隨之也秬黑黍也秠一稃二米也亦黑
黍穈赤梁粟也又曰赤黍芑白梁粟也又曰白黍○孔業
子魏王問子順曰聞昔上天神異后稷而爲之下
嘉穀曰詩美后稷能大教民種嘉穀以利天下
故曰誕降嘉種猶
書曰稷降播種
恆之秬秠是穫是畝○恆徧也書
曰和恆四

方民朱法穫而棲之於畝得也　恒之穈芑是任是負　任負也擔也此與負對宜訓穡　以歸肇祀　朱法稷始受國為祭主故曰肇祀業據下章此祀主行神祈報之祭言之

○上三句教民播種之事

下五句后稷國內之事

誕我祀如何　七章中言祈報之祭事備○后稷重農事於肇祀最慎祈報以興嗣歲其示天下大夫或云此誕不甚通蓋發語辭為穩無徵之言不信　或舂或揄　國語天子郊禘之事王后自舂其粢周禮女舂抌二人注女奴能舂與抌者詩云或舂或抌○揄言提之以出臼也

或簸或蹂　簸簸揚去糠也蹂蓋或有所揉簸之又潤之將復舂之也舊說蹂踐恐是不敬

永以足蹙之路焉乘有誅　釋之叟叟○　釋淅米也叟叟聲也　烝之浮浮○　浮浮氣也

爾雅溞溞淅也烰烰烝也　載謀載惟　謀與人議也惟自盡也朱法謀卜日擇士也惟齋戒具

三十二

脩也取蕭祭脂蕭香草也脂祭牲之脂也合而爇之取羝以軷羝牡羊也祭不
用牝軷道祭也業卽言祭行神也月令冬其祀行卽時祭也后稷祀行神以祈報循大田之
秋方社而祈報載燔載烈傳火曰燔貫之加于火曰烈不炙也燔以炙羝肉以爲行神之
尸羞也以興嗣歲興起茂也嗣歲言來歲也虎報以祭也因以祈之周道亦然小祝職曰
順豐年言豐年之後乃祈豐年也大田卒章言方祀以介景福亦同
卬盛于豆于豆于登卒章言周王配天之永以終之○卬周王也木曰豆瓦曰登○
首章卒章不冒誕字雲漢亦首卒之外中間六章皆冒旱既大甚句與此正同又是詩十句八句相
間焉章而首卒以是爲中間而二相次如大明之章法其香始升上帝居歆香安
也歆享也周後王歆大矣○周之始祖郊日以年至曰始祖則益言始郊後胡臭亶時行次

其馨香實得其時也此亦贊辭也時時物之時后稷肇祀○庶無罪悔○以迄于今三句周王萬世之彝訓也庶庶幾也后稷受國肇祀其祀辭特庶無罪悔而周之子孫世世之以其公之誠心至于今不變也子曰后稷之祀易富也其辭恭其欲儉其孫及子孫夫庶無罪悔恭儉之至也以是貽子孫而後孫至於配天也又次德之馨香言公也則帝命不時之時

生民八章

是詩首十句卒八句中間八句十句相次大明六首六句卒八句中間八句六句相次次相變

行葦○忠厚也○忠信仁厚也左傳風有采蘩采蘋雅有行葦泂酌昭忠信也古義符合○詩旅之因祭而燕既醉鳧鷖亦有之公尸並是有事於廟之詩也三首相聯

周家忠厚仁及草木也○忠厚周家法也其仁及草木亦三首章之義也○業慕以是爲殊失詩義噫吠呂朱声

耳。朱注如夢。故能內睦九族。故廣也。詩有只字。外尊事黃耇。詩之
賓蓋異姓也。故曰外。禮必與族燕則異姓爲賓。同
宗無相賓客之道。然詩之黃耇固不必以內外爲限
養老乞言。乞言亦尊事之一也。疏云養老必乞言。故及之。於經無所當。以成其
福祿焉。言成祭之福也。詩蓋言祭日之後燕九族黃耇之禮也。詩有曾孫。左傳亦采蘩采蘋
行葦泂酌亞稱。則曾祭而燕必矣。然說祭後燕私則射次之。歡全不可通。是必指祭畢日親戚享福
胙之事也。雖無確據。考詩從序論次。俟明者。○東萊不辭其序。至朱氏極口詆之。嘻甚。不怖蛇耳。
敦彼行葦。牛羊勿踐履。首章先提忠厚之意。草木○敦聚貌。行道也。勿禁止之也。
次成其牧者。方苞方體。維葉泥泥。苞叢生也。體成形也。泥泥以濡云。初生身小弱也。
零露泥也。疏云慮牛羊所食。故知其葉初生未方體。是初生也。見其方體而成。勿踐履。所謂方長不折

之仁也子曰方長不折則恕仁也又曰斷一木殺一獸不以其時非孝也然則以是表仁及草木之意其義豈不穩乎且是詩若無首章忠厚左氏何故與河酌並而徵忠信之義乎

戚戚兄弟○莫遠具爾○二章言九族之初筵○仁及草木故其厚於兄弟黃耇極有恩意首章先提通篇之本次舉下七章忠厚肎其公出焉○儀禮周禮邇並作爾

或肆之筵○

或授之几○肆陳也老者筵而加几設几筵授几亦○禮義疏論是詩為凡燕旅酬後不設几不用樂而首章曰授几次曰歌咢考娛老也素樸老大得詩意尊事黃耇考必有出恒例者

肆筵設席○席與酢叶與下章說法異

授几有緝御○二章言寵待之厚○荒陳筵加之次席安體也緝御言相續伏而侍者備使令也禮作謂留更僕者言緝御也

或獻或酢○

洗爵奠斝○主進酒曰獻客荅之曰酢主又酬之客奠不舉斝爵也殷曰斝周曰爵鄭云次

用之先代之筭為尊兄弟業燕言筭者周有尊一可尊之意然詩之辭洪洪獻醻洪筭次醻互文耳

醓醢次薦。或燔或炙。四章言洪張之厚○醓醢之多汁者也醓肉汁也燔用肉炙用

肝也。嘉殽脾臄。臄及口上肉是珍羞也或歌或咢。歌者比於琴瑟也爾

瑟徒擊鼓謂之咢蓋特擊鼓次於歌節也○二章次下用二八或字著忠厚之意也

敦弓既堅。四鍭既鈞。五章言行射貴賤次助歡樂○敦彫同爾雅金鏃翦羽謂之鍭

鈞參亭也參分而一在前二在後而輕重鍭矢鐵最長故也周禮鍭矢用諸近射田獵礼射亦近

射也疏云此礼宴不同常射故用先代之法言欲拘周禮法舍矢既均。均言輕皆發而四矢而

畢也若說左右均則誰次序賢序賓以賢。礼所謂右賢於左左賢於右者此賓合兄弟九

族而況孫之也詩辭不拘賓黨次賢則主黨亦可知所以次歡黃耇也○礼義疏云此但序賢序不侮

不行四詔齊益其射正以成礼以娯老也業不
行四罰齊武新也正舒既行然後序位如是耳

敦弓既句既挾四鍭○
中言夫其德以樂賓○荀子天
序于雕弓諸侯彤弓疏云漆上文

畫也句彀弓張弓也二京賦云彫弓斯彀既挾四
鍭滿釋之也射礼搢三於帶而手挾其一疏云搢三

挾一言卿大夫若其君
則使人屬矢不親挾也
四鍭如樹也
言矢皆直立
左傳步存

右皆至而
立如植
序賓以不侮○
不以侮勝而不教也或序箋云
或序德以歡黃耇也

曾孫維主酒醴維醹○
七章言曾孫忠厚于酌養老○
天子祭稱曾孫此因祭而燕故

稱之王燕則膳宰爲獻主今自爲主所謂尊事黃
耇也礼義疏射從三獻礼成而賓出無賓則不復
用膳宰故曰曾孫維主業是從拘既合兄弟九族
孫賓則曾孫之爲主何必待異姓出之後序者既
知有是拘從故以黃耇繁異姓從序則異姓未嘗
出耳異姓黃耇者是文武勲爲如太公望者其優

三十七

禮固當有行尊異焉 酌以大斗 以祈黃耇 大斗長三尺只是蓋孔取之意詩辭
也猶曰錫爾介壽黃耇猶眉壽言天子手酌清酒
老人以求其難老也主也醹也酌也大也祈也皆
昭忠厚也○疏云大斗蓋從大器提之於尊取其
在尊中不當用如此長勺也案不當用故言之
黃耇台背 以引以翼 ○八章言君臣和樂相從綏以多祿天子與黃耇台背之人相與
引翼而壽考維祺也祈黃耇言求眉壽也黃耇台
背轉而為眉壽之人也轉猶言子孫其湛湛曰
樂句法猶黃髮台背壽考與試○爾雅鮐背耇老壽也
大老則背有鮐文引翼引而長之翼而進之也亦
忠養阿 壽考維祺 以介景福 爾雅祺祥也吉也○周公之戒成王亦忠厚哉
遠老德比頑童至戒也君奭曰耇造德
不降曰無遺壽耇並與是黃耇台背同
行葦八章 朱子改為四章未見其憂特不知著
章之為賦故詳變更而輔廣善悔

既醉太平也。陳廟祭報辭以頌太平也醉酒飽德。人有士君子

之行焉。發首章之義以示通篇之端也詩唯言天子之德應故序遂言賢才雲興道化滂流

之盛次明太平之美爲醉酒飽德者滿朝士大夫也○通篇句々美成王句々成王

既醉以酒。既飽以德。首章美天子自求祭之福○廟庭之諸侯卿士大夫皆醉而莫

不令德也德者湛露宴遊及酒誥一義孟子坊記引孔即本義也

君子萬年。介爾景福。堂上庭中具慶而威儀肅然故神貺之次太福也前什無篇言賢本序所示明哉確哉

既醉以酒。爾殽既將。二章言其自明明德○祭統廟中爲竟內之象也祭者澤之大

者也天子之祭與天下樂之者爾殽既將王者之澤周流天下之象也故遂次介昭明小雅爾殽既

將莫恕具慶

君子萬年。介爾昭明。昭明者明德也明德是景福之基也大其

二十五

昭明則景福益大○介皆大也二介字
皆自介也○左傳再會而盟以顯昭明

昭明有融高朗令終○三章其三其明德融長以繼祖考
○融是明之盛也爾雅融長也
左傳明而未融其當旦乎其言寅時其明未盛昭
明有融言其明德之盛而光被四表也明與融備
光與繼人者不曉融義耳令終之義於成
王秦誓伊尹之於大甲見於終字三致意**令終有**
俶公尸嘉告大甲曰慎終于始令終之實既有俶
於令終故尸以嘉慶告也令終周公
所期於年後也有俶者雖於今日也○公尸備公
墓公牛公酒之以皇尸下義凜然諸侯為尸者然
為○祭統古之人有言曰善終者如始餞其是也
惠術也可以觀政矣是詩曰爾殽既將又曰令終
有俶以其尸之嘏辭行其古言之得者既將者即
如始之始也餞以全祭之末者即所期令終也
其告維何籩豆靜嘉○四章椒以其有嘉德令儀○靜
潔清也嘉休美也惟德其物所

謂嘉肴旨酒馨香無遺德之意也朋友攸攝攝以威儀朋友相維辟公也攝

撿也法也左傳以攝與靜反對學記夏楚二物收其威也收即攝也詩以既醉起曰靜嘉曰威儀並

不以酒喪德以當神意者夫籩豆有司之職又舉朋友是般濡被之廟也不尊所天子以收上半四章

威儀孔時君子有孝子〇五章言天使天子有子欲之孔時謙之時中也天子孝

其能敬威儀故其子則而象之君子之所以有孝子也〇下半四章集敝今子者也大本一意唯追

寧愈深曰孝又曰非亂曰景命曰孫文此其節耳孝子不匱永錫爾類德不

匱必有鄰不匱即不孤也類善類即鄰也此言下受之天之錫蘭玉茁出也不必引大孝不匱左傳所謂

施及莊公是本義也〇宋注有孝子以舉奠非也成王未有舉奠之文是期於將來者

其類維何室家之壼〇六章言天子之得賢亂〇爾維宮中巷謂之壼衆人所集也故

喻寬弘大度，廣容民人，亭宰家猶室家，君王言能
為王家之壹也，泚小慧，怜俐之矣。○周語引是民
類之者不忝前哲之謂也，壹也者廣裕民人之謂
也。業不忝前哲，言子能類其父也。廣裕民人，言流
容眾而不匱
刻於民也
君子萬年，永錫祚胤○天祚明德，錫之令嗣，故曰祚胤。
夫孝子錫類之類也，何等人祚，是宰家之壹也○周
於其中受大統者為祚胤，是永永不絕也。
謂萬年之者令聞不忘之謂也，祚胤也者子孫
蕃育之謂也。是於本義不適當，依違取義者。
其胤維何○天被爾祿○七章言天命之周周室○所旅之胤，何祿即是天之所次，被爾
次祿也，天所旅之亂，予泚聖
則賢錫之，是天錫爾次祿也。君子萬年，景命有僕○九
景命言天建周室之命也。蕩雲漢所謂大命所指
同僕者附著纏結之義也。考工記樸屬而微至，莊
子蚕虫僕綫，爾雅鳧雁醜，其足蹼，又爾雅謂
蝸牛為蚹蠃，山海經謂之僕纍，字義可參考。

其僕維何。釐爾女士。八章言子孫無窮之次、以大命之僕屬堅固、惟何天賚爾汝、女而有士行者、使真配祚胤、次爲内助、若周姜次來故事。釐爾女士。從以孫子。言賚女士、使其生賢子孫、於是乎景命施於無窮也。或云女士賚之成王爲妃也。案上既曰有孝子、曰錫祚胤、至此而曰釐女士、則謂之成王之妃、於上言之道有不允當者、既錫祚胤、而景命因是僕屬何不次有是女士故也。此上下語勢相兼、應處宜細繹也。

既醉八章

鳧鷖守成也。守成而成王之藏畢矣、故周公所定大猶終於鳧鷖焉、曰忠厚、曰大平、曰守成、示三篇相聯也。太平之君子。受既醉大平也、與南有嘉魚一格、序法不苟。能持盈守成。成王能保其成功也。神祇祖考安樂之也。公尸兼内外言之故曰神祇祖考公尸寧處欣欣然神祇祖考之安樂之也○是詩及覆隆流陳燕樂公尸之意也其辭與南山有臺類而雜淡有甚焉者次形容大平無事之状亦是獨格

鳧鷖在涇 與也鳧鷖百成群蔽矢而飛聚如自鏡羣飛蔽日詠物之繁盛次瀉太衰亦詩之例也涇水在周地 公尸來燕來寧 祭之明日又設礼而與尸燕也次鳧鷖之羣而自適與公尸之燕而寧適得日之燕諸人羣次樂尸如鳧鷖○涇曰寘水中鳧鷖所安也 爾酒既清爾殽既馨 其色潔而其香美 公尸燕飲 唯是一句五章不改 福祿來成 天子之福祿次成也高宗彤日越有雊雉是神祇祖考不安樂之也此謂不成○是詩首章而意慮具焉後章換一二字成篇再前後無深淺之異

鳧鷖在沙 公尸來燕來宜 宜猶適也自寬之義此曰宜謀其所宜而集之也○

疏云說文沙水中散石也水少則沙見故字從水少爾酒既多爾殽既嘉酒之
清者既多殽之馨者既美公尸燕飲福祿來為為傳云厚為孝子也箋云為猶
助也業其意如余則次為只是福來而為福也晉語黍不為黍不能蕃廡稷不為稷不能蕃殖此
言福祿來至能為福祿也雖淡之辭平易說之欲優の淮南子穀不為注為登也其本與晉語一意
鳧鷖在渚公尸來燕來處渚小洲也渚曰處小洲曰島鷖所休處也沙水旁渚水
中流與會稍遠此其敘也爾酒既湑爾殽伊脯與前享宴特言其物次終各終
之故特曰伊脯公尸燕飲福祿來下章曰成宜曰為處曰下宗曰崇各有當也
鳧鷖在潀公尸來燕來宗潀小水入大水也宗為人所尊也潀曰宗小流之所
來會也既燕于宗福祿攸降宗宗廟也祖考安樂而福祿降公尸燕

飲福祿來崇 崇累積而高也是章有二福祿而卒章無一章章有旨酒燔炙而是章無此其竹相變取趣也是詩雖決泊字句轉換處味自異詩人原是有珠玉錦繡腸耳

鳧鷖在亹公尸來止熏熏 傳云亹山絶水也疏云山當水路使水勢絶也業亹無疏攈毛公循古來止循未燕卒章 旨酒欣欣燔炙芬芬 變句法の熏熏欣欣蓋上下易也 旨酒熏熏與燔炙芬芬表明德惟馨 公尸燕飲無有後艱 末句嗟卒章變無有後艱是福祿永永不替也士喪礼筮宅辭亦有是句蓋古之成語の續又祭也祭礼既成又祭次樂公尸福祿未重無有後艱其奉神祇祖考於是全備矣故周公詠歌之次美成王守成而戒勸之欲使成王無獲罪於神祇祖考守成之要全在此豈非良弼善喻之最乎

鳧鷖五章 行葦既醉鳧鷖三篇相比章句左記

行葦　八章四句　合三十二句　百三十一字

旣醉　八章四句　合三十二句　百三十九字

鳧鷖　五章六句　合三十句　百三十字

假樂○　左傳賦嘉樂二字中庸引首章亦作嘉樂古假
嘉通用如奏假無言亦言嘉樂也又爾雅假

嘉也　嘉成王也○　嘉美也有頌祝之意左傳鹿鳴君
次嘉寡君也孔運君與夫人交獻次

嘉之魂魄不與假樂之假干淺序法如漢廣疏誤○
辛政假樂在詩書周公訓成王之後華也大意如

之○正大雅至此十五篇但是篇周公特筆於繫
諸其末雖與上十四篇聯其義却與召公三篇為

宜是篇以不解終之公劉次篤於民首之故序變
其例但嘉成王也周公之數不稱其名是例也

假樂君子顯顯令德○　首章嘉天祿之盛其訓在宜民
也○假樂言靜嘉易樂也頭

本頭也　宜民宜人○受祿于天○　民庶人也人士大夫也
古書對文多例宜民人

猶宜兄宜弟宜其室家
保右命之自天申之。言受祿之無疆也天既保右而
命之又申而命之也二句命字互重
故中庸引是曰故大德者必受命
千祿百福子孫千億。二章嘉賢亂之蓋其訓在列之朱武○成王千祿而得百福故子
孫亦如百斯男之歎穆穆皇皇。宜君宜王。適者穆宜天子廣者皇宜諸侯
不愆不忘率由舊章。此成王之子次千祿也舊章文武之典刑也成王能率由
文武故子孫亦率由成王也○左傳命藏象魏曰舊章不可忘也
威儀抑抑。德音秩秩。三章嘉其能綱紀四方其訓在領者德○叙訓抑抑密也秩秩
清也明叙之是淺可從密如恭而安也清言有條不紊也無怨無惡。違人情而不受其怨
惡也頌云在彼無惡一句懲奸如蒸父母率由羣匹。匹讎也酒誥次三卿為若讎羣言下

文武爲臣如周召畢榮者也率由舊典可玩成王守成在盡之於文武是周公之大願也○緇衣君子能好其匹汲知識朋友受福無疆四方之綱前章千祿在始是章受福在終相戀也百福千億猶可數也無疆也者無疆也次是爲萬國諸侯之綱矣之綱之紀燕及朋友卒章嘉君臣相親兆民休息於無爲其訓在不解○燕安也朋友亦王所親愛也酒誥曰大史友內史友與若疇三父有友等級羣臣其所尊敬也燕及朋友自外之辭因上句歎燕及皇天有下之辭也各有當百辟卿士媚于天子百辟諸侯也卿士與朋友也綱紀四方故百辟親爲燕及朋友故卿士親尊○媚親愛也亦忠于下武篇所云左傳孤不佞不能媚於父兄不懈于位民之攸塈不懈即無逸也前言所嘉唯在不懈而有祿故次是終焉孫炎釋詁呬息也塈與呬古今字○首章先德後祿二章先祿後德三章先德

後祿卒章言人媚之民既至者次終首章宜民宜人受祿于天故不言福禄而念保右申命之意循環無窮○左傳引是詩不守其位而能久者鮮矣久一安於詩本義最切周公唯欲不解而能久哉

假樂四章

公劉召康公戒成王也 大雅非三公卿士不得作故周公制作之外皆著其人○是詩與無逸及七月風規一致 成王將涖政 周公既歸政 戒以民事○召公作詩次戒之也 美公劉之厚於民而獻是詩也○ 序法與并卿一例厚於民釈篤字也周語天子聽政使公卿至於列士獻詩○疏云下兩篇亦將涖政時湛獻之也案此不必然與史克之頌異序文無下泂下兩篇之意

篤公劉匪居匪康 首章言足食足兵次遷于豳○居安處也匪以勉民事不敢康寧也書

之勿傲 迺場迺疆迺積迺倉 小曰場大曰疆正迺
從之康 經界也積露積也
裹餱糧于橐于囊 餱乾食也糧米食也無底曰橐有底曰囊橐大而囊小○將遷
繼故也 五 思輯用光 輯安集也公劉既富其國不
迺字可玩 裹糧而遷者唯思安集民人
次光中顯其 弓矢斯張干戈戚揚 戚斧也揚鉞也疏
國而已 云戚揚皆斧鉞之
別名鉞大而斧小業左 爰方啓行 軍糧既盛武器
傳鍼鉞鉅卷文公覺也 既備於是乎乃
啓行而遷遷也○公劉之事不詳毛云自邰遷豳
業周諸不窋失官自竄於戎翟之間是欲其去邰
然左傳自夏後衰稷魏駘芮岐畢吾西土也是欲
周家不失其詳不傳呂氏云國都雖遷向之疆
場積倉固在其封內業弓矢干戈武備啓行雖在
亂世非封內行邑遷從在封外故封未必非其有
耳太古之事不可武斷但是章之辭爲封外
行邑爲稱者是封內行必詠歌餱糧干戈和

四十一

篤公劉。于胥斯原。二章言見民之安次 相中土之宜。胥相也 既庶既繁。既

順迺宣。順和順也從行庶蘩之人皆和順而論次 舍其比也謝益衆無人之境公劉次其士

民就而廓大也故士民至遊 就其庶邑而論止息之也 而無永歎。善其士地 而不復思

舊也於是公劉乃 觀新邑營之地 陟則在巘復降在原。叙文巘本 又作甗疏

云巘甗也山形似甗上大下小棗爾雅 說踣謂善陞巘然則在巘言攀絶險也 何以舟之。

維玉及瑶。傳云舟帶也或云周字誤或云要字訛 箋文形似瑶次於玉礼曰次玉爵獻鄉

次瑶爵 獻大夫 鞞琫容刀。鞞刀鞘也琫鞘上飾也亦出左 傳珌又作蹕鞘下飾也依毛傳

是文本或作蹕琫珌瞻彼洛矣傳宜並考容刀疏 云容飾之刀。公劉行貨賑物鮮美是寫其風神

詩中趣也呂氏云此如是周賑而親之如是其 昔其所以厚於民然案此只在親者所取耳

篤公劉。逝彼百泉。瞻彼溥原。三章言相土之宜以營都邑也。百泉或云泉名

或云百川。溥大也。迺陟南岡。乃覯于京。京與京師極洮之絶高之京也。蓋公劉

宅豳始有是称。然得先是者称國都曰京曰京師。

旅國語付諸於京注殷京師也。素問邑翼以韓詩

宗之京師翼以蓋至周專称王都然。京師之野。于時處處。于時廬旅。

處可處猶盤庚奠厥攸居乃正中厥從旅止旅之旅言廬舍其衆人也。于時言言。于時

語語。直言曰言論難曰語。可獨斷者可直言者不言可會議者可由喻者不語也。

篤公劉。于京斯依。四章言都邑成而勞士大夫。依猶依乎其蒲之依言新營成而

次京者居也。蹌蹌濟濟。俾筵俾几。大夫濟濟士蹌蹌劉使士大夫就筵几

也。既登乃依。賓已登筵依几也。是句上属。乃造其曹。執豕于牢。

四十二

酌之用匏○曹言處司所群處也公劉親造其曹次
命敎命酒也晋謂大往出凌于豕牢
食之飲之君之宗之○賓不食是豕飲是酒君而尊
親之也宗尊也未燕未宗之
宗○傳莚傳几發公劉也未登不依發
賓也次三句公劉也又次二句賓也
篤公劉既溥既長既景迺岡○五章言治田賦軍大拓
山西○溥長言土比衆
辟廣且長也景岡言下參日景於岡
而考之也此相其陰陽寒煖之事相其陰陽○觀其
流泉○景岡次察其寒煖所宜又
觀其流川流流所利也其軍三單○度其隰
原○徹田為糧三單未禰然鄭義亦通三軍皆單而
無羨卒故曰三單度隰原循酌之原
隰曹孫田也徹毛公唯訓治不說徹法
崇高亦同可從○此言定兵賦制稅法度其夕陽○
豳居允荒○未法又度山西之田次廣之
而豳人之居於此益大矣

篤公劉于豳斯館六章言營諸侯之館遂總敘終也○諸侯之從者十八國故大營
客館次後詩朝聘之人涉渭爲亂取厲取鍛爲亂言直橫渡也鍛又作碫磨
鐵曰厲析鐵曰鍛皆石也遠取之於渭之水次造斧斤伐材木次給客館營造焉○賦軍稅風造館其
事以耕涉渭二句言其殊崇大諸侯之館是天下歸周之大始也故君心特盡其辭焉止基
迺理爰衆爰有次下總敘京師之營也止基言衆人止舍之基也止其猶曰止曰時迺
慰迺止之也理治也衆有言既庶且富夾其皇澗遡其過澗澗與斯于之中
同流川自山來者也遡人之止基中皇澗而夾也又鄉過澗上流也止旅迺密芮鞫
之即止旅亦止之衆也止基之也塵旅之旅密言稠而寧也芮汭同水內也鞫水外也言即自皇
過于川內外而都邑大成焉

公劉六章

泂酌，召康公戒成王也。左傳風有采蘩采蘋雅有行葦泂酌昭忠信也宗儒外祭祀而說之是後可謂昧古矣言皇天親有德饗有道也。詩在大雅小言
箋序不大言笑也如長行次茂明也孫皇天者
舉祭祀之大者而見醫所謂神祇祖考皆包爲乎
德明王道正則皇天親而饗其祭是泂酌之義也
此與周禮有德有道異疏云在身爲德施行爲道

泂酌彼行潦。遠酌者敬也行潦路旁小潦雨水流注者也左傳潢汙行潦之水可薦於鬼神

攪之者詩也挹彼注茲。先酌其清者攪濁而投之大器乃挹彼大器而注茲小器也饋祀于
手執挑匕杓以挹清注于疏也言挹清于鼎而注之匕上也可以餴饎。餴烝米一熟而以水
沃之不再烝也饎酒食也吉蠲爲饎之饎所豈弟
字可玩有大不可者故曰可戲德之事也

君子民之父母 古所謂道遠者在茲是以行潦可以饙饎也故東天者先濟其民

洞酌彼行潦挹彼注茲 遠酌以承者必先舀大器又挹而注之小器以用也故曰挹彼注茲

可以濯罍 首章首言而後二章繼饙饎最重濯罍次也濯溉又次也此辭之叙也 章

弟君子民之攸歸 仰之如父母是以懷之如歸

洞酌彼行潦挹彼注茲可以濯溉 濯溉其事汎也不必罍 章第

君子民之攸塈 既歸之而息之也子民既來之則安之也此其叙也○詩之辭約其沖澹矣大意布敷其是篇之謂歟行潦之水不汲其薄是篇之不辭費所以止夫

洞酌三章

卷阿召康公戒成王也 竹書成王三十三年游于卷阿召康公從雖不足據

四十四

召公獻是詩也兆成王初筆言求賢用吉士也七章次下始有是意兆下達詩之
體卷不能繫是辭也鄭公拘泥大失序意末盡次
序意十切勸不解耳○召公三衛既厚於民而道
德參於皇天而求賢吉士次守成治安之
大節備矣兆序明揭示之後世殆不違矣

有卷者阿，飄風自南。首章總提卷阿之遊○比也卷曲也故曰飄風迴風也與何人斯大
異夫卷阿大陵也南風大和也天降大和
萬物豈有次也王道之明而風熙光遠爲豈弟君
子。天子也與泂酌同來游來歌，以矢其音。矢陳也音聲樂也天子出遊而
盛張其聲樂與迴風應和而詳溢于卷阿之東
鳴吹鳳皇之于以來鳳真天比平成之祥景也

伴奐爾游矣，優游爾休矣。二章言太平天子宜及時虞樂○伴奐衛解散也言
散適自寬自比三章相比先祝天子壽福豈弟君
以扶欽樂爲朱法次庸王心而欲動之

子。是以上半六章皆有所前四章其注相似後二章亦似 俾爾彌爾性。俾以爾祝辭
也湖宮反華封三祝壽丘老人祝齊桓公亦有之是辭爾祉爾終也彌爾之彌彌爾性所謂考終命也
命謂之性古書多例不必說德性 似先公酋矣。先公猶先王。但是與百神對故有下廣
年公先王之意矣酋爾雖終也言使爾考成其命而欲續先公次有終矣此非一朝一夕之事宜作
奐優游久遠之慮則致之於故今日爾且游矣爾且休矣南風之薰卷阿樂矣哉
爾土宇昄章。亦孔之厚矣。三章言萬國咸寧百神皆享○土宇猶土疆也大啓
爾宇復周公之宇是也左傳失其守宇晉語保其土宇爾雅昄大也蓋字從反有明義鄭游昄字子
明出左傳章明也左傳天子經略諸侯正封封略不相侵是謂昄章厚豐厚也民富物殷 豈弟
君子。俾爾彌爾性。百神爾主矣。豈弟君子使爾考終爾命而天下比

山川社稷之神爾來為之主冀祭法有天子者
祭百神上曰土宇昄章故祝次其為百神主也
爾受命長矣茀祿爾康矣四章言先公百神求保其
餘○爾雅祓福也郭引是
詩旅之謖祿遍也茀說茀茂非也前兩章相類是章
受次結也受命茀祿純嘏皆受先公百神來格受
命長言賓於延久也豈弟君子俾爾彌爾性純嘏爾常矣純嘏
大福也爾能次先公主百神故受命既長
茀祿康也豈弟君子而使爾常是純嘏矣
有馮有翼有孝有德○五章美其引翼其德次戒勸也
馮翼言盛德日進也淮
南天天地未形馮翼以流盛滿皃引
奉先思孝有孝也接下思恭有德也以引以翼而
長之翼而進之也言之
其日新不已也豈弟君子四方為則孝且德故
天下象之
顒顒卬卬○如圭如璋六章美其切磋其德次申戒勸
也兩章一意○顒顒大貌猶其

大有顒卬高朗圭璋琢而成器者也。釋訓顒顒
卬卬君之德也。言寬大高明協于爲帝也。○顒卬
與馮翼數有
相次次令亦數
令聞令望。
遠而聞善聲嘖嘖
近而望德容堂堂

豈弟君子四方爲綱。
綱者衆目所從而張也。言百
辟兆民莫不歸心而屬之四
方之則四方之綱乃所次起下章
四章衆而入中通篇本旨也。線絡可玩

鳳凰于飛翽翽其羽亦集爰止。
七章言賢人吉士翼
戴天之○興也。肅雝
鶠鳳其雌皇翽翽羽儀之
盛也。爰止猶曰止於斯也
藹藹王多吉士。
釋訓藹藹
藹藹濟濟
止也。注盛多之容也。在朝吉士與常人並而與
儉人不在。傳孝敬忠信爲吉德。吉者行之有本者
也
維君子使媚于天子。
君子使言天子能官使之
也。媚親愛也。次章鳳皇之飛
而降於德輝與吉士之藹藹次順比
天子言鳳翼翽翽羣賢輔翊之象也

鳳凰于飛，翽翽其羽，亦傅于天。八章中美鳳德上達，次懷集兆民。○既止

於御筵之側，亦飛而戾天也。傅于天者，達於本朝之意。藹藹王多吉人，維君

子命，媚于庶人。命言命之職務也。媚于庶人，視四海之民也。傅于天故媚于庶

人。夫賢才登庸，展力四方，為兆民父母，故次傅于天與媚于庶人，其義相抱。

鳳凰鳴矣，于彼高岡。九章美天子好德，大賢濟濟想樸於本朝之也。○六句皆比也。

此二句比大賢吉士命，喍冒言矣，漢于本朝爲。梧桐生矣，于彼朝陽。朝陽卽高

岡之東面也。天子當陽，夫鳳皇非梧桐不棲，次比天子好爵縻人，以車馬玉帛次禮之焉，卒章受是意。

次結至菶菶萋萋。莛黄旅而天比之美，備非王所而然私。雝雝喈喈。指讓

獻琴天比之和，極非鳳德而然乎。○歌訓菶菶萋萋，臣盡力也，雝雝喈喈，民協服也。備曰下臣之竹次

蓋多也民之所由以協服上也此爾雅之叙也今本奪之誤作藹藹

君子之車既庶且多卒章言天子車馬之富以戒勸其愈益求賢才用太平〇君子天子也

君子之馬既閑且馳車言其養馬言其良互相挾七章以下歴言輔弼之盛至此而求賢用吉士之意益切至矣此序所示也

矢詩不多維以遂歌今日陳詩樂甚盛矣故我亦獻之詩遂歌於王所也或云不多少也謂毛公於一篇體製美協朱注遂歌猶賡歌非也因矢詩之多而欲遂再又其以上章與是章之說例所無也〇非卷阿無以觀周室太平之盛故以終正大雅也備以桑柔終厲王之雅焉

卷阿十章

民勞召穆公刺厲王也厲王寵小人授之以政寇虐不已民勞將亂故作是

詩以刺之也。厲王始革典而衰，大雅作矣。然無
直指王躬以刺之者，猶之始變，故然故亦厲王無
小雅至宣王之末周益衰矣，故小雅刺之也。召
穆公即召康公之後也，厲王是成王七世孫也。
民亦勞止，汔可小康。上四句言愍惠以愍民勞也，下四句言戒以除勞民者也。五
章一意，覆而極之也。但末二句毎章變，互宜聯而觀之也。語相變而義見矣。惠此中國，以
綏四方。中國京師也，四方諸夏也。左傳引之是二句，曰不失貴刑之謂也。又孔子引之首四句，曰
旋之以寬也；引之次四句，曰糾之以猛也。大義大可見。無縱詭隨，以謹無良。詭隨
詭而從君也。禁詭隨之行，以使無良之人知畏而自謹也。式遏寇虐，憯不畏明。
宜遏絶寇虐之事，再何曾不畏天之明威乎。上肆寇虐民勞而天將降戚，故曰須畏于天威。說以
遏字被下句非也，遏爲可例。柔遠能邇，以定我王。遠四方也，邇中國也。明威

將至故曰定我王此告小子專權者之辭通篇皆不直指王非也蓋大雅也

民亦勞止汔可小休汔與貽義同爾雅幾哉殆危也譏汔也易云小狐汔濟汔至

未繑惠此中國以爲民逑爾雅逑合也此言無縱通民之離散者

詭隨以謹惛怓惛怓言昏亂之人也說亦怓亂也與毛傳合○詭隨寇虐其行事也

無良惛怓罔極醜厲繾綣皆因其人也式遏寇虐無俾民憂苟良夫鮮曰害

民乃非佞惟其難與穆公二意無棄爾勞以爲王休小子而大用必是以險才

功利進者故曰無棄汝前勞猶曰無墮爾功力也王法天子美事也言爲王家作美功

民亦勞止汔可小息首章曰康卒章曰安是對也中三章曰休曰息曰愒皆是一意

惠此京師以綏四國以安三章如之通篇大旨前三章語氣猶緩後二章直切

可詠無縱詭隨以謹罔極罔極無道也紀極之極朱注失古義式遏寇

虐無俾作慝孟子胎之肴讒民方作慝此受下無俾民憂之句故源之民民憂則作慝故戒

之後二章無俾句相發皆係民言也敬慎威儀以近有德近猶近道近信之近

左傳引之曰夫子近德矣或親近賢暴非也○敬慎威儀曾子告孟敬子是也君子之大節也如

是則詭隨之徒不得食其欲而寇虐可遏也○以字又三章如之

民亦勞止汔可小愒愒息也猶憩惠此中國俾民憂泄泄言之

爲之患也民憂不泄正道悖矣無縱詭隨以謹醜厲厲惡也左傳云謂醜類惡

物是也式遏寇虐無俾正敗正道敗言致民其上也無逸所謂變亂先王之

正刑是也上寇虐其下民憂作慝大患悖至故警醒之戎雖小子而式弘大

式汝也嘗武式與為相讀讀式古法業通音用字於唯大雅有之小大厲王寵臣方執政柄者也

校柳亦目是人式弘大言其行式乃弘大也卿士用事廣及天下左傳康叔行次服弘大也

民亦勞止。汔可小安。惠此中國。國無有殘。國四國也無使四國有殘殘敗也是荊楚去王号之歲無縱詭隨。以謹繾綣。左傳繾綣從君無通外內注不離散也朱注小人固結其君者也○詭隨以循使其上言之寇虐以殘害其民言之式遏寇虐。無俾正反。反甚於敗上章正則言王國敗也此言萬國敗也王欲玉女。是用大諫。女小子而大用此天子欲使女成知而成國器也故我盡其言而不行

民勞五章

板。凡伯刺厲王也。厲王虐虐遠者德近小人患陳不行周法廢壞凡伯憂王室將

優而作是詩也或小子者託言也語切於王
數○前四章敘所以患患後四章患告之條目
上帝板板，下民卒癉。首章總言作詩之大意○上帝言天而王也叙訓版版僻也凛
乃板板反也二出話不然，為猶不遠。上句言政命句衰世大勢不當也後仕
慎爾出話左傳征伐次討其不然下句言邇言為訟不經大猷也靡聖管管，不實
於亶。靡循從也管管無所依也周語厲始革典言創新法也捷文武舊典亡行而無所依不次
忠誠之言為之憂也忠諫不用一篇綱領○考經非聖人者立法盤庚誕告用亶君奭在亶乘茲大命
猶之未遠，是用大諫。凡伯次老成觀小子憂其昏於目前而無遠慮故重言之
天之方難，無然憲憲。二章受靡聖管管而演之○難言天降難於王室也叙訓憲憲
渙以制法則也蓋厲王創新法居多故曰憲憲又憲懸法示人為憲小宰職憲禁于王宮法憲謂表懸

之若今新有法令也素古義可從學制法令類釋憲也故曰無憲也○傳云猶欣欣也蓋通斬釈

是故 **天之方蹶。無然泄泄。** ○蹶言天震蕩王室也猶天之抗城泄泄從緩也王之

爲作新法羣臣不敢直言諫爭沓沓響應作示聰明以革焉與故刺之○孟子論徒善徒法引是

二句曰言則非先王之道者猶沓沓也此覺與釋訓詩合蓋詩之本義也是義與次四句相甚爲穏

也 **辭之輯矣。民之洽矣。** 辭言政命也輯和也洽合也左傳引作協 **辭之**

懌矣。民之莫矣。 懌悦也莫定也王者出論和悦而出以民協而定也今新法以其命

戾虐而不和故民不協悦怨慮而不悦故民不安定凡以困喩靡聖管管之非也

我雖異事。及爾同寮。 三章受不實於意而演也○異事各御分職也同寮俱爲六官

也爾指小子與民勞同 **我即爾謀。聽我囂囂。** 囂囂猶謷謷也也不實於意 **我**

五十一

言維服，勿以為笑。服言受而服行之也書曰旨哉說乃言惟服為以笑猶曰為笑矣
晉語音適齊而名其二謂為笑焉の伊尹舉觴造祭曰君王不聽臣言大命至矣祭柏然而拊嘘然
而笑曰子又妖言矣 先民有言，詢于芻蕘。況在同寮豈得不相詢謀乎
天之方虐，無然謔謔。四章言大命將傾是以大諫の虐言虐王室也書曰天非虐惟
民自速辜謔謔又謔也忠告為笑戲言譃嘘嘘然不肯寘諸耳也 老夫灌灌，小
子蹻蹻。老夫凡自稱也灌灌猶款款所謂宣也言以忠誠告之爾雖蹻蹻憍也猶蹻蹻之王
之遠其耳蹻蹻 匪我言耄，爾用憂謔。謔戲言也忠告不聽戲笑以為耄如秦伯
疑蹇叔之諫曰中壽爾墓之木拱矣是用憂謔戲言己 多將熇熇，不可救藥。
多言惡積也熇熇熾盛也惡疾積則其勢悍如烈
火末如之何已今猶可以救藥故灌灌大諫代不

追其可救止救也○苟良夫解有爾執政小
子之大臭詩含應王實用小子擬之政柄也

天之方懠無爲夸毗○五章更端責其謟諛而不憂民
懠言威怒王室也殺夸毗

體柔也言謟肩謟箋字義必有同音
通夙天威可畏是豈爲夸毗之時耶

威儀卒迷善人載尸○尸言不言也爾小子升冕端委次臨諸侯
而奴顏婢膝面陳天子是從容態爾張柔

媚不遺故善人無
敢一言拊者

民之方殿屎則莫我敢葵○釋訓
殿屎

呻也說文引㕧唸吚我即我師也愛民之字故
單曰我葵揆也無揆度而救民之愁苦也

喪亂蔑資曾莫惠我師○蔑資之其資財也喪亂并存而
民失其產然更無一惠政以振

救之也○家語引是民此瘵侵不節次爲
亂者也蔑資毛傳得之國步蔑資亦一義

天之牖民如壎如篪○六章喻君道取民之易○此言
天而王也民之應君如壎篪之

相和也如璋如圭民之與君心合如圭璋之成也如取如攜取物而手攜也

言必從也抑民匡手攜之言示之事蓋古教導之譬喻欤攜無曰益牖民孔易

取而攜之則必從也然勿曰有益於牖君道誘民之易又甚通極言其易也民之多辟

無自立辟民之多僻也不能自立法則故上不可不牖也上而牖民是易之耳今民方殿

屎而莫葵蔑資而莫惠是以民皆放辟邪慾悖不可制此豈可坐視乎上不立辟民何時定

价人維藩大師維垣七章喻王室之有治具以及失德之異○藩禦介善也大也价

同郭列詩作介大師三公也舉重言也大邦維屏大宗維翰大邦成國也太

宗王室毛公可謂猶同室孫同宗苟文祭外天下之宗室也余庶孝太邦異姓大宗同姓並言大諸

侯也未憂○今价人載大師為公諸侯震動王室悖亂故有是喻懷德維寧宗子

維城。宗子天子適子也。夫用价人往公係懷諸侯次周王室次德臨照之則宗子將為王國金城。○

左傳民保於城城保於德無俾城壞無獨斯畏。○城壞則藩垣屏翰皆壞孤立而

大畏至矣可不戒乎厲王失德宗子且將叛

大亂之勢成故言唯德可以取治安以喻之

敬天之怒。無敢戲豫。○卒章喻言行不免天誅以終之○戲豫馳驅應上憲憲泄泄禮

夸毗敬天之渝。無敢馳驅。○渝變也天命無常王室將爲左傳渝平更成也馳驟自恣也

昊天曰明。及爾出王。○王往也天監明以汝出往則天從之也昊天

曰旦。○及爾游衍。○衍寬樂也出王以在外言之游衍以在內言之爾小子身代天子不

監所歸出入不可逃戲豫自恣行以免天之怒乎

大命其渝矣是詩以天難天蹶天虐天懠天怒天

渝為主蓋所以抑厲王威虐而格其非也。○厲

王變雅之始也大臣作詩以刺天子者於斯故

其體裁則熙夫與其言不敢直指而卻有諷於小雅卷阿室未大衰故大也在變之始故温也

校八章

生民　行葦　既醉　鳧鷖　假樂　公劉　泂酌　卷阿　民勞　板

毛詩考卷二十三

毛詩考

大雅蕩　九

毛詩考巻二十四

蕩之什第三

蕩。召穆公傷周室大壞也。首序称傷、衛荘姜傷己之、外唯是一出孟忠
讀不行詩。特述文王之言。次哀時命、猶出王之有
召是若之華也。故受民勞、次板、次從前代穆公。是
讀抑與桑柔合編之。是代須知。三篇之刺厲王
有不與。凡同者上の詩雖託言文王、次厲王、北餘結
治焉。追執可見。是閲周之衰
故曰、瘉大雅也。故曰大壞。

厲王無道、天下蕩蕩
無綱紀文章。故作是詩也。注文入行、正厲王之雅有首序、而無庸辭

蕩蕩上帝。下民之辟。首章言天命禍福之威。次提一篇大綱。の蕩蕩大也。猶言堯之無
得而名焉。上帝者、言王者也。辟者、君也。の釈訓、版版
盪盪、辟也。辟當作僻。盪盪。言辟王也。版版、言稱辟

也爾雅是釋詁云**疾威上帝其命多辟**辟命政命也辟邪也君蕩蕩之无書曰無

偏無黨王道蕩蕩先雙提明王與惡王次起下句**天生烝民其命匪諶**命天

命言國家存亡之命也匪諶言人心非所得而信守也謂忱同天難忱斯不易維王書曰天不可信

夫王者亦為天一民直王者虐民則喪其命故曰天生烝民**靡不有初鮮克有**

終有初言商周之初休命莫至此其君蕩蕩不能為下民之辟故也其終疾威而多辟是以休命不

至次降斯喪也君奭曰厥基永孚于休若其終出于不祥是周公所訓召祖而稱公之言欲述遺訓

文王曰咨咨女殷商二章洛付之暴暴人次力行無○次下文王陳付之言孟周

家有其遺文而稱公聞色作誦也朱注設為文王之言以非**曾是彊禦曾是掊**

克彊梁而禦人者掊擊而好勝者全人銘強梁者不得其死好勝者必遇其敵二者相似互同○

聚斂亦掊克也。然如漢酷吏者是掊克耳。

曾是在位，曾是在服。服猶職也。

此牧誓所謂多罪逋逃以為大夫卿士也。

天降滔德，女興是力。滔、慆通。言汝凡我違邪無郎驕逸興循興逆亂于厥小民方興相為敵讐之興又循力行無度之虐強禦掊克暴虐于百姓天怒民怨驕淫殘虐而女殷王方興力行之也。○一時翕然成風，故曰天不降。

文王曰咨，咨女殷商。三章咨暴人之禍民皆怨怒。○咨女殷商以下自維女荊楚來。

而秉義類，彊禦多懟。女宜秉義類，強禦則多懟也。俞秉哲秉德之氣言執而行之也。義類，言百事當為者也。懟者，疾怨也。對王強禦大用強禦掊克之人方與力行不義之事，使民疾怨於上，故戒之。○蘇老泉言汪用之也。義類，言義士義民也，猶醜類惡物之類。不義從式，亦言不義之人今業秉字右用義乎否。

流言以對，寇攘式內。以下四句皆言強禦多對。

之禍也既疾怨之則惡言以應之寇賊自内起也
懟言如應厲王周人諺云是也式猶以也寇攘自
外來者故曰式内侯作侯祝靡届靡究祝本又作詛同左凍進反旅者莫不讀
今矣是詛祝也書曰厥口詛祝細別則左傳祝有益也詛亦有損宗周區區之有詛有祝是也
文王曰咨咨女殷商咨嗟也其悦之暴人而自長其惡女炰烋于中國
斂怨以為德炰烋強梁之意也字又作咆哮所謂敢行暴虐也作咸敉數毒痛
海故曰于中國斂衆也怨如多罪逋逃是也不明爾德時無背無側
崇信姦回放黜師保也指謝皆暴人所悲皆暴故女亦不知慎德也爾德不明以無陪無
卿德不明則逐不明也都因逞之炰烋之氣斂怨以為中才德左傳物有陪貳天生季
我以貳其子作大飲比于作少師微子微仲膠鬲存焉然味其耆長庶有位之人皆比罪人

謂暴無傷則雖有善者亦無如之何也厲王之
朝驕扱無良方熾與行寇虐召穆自秀卿士凡伯
芮伯從政終不能蘇復王業
匪中叔大亂上行汝有是章也
文王曰咨咨女殷商人五章咨下其率暴汝淫中酗于酒上天不湎爾以酒
不義從式與天降滔德應而立言之天非湎女女唯暴人之不義是從是用而爾不義習
與性成遂至是沈湎荒壞也微子曰天毒降災荒
殷邦方興沈酗于酒古語相協○湎沈也沈於酒
也葉湎而於水倉意鄭注恐臆既愆爾止靡明靡晦止容止也明
陳陰陽風雨晦明此言放失威儀無晝夜唯酒
是湎也酒誥數紂之罪曰誕惟厥縱淫泆于非彝
用燕喪威儀非彝即不儀也式號式呼俾晝作夜所謂長夜之飲也鄭伯有者
北宮夜飲酒朝至未已亦類也皆廣暴自酒之狀
○背側循倍倒明晦循晝夜兩章成數

文王曰咨。咨女殷商。六章次下其章暴人以擾亂天下 如蜩如螗。如沸
如羹。失治治亂意也漢之漢無行志引是亦同此悖言小大近喪而先列張云不與前章亂○
古義蟬謂之蜩螗是夏小正所謂唐蜩也 小大近喪。人尚乎由行。小大王之
諸臣也書曰殷罔不小大好草竊姦宄夫人情時
勢如蜩螗如沸羹小大諸臣沈有喪亡之形然猶
及暴人尚由之道而無行自若不悛也 內奰于中國。覃及鬼方。內外
奰小大之執奰怒也本於三國三大蓋貪意也奰于中國是始於咸盡四海也及鬼方亦醋以屬王暴虐
荆楚自志王畏之句言不顧小大近喪而內外咨其咸虐不志也
文王曰咨。咨女殷商。七章咨下其棄舊也舊法以覆中天命上 匪上帝不時。
殷不用舊。非天不浩其時也殷棄舊而自絕于天也酒誥天非虐惟民自速辜是非天

不由惟人在命○舊慮法也 慮人也色下老成人典刑
雖無老成人○尚有典
刑○ 行之時何曾無老成人亦所謂耆長舊有但之大 人從不足稱老成先王典法巋然存矣所宜大
監而奉行之也盖厲始 革典典刑於時事泣坂
曾是莫聽○大命以傾○ 老成 不屈
典刑不聽是以殷之發命乃傾蕩矣大誓弄棄典 刑因奴正去上帝弗順説降時喪與此正欲○太
命逆照首章次收前數章○大誓首稱冒色收誓 首稱紂雜而是篇不及此盖厲王次虐感云色荒
不與紂同至於此夫大雅小雅並刺淫惑妲 己褒姒流與矣詩書可據之言之處不可不求
文王曰咨咨女殷商○ 辛章言厲之威古君 自取去古今如此
人亦有言○
顛沛之揭○枝葉未有害○本實先撥○ 比也次大木之 亂比天下之覆
焉顛沛木倒也揭蹶也言木忽揭然而顛沛也非 言將倒木之倒枝未橫葉未萎而其本根言有所

撥絶故也王室之顛諸侯兆民形躰未全燼唯君悪悪自底滅亡耳殷鑒不遠在夏后之世夏后言桀也猶曰周鑒不遠在殷商之世雖託文王成篇圭角流露

蕩八章

抑蕩託文王而刺厲王抑託厲王而刺平王故次衛武公刺厲王武公相平王次刺其朝然託為召穆刺厲王之言故與蕩比而論但凡平王無大猷瞻卯召旻別自有義故武公非繫厲王不得作大雅意○朱熹數是句五失是熹之五不達耳亦以自警也不曰下刺厲王亦以自警須精思之畢竟是非主刺厲王者擬厲王大雅以為之警是武公欲意也武公同自之防故不繫之時王次繫之前世不繫之他人次為之自警寔遂彦亦曰刺時而不繫之也王大意同

抑抑威儀維德之隅首章言君子不可有不矜威儀○威儀是中德之表也故中濟德

者外必敬威儀自嚴而使人畏象之而如宮室之制內有繩直則外有廉隅人亦有言。靡哲不愚。言威儀簡忽則哲人與愚人無別也勸人脩威儀之辭也三代之時王侯大夫並有其威儀敬而偕之是謂有德爾韶華興而禮樂君子制心之規矩靡而無與入德陵夷至于幽王武公警古有觀威于先王明訓故是詩次威儀說起左傳北宮文子說威儀可以知古義矣民勞曰敬慎威儀抑曰威儀卒迷蕩曰疾愬爾也而賓筵專詠威儀皆一意也朱子不曉而訕序豈矣庶人之愚。亦職維疾。衆人不敬威儀望之而不見所畏也其性之病固當然且以起下句職猶但本然子曰古者民有三疾哲人之愚。亦維斯戾。戾乖也怪其不善愚之辭哲人而不脩威儀使及與愚人一例視之不亦乖乎然則內德雖脩外貌其可不敬乎子曰知及之仁能守之不莊以涖之則民不敬莊即威儀也○是篇上三章最重下九章演

而廣也故三章八句而九章十句次畧別

也凡詩之有段有節者不了不滯阮書

無競維人四方其訓之二章言君子舉賢正德勤政猶必有待於威儀○無競尒

惟有善人四方次恭刑也競言國勢興起也維人言朝廷多善人也有覺德行四國

順之覺直也大也明也頌云無競維人四方其訓也不顯維德百辟其刑之贊文武也是武公

所本卽明是王廷卿士之詩也邪說者云詩不閔時王妄矣訏謨定命○大謀於衆而論

定政命也遠猶辰告所謀必臨於永久而播告必次其時不怠也晋語悳長世之德歷遠

年之數是遠猶也敬慎威儀維民之則疏官其人正其德大勤政事乃莊次

從也是民之儀表也北京文子君有君之威儀其任畏而愛之則而象之首章歎次威儀起是章次

威儀待○是章競與本覺與國與猶慎與民自然成頌節奏之密也

其在于今興迷亂于政。三章言今之君子失政德威儀遂訓告之 顛覆厥德荒湛于酒。今之君自方興迷亂于謨猷失其德 行唯酒是荒威儀不類也是四句及 應上章四事人皆若 此則無人不從言 女雖湛樂從。女呼小子也呼 小子而屬王呼 厲王而出王此本意所存也湛樂 從言德樂是從也左傳鄭勝亂從 弗念厥紹。紹言 從嗣 子孫也晉語寡 君之紹續昆裔 罔敷求先王。克共明刑。敷廣也共 恭敬守之 也明刑即前章四事是也今女雖從湛樂而自愉 快豈不念其子孫覆亡乎其無廣求於先王所讀 克率由其明法之公敘の康誥敷求于殷先哲王 用保乂民是武公所本共明刑即康誥敬典是也 肆皇天弗尚。四章更端言王室將覆次自警警人○ 尚上也佑也爾雅亮佑尚右也左傳天 而既厭周 德矣一意 如彼泉流。無淪胥以亡。天既不尚大禍 將至有玉石湨

二六

荊之畏矣泉流淪
胥則溺故取譬

夙興夜寐洒埽廷內維民之章

知是而畏之次戒之廷庭亦次自戒〇三
句內勤政事也次四句外嚴武備也

修爾車馬

弓矢戎兵用戒戎作用逷蠻方

戎作言兵事之起
也無覺德行四國

將殺不可不虞〇逷遠也言明是王廷之
語也非衛武公言於一國為序義確矣

質爾人民謹爾侯度用戒不虞

五章言君子敬戒最
當慎言〇質安定也

言安堵而不使離散吾侯度諸侯之永法也六卿
無非有土君奉行謂小天亦國君或縣內侯也故

侯度孰其身言之非孰其職言之人民子孫亦孫
卿士言之武公國家大亂不虞薦至女卿士各

自安己士民謹己國命國用次為非常之戒矣〇
書曰儆戒無虞罔失法度考經制節謹度出諸侯

章

慎爾出話敬爾威儀無不柔嘉

出話出令也厲
王度處也王亦

暴虐故是詩次昷恭恭嘉為主亦一篇大揚搉也白圭之玷尚可磨也興也
又體圭有度既玷宜可磨乎故曰尚可磨斯言之玷不可為也圭之玷非可磨
然言之不可磨有甚焉者故取興次
焉至戒○為治也左傳疾不可為也
無易由言六章承上章慎言之義無曰苟矣莫捫朕舌是彼之下六章與
次章同章句也苟矣姑且如是言之也非有人持我舌者有何障礙而不言矣言不可逝
矣。不可逝言不可使逝也論語君子一言可逝也晋語吾言既往矣夫君子之出治榮辱治亂所源不
可使容易出往矣女無曰苟矣吾舌也耳無言不讎無德不報言善言也
言善言嘉德必有美報也善言者嘉德之興也非判然二事猶言之話言順德之行○是章上四句
言言不可不慎下六句言慎言則有福辭欲不相接武必之誠賓遊亦有是格惠于朋友。

二七

庶民小子。惠和順也言得其歡心此德言之款也　朋友同僚卿大夫也小子猶論語少者
懷之　子孫繩繩。萬民靡不承。餘慶及子孫繩繩相繼　萬民莫不承順子孫
視爾友君子。輯柔爾顏。不遐有愆。七章言君子慎德　宜主誠○友君子文
出而接人也輯和也柔嘉爾顏容自次及不遠於　有愆也然爾閒居者不異則君子視爾如見其肺
肝是處飭耳　非慎德也　相在爾室。尚不愧于屋漏。屋漏室西　北隅也矣
之禮祭於奥既畢改饌於西北隅葉神坐而在幽　隱故曰庶幾不愧于屋漏之神一氣下句以神交也
屋漏非止　暗室之義　無曰不顯。莫予云覯。顯隱者顯者之顯　無曰下室非顯處一人
無也哉　見之也　神之格思。不可度思。矧可射思。射言怠慢不　敬也鬼神之
至非人心之所得而測宜戒慎之其所不見況淫怠　有邪惡可乎○金人銘勿謂不聞神將伺人

辟爾爲德俾臧俾嘉八章章上申慎德之戒○辟法之也使下人法女爲德而臧且嘉
也淑慎爾止不愆于儀也容止也民主必爲德次爲民之模範而德在敬
爾威儀是德之隅也北宮文子所謂畏而愛之則而象之是威儀之所以次俾臧俾嘉也不僭
不賊鮮不爲則僭不信也慎言之戒賊殘害也禁嘉之反無是二者可以次爲民之則
也曰則曰僭上下相睨爾有是則故民辟之也投我以桃報之以李比也美果
注而美果桃次比上有則必下辟之而兩美全成焉彼童而角實虹小子上下
章八殺特次是二句羨繞沱如○童而角言宜童而有角也次況狂妄奇怪之人虹潰亂也蟊賊內
訌之訌同小子指王郎厲王所辟民昔反投之小子是也投桃報李常也而不能爲民則却激怪物
而懲爾儀也此戾國家務財用老必自小人之類童羖無有者也童而角無而有者也寔意自見

二八

荏染柔木，言緍之絲。九章更端，言君子從諫，小人拒諫。次起下章。○與也。柔木，椅桐梓漆也。是琴瑟之材，唯柔故絲可緍。柔即基也。

溫溫恭人，維德之基。次言柔木之諧於絲，與恭人之主於德，爲學厲。唯戾虐亢暴故不納人言。

其維哲人，告之話言，順德之行。話言即德言也，故曰順德。哲人於溫溫其恭，故能聽德也。

其維愚人，覆謂我僭。愚人無德之基，其心暴戾故也。

民各有心。一句溫藉甚。唯言鈞是人，而其心各異，面朝無哲。哲人是章主愚人，而喻之哲人之美也。

於乎小子，未知臧否。十章言訓告之切至。次下無章。責小子。次終○夜寐夫解爾執政。小大多出厲王，曉實有其人，可知武公疏擬之耳。凡之詩故呼小子責之也。其實所次警醒時王也。

匪手攜之，言示之事。不徒攜而尊之，又舉事次示之也。所謂百聞不如一見。

匪面命之。言提其耳。提擧其耳極言若曰懸喻之狀耳或云提音抵言詆耳次

教之也未義○扳云老夫灌灌小子蹻蹻是章數衍是意也借曰未知亦既抱

子。汝假令曰年幼未經事亦既爲人之父其書曰予沖人不及知民之靡盈誰夙

知而莫成。靡盈言不自滿假也是涅涅柔嘉之度虛次受教則誰有早知而晚成者乎小

子唯蹻蹻自喜故雖抱子而淡淡未知其所成之有○祈年孔夙方社不莫字例正同

昊天孔昭。我生靡樂。十一章言其不聽訓者○天鑒明明大命將至我心不樂

視爾夢夢。我心慘慘。天威在前爾小子夢夢不恤我心懆懆憂誨誨爾

諄諄。聽我藐藐。左傳諄諄焉如八九十者藐藐猶泛泛匪用爲教覆

用爲虐。虐如夏桀次律弗忠諫爲中妖言是也甚之於爲虐詳涉王室將覆是小子所次爲虐也

一九

或云儦ハ是儦々之譌是不然　**借曰未知亦聿既耄**　耄ハ只是老也既抱子故甚

言未辟知満無二毛耳朱注所謂年九十有五時

也案據史記武公次年王十三年立則王迄既無

小雅武公悪得為大雅乎其妄不足弁

然巧言逐人使人疑序故寓言及之

於乎小子告爾舊止　十二章章廣其不忽是訓告次二天威終也○毳毳法也二章所陳

先王之明刑是也是詩有三章二章忽毳提故至卒章

又顧而指之蕩民般不用為雖無老成人尚有典

刑武公　**聽用我謀庶無大悔**　擬召己之言故有是

或因是

変ハ斵引切時主　**天方艱難曰喪厥國**　言猶曰我言継服其與天之方難同

也是謂譎諫　言天方降艱難

将次之王國也朱子以諸侯自謂無疑意　**取譬不**

國既卒斬盛國百里皆言王國也多例

遠昊天不忒　譬言比事類喩人也論語能近取譬

是句又告為将白下次之厲王為事近譬之

寺今日云云亦詩人之微辭也昊天聿遹其德聿（以律反）
不忒言其福善禍淫之道無違也
民大棘遹辟也棘急也上失其德則民必棘矣民
之棘矣天之威命亦不忒也厲王虐終
有歲之禍今此王循其覆轍則其無歲
矣比與蕩次殷鑒不遠意待立意甚微

抑十二章首三章總提四章起五六慎言七
八慎德九章起末三章責小夫
首章總提 二章三章 四章起 五章六章慎言 七章八章慎德 九章起十章十一章十二章 責小子次終

桑柔芮伯刺厲王也左傳謂之周芮良夫之詩正
等○是詩蓋作於榮夷公爲
卿士之後王流于彘之前也或云作於共和之後
崇其時是衰衛之政也豈有是昏亂不通矣○
厲王委任貪人民困大夫芮伯身爲卿士忠諫不
行見國人之將虐王室託言同瀕次風切天子也
菀彼桑柔其下侯旬捋采其劉○首章哀王澤之竭盡
旬均也劉瀏也言其

二十

花落矣捋采猶攬取也言朝猗伐其枝葉劉言
枝葉爆爍而希也次比王澤廣大湫而匱竭焉
始華與周道一旦而壞朱注桑下
朝而盡無黃落之漸大得比意
瘼此下民○三訓 比也
下句獄也與凱風之首章同格
言上澤漸盡而下民大瘁也
不殄心憂○倉兄填
兮○殄絕也與不殄禋祀字法同朱注倉兄與愴怳同
同悲閔之意葉廣韻愴怳失意皃填久也周語
厲王說榮夷公芮良夫諫不聽既卒卿
士諸侯不享王流于彘愴怳之久可知
倬彼昊天○
寧不我矜○倬大也明也○前八章章八句哀時命
矜也後八章章六句責朝廷也大雅有桑
柔猶小雅有正月紹年同格同憂是二句欲民今
方殆視天夢夢次下語意相類者多矣
四牡騤騤○旟旐有翩○二章哀萬國之亂○
二句言軍旅四起
亂生不夷○
靡國不泯○不夷不殄也大
係小自此始矣
民靡有黎○具禍以燼○爾雅

黎衆也萬億或黎故曰黎民燼是燼獨既燼之餘也今民死亡離散皆罹禍而僅存耳父喪妻喪

失故譬言之餘燼○彼中林維薪維蒸欲瞻**於乎有哀○國步斯頻○**頻國運既迫也

國步蔑資○天不我將○三章哀民之流亡也○蔑資失食資也將養也將父將母之將句

受前章省頻字而含之言國運頻蹙暴茂資財有中天不養我民之勢也**靡所止疑○云**

徂何往○疑定也民既不安其居雖出亦無所往**君子實維秉心無競○**

君天暗斥天子也維猶綱紀言君子實為四方之綱也小雅四方是維周有次維邦國無競競也執

競也競言疆勉政治也**誰生厲階○至今為梗○**梗病也如是厲惡誰為之階梯

總罔君子不自從而荒思逸樂也至今為病言亂之久也與倉兄填兮亂生不夷相照

憂心慇慇○念我土宇○四章憂民申哀民禍○土宇遺亂而民盡齊故芮泊憂之也念之

二十一

孟子考曰以水沃熱
物也曰濯其手似不又

土宇之意彼通章我生不辰。逢天僤怒。哀之次及民也僤怒猶怒怒也僤癉同周

浩湯僤憤蓋土氣震發是僤熱之癉余見癉與憤聯而悟僤怒之發自西徂東。靡所

定處。謂流離之民也多我覯痻。孔棘我圉。我民之遇困病也多端矣而無邊

陲四面受寇其昔毒最甚是堪哀痛通章念之土宇之事也○圉邊陲也左傳次圉次我圉

為謀為毖。亂況斯削。五章刺在位不用訓告○毖慎也訓毖詰毖之毖上之人雖去

謀為毖毖徒善徒法是次圉亂而日見侵削也○削字受圉字告爾憂恤。誨爾

序爵。憂恤仁政也序爵舉賢才而官之也著共王之遺訓而政之規矩準繩也誰能

執熱。逝不以濯。逝辭也手執熱物必濯以冷泉亞恤序爵之於亂猶濯之救熱然

也毋為謀為毖而不法先王則謀毖果何用矣○孟天命也欲無敵於天下而不以仁是猶執熱而不

以濯也周引是憂恤為仁政明矣左傳引是同礼之於政如熱之有濯也礼者言子產擇能而使之合二書而熱濯之義燎然

其何能淑載胥及溺

亂在位不聽誨告是執熱而不濯耳以以能善莫胥及沒之循蒲而已其所為謀醒與小聽明以損於亂爾

如彼遡風亦孔之僾也

六章刺在位不知憂恤○遡鄉僾言嗚唈而不能息也閔今之時勢人情

民有肅心荓云不逮也

肅敬也荓使也云辭也民雖有畏上之心上之人使民不及於自反也○乱以雖有肅敬之心皆倦怠矣

好是稼穡力民代食

力民勤民也代食代民而食也上之人貪是斂以使民寒耕熱耘不弁民所食而自食聚斂奪民食

稼穡維寶代食維好

覆言刺其貪鄙也上之人不恤民而寶稼穡好代食而以稼穡猶言曾孫之稼曾孫之穡○民之阻飢如遡風雖有肅心安能及也所以然者在位貪

二十二

殘後民自利力出於民食入於己民何以堪命爲
未民之困極因過末者皆胎於斯周僖榮公好專
利而不知大難夫使民不遠何大難之不至矣○
食人在位非序商賢力民代食非憂慮兩章相屬
天降喪亂滅我立王七章哀喪亂既極大命將傾○
將滅我王也天方艱難曰喪厥
國一方例朱子據首句爲共和後之詩葉共和時召
穆諸政左傳亦同諸侯釋位以間王政若伯宣有
是依舍且厲王在彘若指變而言安得曰滅我
益知爲共和前之詩也滅言將滅也非言既滅○
左傳不朝之五言楚王新
立也是詩不次新立言之降此蟊賊稼穡卒痒蟊賊
言蝗而食人
此次終前章哀恫中國具贅卒荒贅疣肉也流民
依人爲生若附
贅疣然可哀痛哉王國之民離
散流亡自如贅疣而資產蕩盡靡有旅力以念
穹蒼飢寒之餘旅力盡疲無復營生之寰徒次
負委於天兩念穹蒼有我與汝諧亡之意

維此惠君民人所瞻 八章言衰亂之本由次結上而起下○惠順仁君也貪人之反

從上章不順與良人對不必訓惠為順 秉心宣猶考慎其相 能正其心而宣明其

謀謀於輔導而無不慎也書曰謀于衆舍己從人

又并詢之謀勿庸言廣謀而用之也其心不在其

德必焚故曰秉心宣猶厲王不用召穆良夫之言

故曰考慎其相○爾雅宣徧也通也相尚書多訓

維彼不順自獨俾臧 不順之君暗斥厲王也是章為上平八章之倡故提亂本

終也終而又始宣審立言之敘自獨俾臧故不

宣猶於衆也俾字別是一例此言自以為臧也俾

民卒狂以民為狂也覆俾我悖以我為悖也 自有肺腸俾民卒狂 自為有才智而

以人為盡狂悖何曾考慎其相乎故人亦何所瞻仰哉是厲王虐弭謗之故

瞻彼中林甡甡其鹿 九章設端始言朋友譖己而身蔽○興也反體甡甡衆多也

朋友已譖不胥以穀。朋友亦黨惡以讒我不相與親善自窮而不及鹿之樂羣也若泊朋友即卿士大夫也若衰夫解曰惟爾執政朋友小子〇始提朋友至十四章再提以終中間四章兩兩相比提用讒人爲人亦有言進退維谷。上無惠君下無良朋

維此聖人瞻言百里。十一章定上言愚人用讒〇瞻言猶察言也明察人言於百里外審其善否而用之故忠讒不差也周浩兄弟讒鬩海人百里維彼愚人覆狂以喜。聖人之言也不察人言咲甘吐苦狂妄自喜耳匪言不能胡斯畏忌。我涉不能也今有行畏忌而不敢言彼狂以喜故耳胡斯者若自詳然猶胡然哉畏忌也

維此良人弗求弗迪。十一章與上章耦上言用其言此言用其人迪進也維彼忍心是顧是復。忍心即讒人也民之貪亂寧爲荼毒。貪亂好亂

也周浩引是下曰貪天禍荼毒是忍心者所不忍也今民心方向亂又何用忍心為荼毒之行次加民使民益怨怒死民之曰適周極不亦宜乎與篇未相照○寧寧不我矜之寧訓安寧非也

大風有隧有空大谷○十二章與下章耦始言讒人之淵藪○次也大風之隧屋山崩木枝而是風有空大谷出之也謂之風洞次比讒人之大殘物自有適謀者而然其○左傳當陳隧者井煙木訓

維此良人作為式穀○式穀出小雅言用善道也此與中垢對言為穀明之穀講晉語書選男德次象穀明良人行事正直明白而不為隱蔽之私也○穀則異室穀有明義

維彼不順征以中垢○此不順不與下對惠君者同上忍心例之人也中垢傳云闇冥也韓詩亦云闇行也中垢蝕蓋讒人所征以次闇冥也賄賂女謁行私容悅之類是也是次式穀遂不能勝中垢不順準行媢於適謀者方且橫行也○石勒曰大丈夫行事當磊磊落落如

二十七

日月皎然終不變貴其德可以仲遠數人孤兒寡
婦孤婦次取中天下也如日月凡式穀也孤婦中垢也
而貴焉能取天下而不勸不能也是亦中垢螣
式穀之類凡有中垢者則式穀者洪彦所數

大風有隧貪人敗類十三章明舉貪人次著亂之所由○興也次風隧破物興貪人
殘害善類爲貪人即護人所適謀也亦章所謂力
民代食者是禁公之弊貪人方織故恐心不順並
進良人辟而民發亂**聽言則對誦言如醉**貪人唯悅恐心不順者故道聽之言
則喜應答之誦訓之言則莊如醉若五章所謂憂恤序爵是誦言也**匪用其良覆**
俾我悖良言誦言之善也說命乃不良于言予罔聞于行貪人不行我誦言則不用我言之
良卻次我言爲悖逆之說也律尹民亡無日矣祖己曰天既訖我殷命故昧者次爲悖言耳
嗟爾朋友予豈不知而作十四章責朋友之黨貪人下二章一戒次終○而作

言汝所作慝也即黨貪人諂害民之事○九章慝起次四章兩〻此而意収結及至此又擧二九章

朋友遂次終篇下半八章疾貪人責朋友章法右離合可玩如彼飛蟲○時亦弋

獲○飛鳥雖自恣亦遇弋獲之夫氷山不可雖女今附擁揚〻自清弋獲之日不遠既之陰

女○反予來赫○之往也陰忠告芘蔭之也赫本亦作嚇循莊子鵷仰而視之曰嚇曰距人

也我怒女見弋獲次恣好敖恃往救女則女反來赫我不從也然則女黨貪人次虐民者審矣

民之罔極○職涼善背○十五章與上下章二意要通○罔極無道也肅心不遠民失本

性也涼薄也出左傳涼而背言人情衰薄輕恣罔恩而至于暴也善背善詈是善懷之善為民

不利如云不克○二句宜在二章首插之中間次俯仰上下成辭之巧也爾朋友黨惡出

力為不利使民罔極回遹其善背用力寔可畏也民之回遹○職競用力○民玩

罔極而為邪術之行相競而用力勢
不畏上威不憚刑法克伐相殘也

民之未戻職盜為寇○十六章言所以作詩終○二
句與上章相屬未戻心搖搖未
定康靜今惟民不靜未定厥心言殺民違順未定
也夫未戻者宜遍定之往其未戻而不從則不為
寇不已也為寇有羣盜蜂起長戟指闕之幾矣○
芮良夫解之以為小臣良夫觀天下有土之君厥德
不遠罔有代德時為王之患其惟國人又茲之亂
果為國人所擊逐此數民之亂切戒正與書
合**涼曰不可覆背善詈**○涼諒通為民不利而自利
使民生畔襲之代此不可
之太者也故我患告之則却指
庶好而屢罵詈我是不可訓也**雖曰匪予既作爾**
歌○爾貴之食人次長其惡我明知之浩日三國家之意
非予所知我既為爾作是歌次凜凜播也爾能有
自解無深責朋友所次風切時王執政也大禘
之體才然盖當今之急務在速定民心而除其同

適周極此是夫作詩之本意也○非柔柔無
次觀天下壞亂之甚故次終厲王之雅矣

桑柔十六章

十章　十二章　十四章十五章十六章
九章　十一章　十三章

雲漢仍叔美宣王也春秋亦有仍叔仍蓋采比若此叔其家号也世襲者○是
詩蓋在宣王初年廣辭可徵竹書在厲王末年書大旱者五年者太子靖為王遂大雨是與序近又
見宣王二十五年大旱王禱于郊廟遂雨**宣王承**
是非是詩所干涉也皇甫謐周不足據
厲王之烈爾雅烈餘也言戾虐餘烈也**內有撥亂之志**公羊傳撥亂世
反之諸正撥振志之義也○據共和十四年之說宣
王之立天下當不亂序唯以宣嗣厲為幾共和無
明文左傳特曰宣王有志而後效官
要之王在彘朝勤郊社當以多所謝畧**遇烖而懼側**

身脩行欲銷去之不言祈禱而曰側身脩行君子之言也天下喜於

王化復行厲王之前王化未大衰故思之○於字絕妙百姓見憂黎民序復

被王者憂恤也故作是詩也故仍叔作詩美之也○厲王無小雅宣王有二雅並存故宣

王大雅序特繫次明其所次屬大雅焉然是則無次見王政大小之所異於說者是夜昧之

倬彼雲漢昭回于天首章總提○昭回備成章也言昭明星天不必說光隨天回轉

也宣王中夜起而望天無雲氣見河漢之昭回于天而嘆然嘆者如下句此起下極旱孩其意與

卒章有嗟其星正同王曰於乎何辜今之人瞻卬昊天天見雲漢而數息也

天降喪亂饑饉薦臻薦荐通爾雅所饑為荐連歲不熟葉與竹書記合喪亂

者因厲王之禍甚言之也靡神不舉靡愛斯牲郊宮方社羣祀先正皆舉之也

朱注、祭鬼神而祭之、非也。

圭璧既卒、寧莫我聽。 礼神

毛公於二章言之充盡之圭及璧已盡、何故不我聽哉。金縢屏璧與圭、此二物也。○首章卒章、章而大意差異、中六章一文覆次攄寫宣王閔雨之切、而其切處在下。呼天、呼祖、呼庚神、曰何、曰胡、曰寧、曰中如、何上共、後無甚差、別特有禁号、不擇音之至情矣。○典瑞、職圭璧、次祀日月星辰、此璧上豫出一圭。卷、非是。詩所作

旱既大甚、蘊隆蟲蟲。 ○二章呼上帝后稷、烈裁之當其殷。○蘊隆、炎氣茂積而殷也。蘊、韓詩作鬱。爾雅、蟲作爞。爞爞、熏也。○滌滌、蕭條中六章章有是、首句與生民聯、誕字同。

不殄禋祀、自郊徂宮。 殄、絶也。不殄、不敢休也。

上下奠瘞、靡神不宗。 上下、言天地庶神也。非祭天地。奠、陳酒食牲玉之屬也。瘞、祭畢而埋之也。靡神不宗、所謂索鬼神也。朱子不審章法、故與前篇同。首章總提一篇大意。

后稷不克、上帝不臨。 后稷臨而不克

燼書文徒

十七

上帝克而不臨朱注 耗斁下土寧丁我躬 斁敗也丁當也
稷汝親言帝汝尊言
郊宮不救夫旱耗敗天下是哉何
汝當秋之身乎恐懼脩省之辭也
旱既大甚則不可推 三章中呼昊天上帝恐自死民
亡宗祀且絕○推去也言不可
壞去 兢兢業業如霆如雷 兢兢恐也業業危也霆比
震也雷霆言畏之甚也
周餘黎民靡有孑遺 餘餘稟餘布之餘言周民本
飢饉也或云周餘猶左傳杞
夏餘也然宣王時未可稱周餘或云厲王大亂後
之餘民也此應天降喪亂可見之一孝但詩不言旱
前之災耳
子半存也 昊天上帝則不我遺 我身將泯焉不唯
無遺民而已○是
詩中間四章皆用是句法而昊天上
帝前後戒對羣公先正中央相稱 胡不相畏先
祖于摧 大夫君子凡救災者何不相畏乎先祖之
祀今將殄滅也此詩室人交徧摧我是謂

為虺不摧。為蛇將若何。其義皆自摧殘摧折之意
轉。注兼身也則先祖無以享食宗廟廢壞。故曰摧
○先言無遺民而次言我不唯
民而已終言先祖不唯我而已
旱既大甚則不可沮。上章呼羣公先正父母先祖望之。王室將滅○沮止也是句與上
章取對。章法不苟處宜深味之。赫赫炎炎。云我無所。赫赫旱氣也炎炎熱氣也
是句又與上章對。無所無所芘身也。大命近止。靡瞻靡顧。大命近言周室將亡
之。蕩曰大命以傾。書曰大命不摯。靡瞻靡顧言三百
神不肯瞻視回顧也。或云我無所瞻仰顧望也。亦通
羣公先正。則不我助。月令雩祀百辟卿士有益於民者以祈穀實。先正古之官
是也。父母先祖。胡寧忍予。次息望之。故怨慕也○中六章亦分為兩截。是章
曰我無所。曰大命近。曰胡寧忍予。其昔其畏
其哀極矣。次二章卻不若是切。以詳條段哉

十八

旱既大甚滌滌山川五章申吁群公先正昊天上帝怨其遂虐鬼○山川如滌山無
木川無水也五章殺更始山川旱魃始出旱魃為虐如惔如焚魃旱神也出山
海經惔燎焚燔赫赫炎炎也我心憚暑憂心如熏憚畏也外如炎內如燻憂心始
也後三章憂閔甚於前三章然不復哀訴于父母先祖前三章大氐一意而後三章每章別意可玩
群公先正則不我聞不唯不恥我雖有言不耳受之耳昊天上帝
寧俾我遯云我無所憚暑如熏不遯何為故曰何故使我至於遁竄矣○寧空竄熏竄則竄
必遯而去是譬雖瑣矣宣王既以竄自比矣聊舉字線亦是博依
旱既大甚黽勉畏去六章申吁昊天上帝望其禮祀之無應○民皆畏災雖勉而遁去
也受上遯安左傳勉速行也無重而罪家語子之
書不善子勉而歸矣黽勉言民雖疲強矜氣力也

胡寧瘨我以旱。憯不知其故。何辜于天。我罪伊何。祈年孔夙。方社不莫。祈年，月令孟冬祈來年於天宗，孟春祈穀于上帝。此其大者也。祈年方社先旱而祭，如先王之典。○天宗，日月星也。昊天上帝。則不我虞。虞，度也。顧念之意。敬恭明神。宜無悔怒。悔，恨也。敬百神則當無怒恨。曾不知其故。旱旣大甚。散無友紀。七章言百官有司無不竭誠而御天災者。○朱注友疑作有，得后有政之有言。百礼多廢也。鞫哉庶正。疚哉冢宰。庶正汎言庶官之長也。冢宰特舉其大臣也。從王而祈，懷力竭無應，故王閔而曰鞫哉疚哉。二哉被下二句。趣馬師氏。膳夫左右。趣馬盖被人三官近於王，且取於音節雅馴而舉之。靡人不周。無不能止。忠信爲周。左傳上思利民忠也，祝史正辭信也。又其言忠信於鬼神。冢宰次下靡不以忠言祈懷無有自謂不能者也止其語助焉說不能而止非也瞻卬昊天。云如何里。百官竭誠無應人事既盡卬天而瞻之無声無臭其知是憂悶何邪爾雅悝憂也瘨病也里人職義疏引是詩曰里亦當訓悝咄嗟人之不知爾雅朱子亦據漢書季布傳可閔哉

瞻卬昊天。有嘒其星。卒章言誠動恐懼弗得弗措之孚以終之○首以雲漢結以嘒星以著宣王中夜不安寢之狀也嘒嘒星貌大夫君子。昭假無贏。昭假以誠意明感格于天也贏緩也解體之意月令天地始肅不可以贏苟文百姓劫則畏贏則散考工記橋幹欲熟於火而無贏○宣王望嘒星而憂其無雨徼以求大夫君子已愈益善精明禋達以誠於昊天而分宥舒急大命近止。無棄爾成。大命將擊國家方危急勿棄乃成功半塗而廢事何求為我。以戾庶正。戾定也言求得庶正百官之輯睦而否礼復常

官府無事耳大夫君子大臣也庶長妻屬
也○次詩章今之人起也次侯庶正結也瞻卬昊
天曷惠其寧朱注語終又仰大而訴之得之何時
惠我而國家得安寧矣妙寫其憂民
閔雨之切并得并借之情矣
或問父母先祖之説曰毛傳延文不取也朱子不
從不從注故也宣王之父非厲如曰周然厲既為三禰
神祈禱而及於是宣亦不知厲之為厲耳

雲漢八章

崧高君吉甫美宣王也宣王之詩雲漢以前而崧高
烝民韓奕相次江漢常武
相
偶天下復平在竹書紀父如韓韓侯來朝在四年
南征北伐在五年伐淮夷伐徐或在
六年錫申伯命樊侯城能建國親諸侯能字韓奕
齊在七年不中不遠江漢亦有
易曰先王建萬國親諸侯褒賞申伯焉次鎮定南
今新建謝邑以封申伯方諸侯也

謝爲荊徐要衝之地序者亦以是篇所次爲大雅故繫辭若是耶說者連次二篇爲送別詩可以閲

崧高維嶽駿極于天○首章言申伯之生爲申與之祥○嶽然而高者惟四嶽其峻至矣也孔記作嵩作峻東岱南衡西華北恒

維嶽降神生甫及申甫侯相穆王並堯時四岳之後也美申伯之功亞於甫侯有大烈於前朝故並稱之武而南亦宣王時人其詩全不言及甫則蔗說確矣昔四岳分掌諸侯祭岳神而享焉故其神福與其子孫

維申及甫維周之翰上句上甫前陟故也此句所主在申故上之雖嫁轉成辭各有所當

四國于蕃四方于宣爲四國蕃屏次宣天子仁声威命也先提申伯之功德至末章又提法○四國與四方交循卒章之萬邦與四國是詩之體裁然也別自一格見鷺之詩異形一色

亹亹申伯王纘之事二章言王褒申伯新建國世當中南諸侯○申伯之生在唐虞當

方岳諸侯故曰纘事是句直接首章不然首章所起亦不切**于邑于謝南國是式**申伯名為王官伯今出而就邑是乃謝也故曰于邑于謝式南國即命為南方伯也**王命召伯定申伯之宅**召穆公虎申與元勲也特命而為申伯師師次徙定其封域所次大厚申伯也**登是南邦世執其功**登成也南邦南諸侯也使申伯安定南諸侯世世為之長次執其職也纘事者纘祖武也世執者就子孫也上下相聯**王命申伯式是南邦**三章列王命三事次著其篤於申伯**因是謝人以作爾庸**庸城也與謝人次營城郭於謝也**王命召伯徹申伯土田**使召伯別師師次治其田疆**王命傅御遷其私人**傅御盖王之侍御也私人申伯之家人妻子也王為舅氏遷其妻子故使所親近者護送也

申伯之功，召伯是營。四章言申伯新邑告成而天子賀之也○申伯在周而周之謝人作墉之功召伯往經營之也

有俶其城，寢廟既成。俶始也作也城既成而寢廟內具也辭曰作庸記曰徵城左傳多是例

既成藐藐。王錫申伯。爾雅藐藐美也是錫所次賀成也左傳穆叔如周聘且賀城不處必有次獻

四牡蹻蹻，鉤膺濯濯○蹻蹻壯貌鉤膺蓋與鏤膺同馬帶有金鉤飾欲疏云鉤婁領之鉤膺言膺有樊纓未必安

王遣申伯，路車乘馬○五章言王遣申伯寵命特甚遣遣使臣遣成役之遣我

圖爾居，莫如南土。今遣之故特言於南土謝也錫爾介圭，以作

爾寶○介大封圭也九寸以下唯是詩與韓奕同往近王舅，南土是保。

近語辭也須下次是介大長保中有謝邑為援是則言王之姆善氏也春秋時亦紀季姜歸于京師

右郿鎬東
西西謝

少曰委飼共馬
多曰積共饔餼

申伯信邁。王餞于郿。六章言王餞申伯，息意及行，揖
○鄭云王蓋有岐周，故于郿云
疏云自鎬適謝，塗不經郿，葉蓋王告于岐周，先廟
而遣之，召公于周受命，其例同，故曰餞于郿，則申
伯之榮大矣○信信邁，猶誠誠歸是時
之辭行，後不追，鄭朱主理，不取也 申伯還南，謝于
誠歸。南，南土也，既受餞乃南，遂歸于南土謝也 王命召伯，徹申伯土
疆。○王發已有命，辨治之也。此非今日之命，即前定
毫徹土田，時事也。是四句，申伯之所次，悠然而
謝于誠歸也 以峙其粻，式遄其行。十里有飲食，三十里有委，五十里有積
申伯番番。既入于謝，徒御嘽嘽。○七章言申伯就謝職，然為天子貞幹○爾
番番勇也，嘽嘽競行貌，猶式 周邦咸喜，戎有良
車嘽嘽，王旅嘽嘽，駱馬
翰。○王國咸慶之，曰天子有良翰，南方自此無事矣
章○次下至卒章，提申伯之有才德，次照首章

二卅二

不顯申伯。王之元舅。文武是憲。憲法也尊稱也元君元老之元小稱文武

吉甫萬邦為憲此亦言申伯有文有武次為人表式也○舊老憲章文武蓋本此今案二王突出

申伯之德。柔惠且直。八章言作詩次唱君臣之盛終也○惠順也言柔順而直方○

二章次下首句必稱申伯亦篇法 揉此萬邦。聞于四國。揉矯揉之義兼厲王

之後宜有撥亂之功如禁暴討貳是揉也○日周邦咸喜曰聞于四國王之不私於舅氏者見矣此

作者之敵也 吉甫作誦。其詩孔碩。誦工師所誦也詩其辭也是篇君碩落而不

委過故曰碩 其風肆好。以贈申伯。風泱泱大風之風言声調也蓋使工師施

之節奏以歌也其風調亦遂好也故以贈申伯亦行次申展天子之寵意也○是以作我將毋來論

若次辭而已則四牡為役夫來勞之詩矣凡夫部說者不知詩之大義乎夫吉甫頌述申典之美次

南仲一次家父宰一次北伯申次召伯之師宣王功業大可見矣且不數既醉假樂而別出一機軸來可敬服矣人皆以是詩之申後之辭雜丁丁分別今舉其重複自有條理次左記

王命召伯定申伯之宅　王命也

申伯之功召伯是營　召伯成王命也

南國是式記事也　于邑于謝記事也

式是南邦王命也　因是謝人王命也

謝于誠歸起程也　登是南邦南諸侯也

既入于謝歸至也　南土是保謝邑也

四牡蹻蹻賀成也　王命召伯徹申伯土田今日事也

路車乘馬贈行也　王命召伯徹申伯土疆昔日事也

崧高八章

烝民尹吉甫美宣王也　通篇舉仲山甫十三前任篇亦舉申伯十而相似

賢使能周室中興焉　宣王次仲山甫為冢宰事孟大得其人故係中興於此焉

天生烝民。有物有則。首章言天生仲山甫、以應中人之上○民之爲道也、万物必有其則

民之秉彝。好是懿德。民能若有恒性則必好是懿德也懿德是則之所有

也夫此厲作而民好暴誰有秉彝者乎故民之秉彝是王化之致也書曰我下民秉爲一意也四句

先舉天之所以養之良彌爲民之父母也天監有周。昭假于下。昭假或自下或

自上是自上而格于下也天昭監也則周之民皆秉彝好德也保茲天子。生仲山

甫。天視烝民之好德乃保祐是天子以生懿德之人也宣王方明物得其則民秉其彝是以養之良

彌以保其身以對于民望也○樊仲中伯之生蓋丁厲王惡虐之甚不可以辭害意

仲山甫之德。柔嘉維則。二章言仲山甫有王佐之德而見登庸○言柔而行有規

矩也如不茹不吐愛而不取敢補衮職亦則也令儀令色。小心翼翼。動容貌正

顔色惟文王之敬愼

古訓是式。威儀是力。能法先王之典、威儀嚴重、是次法冢宰也。

天子是若。明命使賦。天子順仲山甫之德、使其從冢宰敷大政于天下。

王命仲山甫。式是百辟。三章言其任大官而協之。○百辟諸侯也。纘戎祖考。王躬是保。冢宰掌環衛供奉飲膳財賄宮中使令、皆保君身君德者也。朱注蓋次冢宰兼大保、而大保其世官、殆亦一考。

出納王命。王之喉舌。納與出數言、下既出命次其行之順逆、後於王也。字義更故曰喉舌。○上四句言天子命之職掌、下四句言仲山甫能協之於職掌。

賦政于外。四方爰發。四方諸侯莫不發應者、因惟動不應謨志。

肅肅王命。仲山甫將之。○佑王命冢宰降德于衆兆。四章受上二章申美其才德。

民邦之六典冢宰所總、故天子嚴命、仲山甫奉行之。○二句受出納賦政。

邦國若否。仲

二十四

山甫明之。其在邦國有寧者有不寧者政之臧否
民之順逆仲山甫察之正其貴罰五服
五章五刑五用使天下之人知然從有常而曉然
不敢惑也若則有加比進律否則有削比絀爵身焉
家寧周不止鄭公孫揮知四國之為其王廷欲諸
侯曰邦國周禮多也恒言也○二句覺式否辭
既明且哲以保其身。明安轉用上句變從亦有是
閔爾雅哲智也洪範視曰明
明作哲其明淺小察確有知者之處謂之明且哲
蓋仲山甫之言滿天下無口過行滿天下無怨惡
是以能保
其身也
夙夜匪解以事一人。能保其身次保其王
躬也伊尹正其身
而君退循武子利其君而不忘其身並表獨也
如仲山甫真王者之相也○二句覺保王躬
人亦有言柔則茹之剛則吐之。五章更端言仲山甫
之剛直○柔嘉小心
嫌其無剛建之本故是
五章主不畏強禦言也
維仲山甫柔亦不茹剛亦

不吐。左傳引是句也余次左傳爲詩不侮矜寡。不畏彊禦。不茹不侮是容
不吐不畏是也疏云既言其喻又言其實次充
等。小心翼翼至敢侮矜寡亦文王之盛德也
人亦有言。德輶如毛。民鮮克舉之。六章受上申美其德協于此。人皆
易德甚輕而人莫能舉之再此德引次爲不偏不黨之中德我儀圖之。維仲山
甫舉之。儀亦擬度也我竊求其能舉之春唯仲山甫爲協于中而已愛莫助之。
人之其所親愛而辟焉唯仲山甫甚仁而愛人然
亦不私於其所賞亦不茹柔之德度也正論請謁
不行刑政中所王道蕩蕩也袞職有闕。維仲山甫補之。天子龍袞故王
職曰袞職人臣莫雖於諫唯仲山甫能竭臣節而
無所畏忌亦不吐剛之德度也次上五章層層稱
美其德殆不容於口是亦好懿德之無已也
不茹不吐更進前章一步辭之義應盡善矣

補注

仲山甫出祖四牡業業○七章言其受命為事於東方○出祖出門而祖祭也業業

大止

征夫捷捷每懷靡及○捷捷敏於事也每懷和協其職而次舍不及也

四牡彭彭○八鸞鏘鏘○彭彭美盛也鏘鏘和鳴也王命仲山甫城彼

東方○傳云東方齊也古者諸侯之居逼隘則王者遷其邑而定其居案竹書宣王七年王命樊

侯仲山甫城齊蓋大興作也南方中北方韓奕東方之行者方觀俗豈唯為一城乎天子在西方

四方盡平成是中興之業也吉甫備言南邦東方北國三篇相照能可玩

四牡騤騤○八鸞喈喈○卒章言王心眷於仲山甫次終也○騤騤不息也喈喈

行聲也彭彭解解形容其美盛也形容其進發之疾與式遄其歸應仲山甫徂齊式

遄其歸○天子不欲其久於外故命遄其歸於是車馬弁行也崧高頻言天子寵嘉是篇特於

卒章言之似相贈成章 吉甫作誦穆如清風 與南風之薫解其慍其意同 仲
山甫永懷以慰其心 是須小巡狩以歷諸侯之治省風俗制度察民所疾苦以
要供王命憂心不端是永懷也故清風之穆以卿以慰其心耳

烝民八章 首章 二章三章 四章 五章六章 七章八章

韓奕 尹吉甫美宣王也 篇名與君是一例 能錫命諸侯 知韓
侯之賢錫命為侯伯以鎮北方諸侯與出申伯以統制南方同是大政也能猶能好人能惡人之能

奕奕梁山維禹甸之 首章言王命之嚴韓侯之賢○奕奕大也爾雅梁山晉望也
表其為名也次叙是詩也是時為韓之鎮韓近入禹次治起之事猶曰韓侯之功不在禹下也言南
山也王有吉甫宜保考 有倬其道韓侯受命 倬大也受命為侯伯也與卒章應

韓侯幹不庭者扞禦北狄使天子無遭揚之虞豈有大造於一方者故以爲屬功于虞廷凝之云以嘉美其勳德之盛也庶幾不違○是詩首章卒章而意備也四章兩言成耦與雲漢似王親

命之天子自以著其命之大且寵也纘戎祖考無廢朕命○上句仲山甫亦

此而申伯曰纘之事召虎曰召公是似凡王命必稱先祖者孔悝鼎銘亦同夙夜匪解○

虔共爾位○虔固也敬也與靖共爾位同朕命不易○猶駿命不易言難也命若之

北方蕃鎮其職素直幹不庭方以佐戎辟○幹猶之楨幹以糾正之也不庭不來

庭也尊征不庭諸侯以悉天子干城者北伯之任也朱子大侯

四牡奕奕孔脩且張○二章言王錫之蕃○張肥大也韓侯入覲以其

介圭入覲于王○此言始見於王也踐土之會晉文公命諸侯伯出入三覲侯伯周當

錫音羊
幭音辟

異於凡器者○三句連讀古雅之體與下淑旂十二物排列者後急有度王錫韓侯○淑
旂綏章○二物旂也淑美也言龍旂之美也綏章旂竿上之飾也染羽若旄注之竿首次為表
章者簟茀錯衡○二物車前後也簟茀方文席次為後戶也錯衡衡有錯文者也玄袞
赤舄○二物服也玄袞玄衣畫龍也舄有三等赤舄為上也鉤膺鏤鍚○二物馬飾也鉤
膺蓋鏤膺也鏤鍚刻金當盧也在馬額鞹鞃淺幭○二物車軾飾也車主軾鞹去毛之革
也鞃軾中央人所憑也次鞹持之使牢固也淺虎皮也幭所以覆軾也鞗革金厄○二物
轡也鞗革轡首垂者絛皮為之金厄以金為環纏搤轡首也傳為下取於蟲為名蓋亦古義○文侯之
命曰秬鬯彤弓彤矢盧弓盧矢馬四匹其序曰錫秬鬯圭瓚史有詳略韓侯當有是錫然圭瓚秬鬯出於
祉漢是篇所以嘆蓋重耳所受大輅之服戎輅之服族弟夫即從人觀恒例所賜何必數陳為榮乎

廿七

韓侯出祖出宿于屠○三章言王餞之盛○二 出宿舍前章二入事 顯父餞
之○清酒百壺○顯父更人也王使公卿大夫餞之 也孟子有顯者左傳有碣之父 其
殽維何○炰鱉鮮魚○鮮魚中 膾者 其蔌維何維筍及蒲○蔌 菜
殽也筍竹萌也次為菹蒲深 蒲也始生水中子次為齏 其贈維何○乘馬路車○
天子之 贈也 籩豆有且○侯氏燕胥○其多見侯氏出覲示 或云諸侯餞之者或
云指韓侯並通燕胥 言相與燕而歡娛也
韓侯取妻○四章言韓侯與王卿士婚上○韓侯之往朝 重而外制式遠故王官卿士結為甥舅盍
宣王長茅明良所謨深矣此吉甫並次咏 歌之荀韓姞之燕豫天子青不復北顧也 汾王之
甥○蹶父之子○厲王居彘在汾水上故稱汾王左 傳有攜王似顯並矣故各故稱蹶之

蹶之里可徵

韓侯迎止于蹶之里。韓亭在京師，故親迎諸其家。百兩彭彭。八鸞鏘鏘。百兩用龍寞寞。不顯其光。用文王親迎之禮，孟京歲必爰。諸侯嫁娶，唯韓侯新命為侯，使迎夫人於王國，況姬姞之耦，大祖伯稷之嘉配，傳次至于今，況前王之甥，而名臣之賢女，允亦王國希覯盛美也。吉甫盛贊揚之者，蓋願其安韓姞，而永有親於王國也。

諸娣從之，祁祁如雲。姪娣從夫人者，徐徐如雲之出。韓侯顧之，爛其盈門。蓋韓侯既乘其車出，諸娣之從夫人者亦亦出，以其狀之美，與姬姞相映，而焰道也。

蹶父孔武，靡國不到。此章言蹶父之可其女，擇韓侯於天下而妻之。蹶父以其奔走臣於宣王，王殊其父，甚之為之女者，必是女士也，不擇行多，擇攢于天下。為韓姞相攸，莫如韓樂。次言韓侯為天下第一人，既歆動之，又屈勵之美辭，亦勸篤點水不淺。左傳不癸。

二十八

日

吾閲姬姞耦其子孫必蕃姞吉人也后稷之元妃
也吉甫表出其姓蓋著是意也○相攸擇其所也
鄭箋若欲避其
雖速規所矣
孔樂韓土川澤訏訏○訏訏大也鄭
箋洵訏且樂
魴鱮甫甫○麀鹿噳噳○甫甫大也噳噳衆
也水物山物皆饒 有熊有羆○
有貓有虎○貓似虎淺毛四者皆猛獸也熊羆之士
不二心之臣亦備其物顯父之喜可知
也言之次風切韓侯欲其能幹不庭方服北方之
強次對揚天子不易之命也結語舉貔皮豹羆亦
意
慶既令居韓姞燕譽○慶嘉也譽頌適顯父嘉之是
亦而既使居之則韓姞安
而樂
任也
溥彼韓城燕師所完○六章言北鎮之重次終首章之
義○溥大也燕蓋南燕即姞姓
也蹶父於南燕或猶召公於北燕歟故特表稱之
春秋桓十三年有衛師燕師左傳莊十九年有衛

師燕師伐周杜云南燕也案昭三年春秋有北燕伯款不單称燕可借考竹書成王十二年王師燕師城韓王錫韓侯命是然○若以召康公為榮則宜說首以大雅終以召公日辟國百里

以先祖受命○因時百蠻○韓之先盖成王之弟若虞兄也北方之鎮或其始封君

然

王錫韓侯○其追其貊○此即首章之命也非再命迄錫猶左傳賜我先君履

奄受北國○因以其伯○大統制北方諸侯猶申伯之於南國

實墉實壑○新命為侯伯故高其城深其隍濬治以新其國也

實畝實藉○治其田畝而經界正其賦稅而籍記也

獻其貔皮赤豹黃羆○及字被豹羆所獻皆其皮也礼曰虎豹之皮示服猛也韓侯武王之胤其鎮北方亦在武器以服猛供職終篇韓侯其可不孔武而敬職貢乎

韓奕六章

江漢尹吉甫美宣王也。江漢常武征伐也故也能興衰撥亂表中興之業命召公平淮夷。句下脫助實○淮夷淮南之夷也洮淮北之夷

江漢浮浮。與也武夫滔滔。首章言召公伐淮夷之病○浮浮廣大皃滔滔衆強皃毛

傳淏倒次江漢之流與武夫之勢焉江漢是召公軍行亦經故取與爲武文江漢合流之處去淮夷猶

遠或云自周而南出於江漢之閒召公率兵循江而下也業說若次與爲賦故自若吟常武曰如江

如漢匪安匪遊。淮夷來求。逝遊優游也唯求字是淮夷耳既出我車。

既設我旟。上四句言武夫進其之其此四句及敵而戰也匪安匪舒。淮夷

來鋪。毛讀鋪爲痡

江漢湯湯。武夫洸洸。二章言召公克淮夷之速○滔滔滔滔水之流也流流水之滔也取

於水以狀武夫氣勢是詩人之巧也其進發如太川滔滔流不可禦其及敵如波瀾洶涌風鼓蕩之敵乏者溺沒焉誰敢逆命

經營四方告成于王

召公受肇敏之命故疾進速克可謂不忝王命矣此詩之照應也經營南方而四四方咸其辭也淮夷崩其角而四方震動故久左懷提擣杭于四裔

四方既平王國庶定

庶幸也言曰望太平也

時靡有爭王心載寧

召公之烈宣王之志以是四句發揮矣是言今日非期異日淮夷威服四方望風而靡於是王國之人日望太平四方爭競而亂伐者自張天子始安其心也王師非好戰

江漢之滸王命召虎

三章言申受王命而遠略○召公既平淮夷王使至江漢之滸以告命也漢孟因上文帶言之是時召公既循江而下矣淮夷猾夏故使乘是勝勢逐深入而疆理之

式辟四方徹我疆土

辟闢也闢南方亦四之一徹治也言正經略也

三十

匪疚匪棘王國來極先王之制疆理天下定所謂極也自為天子之使而巡行之
之極也必曰王國者欲其不病民不急事于疆于
而不失王者經略之體也此句是王命
理至于南海召伯受王命遂遠略而正諸侯之封域也
王命召虎來旬來宣此章更論舉召公出師之時王之所命○旬徧通循行而宣王
命也管子入國四旬五行徧旬即巡也言四面五
方之行○是篇上半三章下半三章一二以而三收
之四五以而此終之四章前命也五章後命也合
而敘之故五章直受之是作者之敘也詳章敘而
後瞭然文武受命召公維翰次下王命也宣王次之文武自居次康公望召虎
無曰予小子召公是似汝無曰予小子之命也須似續汝祖召公之勳矣召
公曰辟國百里肇敏戎公用錫爾祉速成女功我將錫爾祉祉比召公上也叙言肇

敵也。謚法：肇敏行成曰直。據是則肇敏即敏捷之義。叙詩敬肇基謀也，孟與基聯言則謀始之意欤。於是詩不切。

釐爾圭瓚，秬鬯一卣。告于文人。五章言召虎陞入王如岐周錫命。○三句王命也。文人，文王也。書稱武王爲寧人。

錫山土田。于周受命，自召祖命。召公平淮夷，遂至于南海，大功過成王，乃就文王庿都錫召公命曰：女有丕勲。我既告于文王，次賚女圭瓚秬鬯，女其明禋乃祖，哉乃錫之山土田。其錫命之永，一用文王命召祖之式，寔希世特恩也。召虎能肇敏戎公，故王用錫爾祉。果如初命，此兩章再次相比也。

虎拜稽首，天子萬年。拜稽首，次受策乃謝恩，而曰天子萬年。○遠之亂，召穆公以其子代宣王，出周語。國人圍王宮，殺召穆公之子，出竹書。召公實宣王之腹心，中興之元勲也。

虎拜稽首。對揚王休。作召公考。六章 次召虎拜命風 任之言終也。○對揚猶曰恭受也。奉命不敢隱之辭。傳說晉文並有是言。王休天子休命也。作與也。考成也。功成事也。言下虎恭受王休命而再與召公成功也。王次召公之事命之而虎不敢辭進而受策。次拜故詩人表其意如是。

天子萬壽。先拜稽首而祝天子也。上二句是召虎意中之事 明明天子。令聞不已。令聞不已即文王之事 矢其文德。洽此四國。召公之忠箴也。武功既成。願其仁政安民也。○據竹書。召公伐淮夷。王伐徐。戎在六年。錫申伯命。樊侯城齊。在七年。是於詩甚協。忽於大雅。次崧高烝民之後。有淮夷徐方之師者大不然矣。

江漢六章

常武。召穆公美宣王也。有常德而用武則可矣。常其武事則不可矣。故篇以名並

有二義以寓戒歟據竹書五年南征北伐十年伐
淮夷伐徐戎大軍存與哀弼戒之亦宜矣又據竹
書錫召穆公命在王歸自伐徐　**有常德以立武事**
之後江漢常武未知孰先作
是亦律　**因以為戒然**　其戒見卒章是序與庭燎同
文入行　而變文也天子親征其為太
雅明白矣故序不敘下德○疏云定本集注
皆有然字　業古本序末句脫助字者多可知
赫赫明明。　○首章言王命元帥皇父南征安民　是篇威張天子威怒寓戒意也　**王命卿**
士。南仲大祖大師皇父。　卿士之次南仲為大祖者　大師皇父也舉大祖者重
世臣也與上　四篇一意　**整我六師。以脩我戎。**　聯下二句是王　親命之辭也師
軍旅也戎兵器也天子之軍曰六師是皇父在
中軍程伯盖在右軍而左將者文所出是三軍也
故曰三　事就緒　**既敬既戒。惠此南國。**　敬戒者廟算也惠者　去殘而予民也南國

即淮浦徐土也○是篇一章二章備而三章缺四章五章備而六章終也是篇法也

王謂尹氏命程伯休父○二章言命副將休父而師旅速行也○此使尹氏策命次命休父次下四句也休父爲宣王司馬出之國謂然是命非三公始爲司馬

左右陳行戒我師旅○蓋右軍休父將之左軍不舉其人

率彼淮浦省此徐土○省省方之省徐戎作而害民故曰惠曰省

不留不處○三事就緒○言三軍之將受命而速進發也不留不遷徙也不處不安居也三事三將也就緒各得其事也者指曰三事之人

赫赫業業○有嚴天子○三章言天子親征發國衆動○業業是可畏之意

王舒保作○匪紹匪遊○徐方繹騷○作與字皆作之作紹緩也王徐徐保衆而發行抑亦不緩不急當然之次也徐方亂也相聯絡次騷

震驚徐方○如雷如霆○徐

方震驚此天子一策也因其繹騷以謀震以武則徐方震驚如雷霆之擊也頌云薄言震之莫不震疊晋之文公圍曹師還于菑曹人兇懼因其兇也而攻之是兵機也時王師未涉徐方先以震驚之必有術矣繹騷只是丙城聞風奔走擾亂也震驚則有面縛服罪之機

王奮厥武如震如怒四章言王師之克淮浦○天子未至徐方聞風大騷而淮夷不肯降次遂王既於是天子赫怒進師**進厥虎臣闞如虓虎**進謂進虎臣而當敵也闞怒貌虓虎怒也天子軍於淮瀆而使虎臣肆伐淮夷**鋪敦淮濆仍執醜虜**鋪陳也敦屯同仍與依其在京之依用字如之遣遣虎臣而折馘也天子未嘗進戰也故曰仍或引老子仍無敵曰進而就之也未通**截彼淮浦王師之所**截言一斬伐而截然整齊也句有下無飲我泉我泉我池之類○舊說召公所伐淮南之夷在揚州宣王所征淮北之夷在徐州

三十三

王旅嘽嘽。如飛如翰五章言王師之克徐也○嘽嘽奔奔衆勢也既克淮浦遂大進而伐徐方也如江如漢飛翰喩其疾也江漢喩其衆也如山之苞如川之流苞言山木欝然也如山不可動也如川不可禦也緜緜翼翼大衆如雲不可絶也軍容嚴肅不可亂也不測不克不可知也不可勝也濯征徐國濯大有蕩滌之勢淮浦曰執醜虜而徐國不言其懾服盖既次謀震驚之今又克淮浦席卷而進遂次勢攻故不血刃而制勝也王猶允塞不唯戰勝之後徐方之從其好謀而成者歟

王猶允塞。徐方既來。六章言王德化恵南國大定以戒之○王猶言既克而柔服之方略也允塞言其詳密而不泄也於是徐方乃順服而来懐也戰而克一日之利也柔而懐數世之利也故王猶允塞而後可以保中興之業豈唯震怒飛翰而遠人是来矣○泮水曰既克淮夷孔淑

不忌式固爾猶淮夷卒獲從本此徐方既同。天子之功。讀卒事如急雨識

露白日融、正是霜露之後必有陽春者風規之意別自在言外四方既平。徐方

來庭。此庭言天子行在所也盤庚曰勿褻在王庭徐方字一在上句一在下句徐方

不回。王曰還歸。回違也既來言其懷服也既同言百城皆從也來庭言其君長來頓首也不回言其誠服無二亦覆上意也

常武六章

瞻卬。凡伯刺幽王大壞也。幽王無大雅唯是二篇故曰大壞瞻卬刺婦人昧周命而寺人帶言之蓋是刺寺人專威福此二者厲王所無而周室未曾有之大壞猶厲王之始革典故次大雅刺之序示三類其嚴如是

三十四

瞻卬昊天則不我惠斥言王政之大壞○昊天言天而五言王而天孔填
不寧降此大厲填久也大厲大惡也邦靡有定士民其瘵瘵病
也蟊賊蟊疾靡有夷屆蟊賊言婦寺也蟊疾言其荼毒也屆極也猶定
罪罟不收靡有夷瘳張罪罟而不止所殺士民皆無辜而罹亡
人有土田女反有之二章言大壞之由褒姒○孝六內嬖女滅庶旅次立新家此褒
所以次憂也賈三倍之說雖褒姒亦不知是寺人所教人有民人女覆奪之古者
大臣世祿土田民人皆其所世傳也此宜無罪女反收之收拘收也彼宜
有罪女覆說之說赦也婦人頊公東長舌云紅哲夫成城哲婦傾
城哲夫上而國下而今之賢相也哲婦黠婦也上二章都是褒姒所為故次是收結焉長舌

二句弁次章，不唯差章無落意，一篇章法別是
爲首章二章及卒章二十句，而八句者四章中間
相聯。○二句好言自口，莠言自口一例，
然後章人之亦以哲夫爲相照應。

懿厥哲婦，爲梟爲鴟。三章言王之惑於褒姒。○懿與噫同，猶抑抑，此皇父鳧鷖惡聲之
鳥。婦有長舌，維厲之階。長舌言其舌長廣，多言而喙及外事也。厲即降大厲
之厲。亂匪降自天，生自婦人。受首章言也，在上天則災厲，在王則暴政云者，
皆長舌所生。匪教匪誨，時維婦寺。婦寺長舌丈夫所宜教誨禁之也，而出主
惑而無所告喻，唯是婦人寺人是從耳。○婦
子同身溺于婦侍，而謀因豎，又業詩當作寺。

鞫人忮忒，譖始竟背。四章言褒姒之惑幽王。○忒言次差忒之事，鞫人也，譖本又作潛
爲慝，始當作亂，因古文亂而譌。譖與巧言同，婦寺窮究
鞫善人，次殘害譎誣也，次譖亂之言，終棄其人。

也身北曰称屏棄之義豈曰不極伊胡爲慝○不極罔極也所怨甚不適然婦
寺豈自以爲無道乎君之不疑爲之日暴虐伊胡爲慝之至於斯乎○四句妙描悪人逐賢之情
状如賈三倍君子是識○長國家而務財用者自小人人幸人貪鄙唯君以利土
田人忘懷奪以盡之也觀是之五章則又有覆奪亦啓掾之克伐自鼓貫三倍之說也以是唆王
掊克聚斂行極之本婦無公事休其蠶織○婦人休其蠶織闕自公事是幸人之
所由以圖私也是以有罪却處休而無罪者見屏棄如是汙穢雖瀆王之亂未嘗有也以大譏刺之
之故在此乃知其怨所謂投畀豺虎者是二篇所斥寺人啓掾也凡而者入敬而聽之疏己有見於
大壞終
天何以刺何神不富○五章言王悦婦悪哲夫○刺傳云責也或云備同上韓說降袭

飢饉斬伐四國是也富福也予民治稷易富也今天何故刺我於神何故不福我於非次王庭汙穢我王盡濫也

舍爾介狄維予胥忌

今秋未詳然其本婦寺必奚秋音敵或大敵之義殆若詩人自称也上天可神災害如甚而王不忌其介狄却與之哲夫相忌而不親近之也

不弔不祥威儀不類

不弔不弔民也不祥不旋思也祥猶君子如祉之祉言無意祥之政也咸儀不類言負斧依者而算中貢三倍也三不者亦哲夫所次去也

人之云亡邦國殄瘁

王忌哲夫不弔不類是次哲夫不見放逐則自退去此邦國猶曰邦家

天之降罔維其優矣

六章言哲婦壯而哲夫退○罔罹害也優言其所旋善也無憂不旋○天在五章專在上天在是章特在王室首章卒章之昊天在上天而五在王而上天

人之云亡心之憂矣

哲夫或罹罪憂或見幾而作

天之降罔維其

幾矣。幾危也民無所措手足　人之云亡心之悲矣。首章次二章賊之罪害
說也至是章重言罪害之逝哲夫憂而悲之
人之云亡三句相似皆以極言婦寺之禍也
觱沸檻泉維其深矣。卒章言周室將亡後以直諫去也○與此　心之憂矣。
寧自今矣。以泉水之日深與憂心之積日既久焉人之云亡心之憂矣是今日之憂也卒
章明言其憂心孔填大于吾國宣也予貪天禍也王憂宣王之衰而國遂不振凡爾之憂蓋久矣
不自我先不自我後。自我入官治以致大壞天下無　藐藐昊天。
無不克鞏。藐以遠大貌鞏固也雖人多勝天天亦有定之時是鞏也在王室言之名器
未改威福在天苟更張之國體將負是鞏也　無忝皇祖式救爾後。皇祖將廢
子孫將亡故以是切諫之直言不諱
廢之犬戎將殺王大臣得不廷宰氏

瞻卬七章

瞻卬凡伯刺幽王大壞也　凡伯是周公之胤也亦宗風流可謂世之矣作叛者必衆之是也周公創之南雅而終之大雅者凡伯也　是閔也閔天下無如古公之道也　此亦往文入行古是之為與之韓奕正同相比義而燎然○蓋凡伯作之瞻卬之後衰亂日甚遂作是詩次閔之也其之幸閔曉大氏相從序曰刺之也王大壞大雅故也詩沒無風意

旻天疾威天篤降喪　首章言天災民亂之甚收○言矣而王也再呼天者悲痛之極也

瘨我饑饉民卒流亡　瘨病也卒盡也　我居圉卒荒　居圉言邊陲也二字不可分說與孔棘我圉同日蹙國百里大則四夷交侵小則中國背叛如何章不黃之序卒荒言四面受敵邊陲盡荒亂也首章先舉大亂不可救之勢

三十七

天降罪罟。蟊賊內訌。二章言昏椓寳爲之禍○蟊賊 訌言婦寺也訌虹同爾雅虹潰也

蟊賊在內外張罪罟 次害殘次殘民也 昏椓靡共。潰潰回遹。昏椓寺人也書

曰昏剆刪椓黥昏亂也讀爲闕非也共供同與盜 匪其止共一意爾雅潰潰惛也與潰同回遹言次邪

邪辟之行也 實靖夷我邦。爾雅靖謀也夷易 民夷者傷也惡言次疾之

皋皋訿訿。曾不知其玷。三章衰上言王室日皋○皋皋訿訓刺素食也與魯人之

皋頑言緩慢也訿訿訓莫洪職也皆窳懶怠之 意此言寺人素食不洪職而未曾知己有罪也潰

潰回遹疾其昏亂邪横也皋 皋訿疾其惱慢無賴也 兢兢業業。孔填不寧。

我位孔貶。畏哉危哉圉之不寧亦久我王注 哀矜而諸侯不朝四夷侮慢之

如彼歲旱。草不潰茂。如彼棲苴。四章衰上言王圉哀 亂○三句意上下二

句著矣饑饉流亡之喻也歲旱無雨潰之于
茂言饑耗也棲草水中浮草也毛傳最古可從言
流亡也○疏云苴是草之枯槁毛意果然乎否我相此邦無不潰止○此邦言王
國也是詩閔周悲言邦國四方也民逃其上同
潰王畿千里饑耗流亡而皆有潰散之勢也
維昔之富不如時○五章更端言昔今椓之疚賢長亂○如時猶如是也昔之富貴者君子
也不如今昏椓之占爵祿然上維今之疚不如茲○疚貧賤也今之疚者君子也昔
者不如是也夫君子宜富昏椓宜疚王政顛倒貧富易人故言昔而傷今彼疏斯粺○胡
不自替職兄斯引○疏糲米也粺精米也兄況同滋益也引長亂也夫彼食疏而疚
者此宜富而食粺者也昏椓汝胡不自退以辟賢路而滋益延今之潰亂乎是章始哀君子遁辟
池之竭矣不云自頻○六章言中外壞亂王室將覆○四句以比也不云云也頻崖也池

三十八

水之竭，豈不云由厓之疎漏乎
泉之竭矣，不云自中。泉從中出，故其竭必自中
也。四句比之，禍乱之由，有所自来。溥斯害矣，職兄斯弘，不烖我躬。今止
居圉卒荒，如池自頻竭；蟊賊内訌，如泉自中竭。禍
亂之來，中外無不交論。忝殘害日益弘大，不唯災
我身而已，宗廟將墜矣。我身凡伯自呼而王躬
也。○五章，章二不如六章二不云文兩有職兄斯
昔先王受命，有如召公。卒章，章哀王室將傾，思召公而長歎也。○凡伯周公之亂故
言不及周公，次召公為亂　大然乃祖錄其業行露
日辟國百里。言召南遭化之時也
今也日蹙國百里。先王之受命　昏椓夷滅也
於乎哀哉，維今之
人，不尚有舊。尚尚業尚德之尚，抑云肆皇天弗尚　為世臣者庶也與召公照刑餘之人
突然進用凡伯身忝周公之亂而維君啓忌則未
如之何也，故哀而歎之而已瞻仰猶有舊召是

則以周道不復大雅滅於斯矣○升之父子曰嗟嗟其耆長庶有位之人傷其用妻罪逋逃也王之於昏椓其以一人遂滅鎬京○米洗不猶有庶德而非人宗説曰奉之思洛日望其改圖都不違

通篇五言之
大意者耳

召旻七章

蕩　抑　桑柔　雲漢　崧高　烝民　韓奕　江漢　常武　瞻卬　召旻

毛詩考卷二十四

毛詩考

頌

十

毛詩考卷二十五

周頌

清廟之什第一

疏云周頌之次雖有曲而變要以盛者爲先清廟之什陳文武盛德郊宗柴望配祀之大者臣工之什言助祭祈報合樂朝見閔予之什得昔未祭類禡小祀

清廟祀文王也　書大傳曰周公升歌清廟苟在廟中嘗見文王者愀然如復見文王焉

周公旣成洛邑　周頌之起蓋在洛邑之後是義殺三什　朝諸侯　洛邑諸侯朝會之都也

率以祀文王焉　頌序唯清廟與駉有廣辭字則文有者篇也

於穆清廟肅雝顯相　是詩言下文王登廟賢才而有王之承於後○二句四句二句成篇

○清廟貫達之肅然清靜之意文王有清明之德並通人多從貫遠然鄭箋亦與靈臺合○顯相助

祭為相維辟公也是諸士虞亦也濟濟多士秉文之德凡廟中執事之人皆

執文王之德對越在天釋言越揚也對遂也似釋是句對越猶對揚也言不敢忘文德

敬守次對揚文王在天之神猶存也周禮泊越九原駿奔走在廟駿遠也多士疾

奔走而在廟言虔事且敬也不顯不承無射於人斯文德不顯乎不承乎

承之無見厭於人也後人承而不従是文王垂統詒謀之盡善也故深之文德無射即德音不忘也

清廟一章

維天之命太平告文王也詩言文德致太平而成王寫也

維天之命於穆不已天之命言周家之休命也與昊天有成命天命匪解而穆而不

已言天休滾滾無有止息也於乎不顯文王之德之純文王之德月顯

純而不已。是以天之休命亦穆不已。上下感應，同
明相照。此周家之所以保太平也。○朱熹、鄭、書、蘇
說而敢訕宗不遜甚
假以溢之，我其收之。駿惠我文王。朱注從左
傳說、何以恤之。毛、鄭三句成王追慕文王之言也
故結以曾孫篤之。○文王之德純而不已，雖亡乎
猶存矣。故冀其神之有所感格，已感德如此，何以
惠恤我，以我將慎而收之，以大順我文王之德意
也。
曾孫篤之。說心如三句成王所以篤周頌大平也。以是告之，所以安文王也。○曾
孫在是詩則成王也。說具於前。

維天之命

維清奏象舞也。詩言文王之師律為周頌頌。○象
舞文王之樂也。季札觀象箾南籥
以美哉猶有憾，言文王未能致大平也。此蓋
象舞成而奏諸文王之廟，時先歌是詩也。

二

維清緝熙文王之典清者明也緝熙言讃其心思而照明之也典者征伐之法也曰

清曰緝熙美文王之典也肇禋蓋文王征伐始用是典將禋祀天而擧之也皇矣是類是禡

言類于上帝也迄用有成迄洎同成成功也維周之禎文王始禋而擧是典

洎致大平遂爲周家之祥也言牧野武成基於此

爲洎成後季札所謂猶有憾也書曰大勲未成

維清

烈文成王即政即政洛之後言作諸侯助祭也詩言訓諸侯次儀刑

前王世範祉福の蓋頌作於作洛之後

故受前三篇先次成王即政之詩也

烈文辟公錫茲祉福烈文光烈文明也言其有文德

武德也辟公助祭諸侯也錫祉

福前王錫之也惠我無疆子孫保之我成王自稱而包諸侯也前王無疆之惠

至於子孫保祐之也**無封靡于爾邦維王其崇之**封大也封建厥福之
封靡奢侈也檀弓若是其靡也崇崇寵崇寵之崇也時既艾安故戒奢侈也不靡則崇之念靡則有
罰之意示威福之權在此句**念茲戎功繼序其皇之**戎功武功也佐命之
勳有新受茅土又有盂津諸侯今其子孫未服祭故使其念祖考之勞勤貽今富崇也繼序德祖考
之序也皇之益廓大其業也不靡有崇**無競維人四方其訓之**國勢無競
矣雖有賢才也萬國諸侯訓之四句言前王之德業也訓左傳引作順吉訓順通用然抑詩訓之與
順之並故此訓不必通順**不顯維德百辟其刑之**先明不顯乎雖有實德也
諸侯皆刑之**於乎前王不忘**文武用賢明德之規矩寔不可忘使諸侯訓而刑之
也烈文辟公前王錫汝汝茲祉福其惠無疆保及子孫故汝毋大靡于邦傷財害民今王亦寵汝

次賓命宜念祖考勳業次致今日榮世繼其度孫益受崇寵於廟大哉夫無於在得人在慎德前王之德鑑其可忘矣宜箴訓次臨民矣成王始即踐次諸侯祭於先王歌之廟也次訓諸侯示次庶德戒次熟涉之典也○舒說者都不得解

烈文

天作祀先王先公也○詩言大王文王造周而子孫保之○大王基之文王成之

此周之所次配天也後嗣王能保守之則先王先公廟食無疆是故歌詠之次祀于付先王也

天作高山大王荒之○岐山也天所造也而大王據之次大之也吾語引是同荒大也大天所作可謂親有天也

彼作矣文王康之○此作即大王所荒也言經營大是焉盤庚作廣殷丕作之作

彼徂矣岐有夷之行○徂與阻通本是險阻碎陋矣而

今岐山有坦夷之道徹然成一大都會與豐鎬略峙而大王都之抵山の東注岐字絶句大誤韓外傳詩曰岐有夷之行說苑詩人曰岐有夷之行可徹後漢書作彼岨者岐是則溥山然與彼者則岐可以句其辭則鄙俗

子孫保之 論詞然當于此先王子孫能保大王所荒保之王所

康則后稷以下先公先王皆可泰然以安處焉式歌于孫以續所以安慰先神也

天作

昊天有成命郊祀天地也 詩言文武克奉天心以周之天命の蓋一時祀天地而用之於將圜丘方丘一詩而兩用之如此春冬並用歟

昊天有成命二后受之 天監代殷莫如周天命既成故曰成命二后文武也夫有二后而天命成然曰命既成而二后受敬天也說者用尚

成王不敢康 成王言成王者

德業也酒誥成王畏相大雅成王之孚家語君上不因不成王或以為成王誦非也是詩頌之盛德

也非文武不足當也**夙夜基命宥密**爲成命故周其基而寬謐以寧固也非寬謐無

大覺之非寧固無能定之〇宥安唯莊子多例周流宥寬也是確訓〇洛誥之基命定命與是詩之

基命成命所以措辭不同不可牽合**於緝熙單厥心**緝熙如磨礪生光言昧爽至顯

日新其德也單周語作亶亶厚也言中心敦篤不敢自暇自逸**肆其靖之**肆猶遂也

靖言和寧天下也〇肆有令終之意故周語以肆固也爾雅所謂故今者有始有終之義也

昊天有成命

我將祀文王於明堂詩言求福於天與天長而保之

我將我享將奉將而薦之也**維羊維牛**郊特牲令宗文王於明堂以配上帝其牲

或異物

維天其右之 右佑祐通用本文作佑易曰自天祐之我奉羊牛敬享於帝帝其庶乎祐之物求福也

儀式刑文王之典日靖四方 式法也析用儀刑實盡其辭也式訓法不雅之典左傳作德

伊嘏文王既右饗之 我儀刑文王日不怠以靖四方故是祭見嘏文王既祐我而享之也文王之祐即天之祐也辭有尊親之别

我其夙夜畏天之威于時保之 保之言天之右文王之饗也保是二者即保天下國家之謂也右之饗之保之語相聯珠而義亦在此

我將

時邁巡守告祭柴望也 詩言武王巡方告祭黜陟偃武脩文般序宜併考

時邁其邦 時邁猶時巡也東方次春南方次夏 **昊天其子之實右序有**

周。右天助也，令行禁止，如有物導之。書曰天惟式教我用休，是也。序者別爵貴賤之處，賢否黜陟之則，治秩並得其所也。**薄言震之，莫不震疊。**有不令之人而為之用威，治則無治，攝服也。武王巡守，其震必有滅國者，其懷柔必有開國承家者。疊，懼也。周雅作慴。二句武威也，今事也。**懷柔百神，及河喬嶽。**諸侯有慶者皆為二句，文德也，神事也矣。上句互備。**允王維后。**上也。語勢一往，我次時巡行邦，風天實子之，次祐而序我有周，於是或次威震之，或次德柔之，則神民莫不允之君處矣，吞允惟天下之后也矣。**明昭有周，式序在位。**武王巡方，萬邦如乙，諸侯服章，天下大定。說曰明昭矣有周也，序者五服五章之序也。言諸侯各式其序，懷中在位也。**載戢干戈，載櫜弓矢。**假未兵亂，既久為至，此始歛兵而藏之。**我求懿德，肆于時夏。**懿德，賢者也。求而使安民也。肆猶遂也于時語辭也夏大也言天子之功德於是乎遂大也左傳楚莊王論武七德引是詩曰保大保是允王保之之保大是肆于時夏之夏是義最古余故從之

允王保之保是夏而不失也○天子時巡考制度明黜陟是以周道明旺五服得其章莫不即序也於是偃武橐孟求懿德君子惠民長保天子之功於是遂大矣允也天之保是大功而永爲神人之主矣○允王寔結語相照

時邁

執競記武王也詩言大平告武王也武王之烈至成康而大成乃頌其成功以告神明者也記武王故雖康王後之詩錄附是什末思文所以終是什也

執競武王無競維烈執競猶曰守強也如成湯秉鉞如火烈烈是也是以周家無競其功烈盛大也武王一怒而安天下之民執競之烈主牧野大事言之通篇大義也

不顯成

康上帝是皇。皇暀也臨而保右之也此言成康能昭明武王之烈焉自彼成
康。奄有四方。斤斤其明。自二王而周之圖版大廣王道無不明其察也
奄有四方在王季太姒在成康能曉谷有壹已鐘鼓喤喤。磬筦將將。降福
穰穰。喤喤和也將將鏘鏘同筦本又作管同衆多也猶豐年穰穰此言下禹孫奏樂于武王廟而
來福之威上也降福簡簡。威儀反反。簡簡大也反自反也
飽福祿來反。成康之賤刑措四十餘年大平之頌莫盛乎是為王者之廟內善大率土
之象也休祥如是即成康之明德而武王之功也若使武子武孫不有是丕承則牧野戎衣之志
豈不歉然後王極言是大平之次奏於武王廟武王之心何安樂加焉而後王之所次事武王不監
於成康而雖盛矣其所徹成亦遠矣の未嘉訓序同此祀武王成康之詩噫祭三王是行代礼矣

執競　執競噫嘻後賢所加或本有其詩而或當同或詩有不及二篇者故去補之歟

思文后稷配天也　詩言后稷有配天之盛德周語引次系周文公之頌

思文后稷克配彼天　主民於極是文也猶堯之文思文王之文周語論晉周以能文則得天地后稷所以配天吉義可參嘉量銘序文思索允臻其極

立我烝民莫匪爾極　極皇極民極之極也民食不足何以錫極故立極於民皆以庶虞之道作未諸后稷也因后稷誘以稼武民民競勸悦服莫不協于爾極爲所謂摩稼百姓論系爾德蓋文而配天在爲讀之爲積似而非皆古書所引都不然

貽我來牟帝命率育　來牟讓説文來麰麥也孟子趙注麰麥大麥也葉來小麥牟大麥是後人説也或云麥字从來脫夂耳劉向亦麳麰因始自天降韓詩作嘉麰〇

無　嘗作撫絶句孟鄭我民次来牟是帝命后稷率我民而育撫之也

二七

此疆爾界陳常于時夏 天下用界后稷所常故曰爾界常言賦淪及培殖之

常法也陳是常於天下甚於大而無所不至也蓋

來牟之供民食最亘蓋后稷降是嘉種大烝生民

啓厚生之利唐虞時雍之本在茲乃使烝民無不

得其極者此后稷之文所以配天而無慙德也

來牟之貴以吾本邦之古視之大有可念者自吉

備公如唐朝廷命民種麥有司甚久然民不從

者數世至刈青麥食焉久而後民悟其利大資

民食因知后稷深知來牟之利以身先民遂以贊

天地之化育教寶生民萬世之父母也周之子孫

寵神而靈異之亦宜矣養蒭之養與禮通流蓋與

嘉穀一意也且保之祥瑞天上開物以化海之內

燕晉秦豫齊魯諸道烝民種食小麥居半而黍稷

稻粱僅居其半

思文

臣工之什第二

臣工。諸侯助祭遣於廟也。詩於臣工以戒諸侯且重民食○遣於廟言遣有廟也詩所以為頌也殷士祼將于京則邦國之臣工固從其君以助祭也

嗟嗟臣工。敬爾在公。臣工言諸侯之臣有職司於王室蓋命卿也左傳王曰肇泊來有職司於王室言非命卿也酒誥殷之建諸臣惟其在公供君事也王釐爾成。來咨來茹。釐成賜之決斷也○嗟臣工乎宜敬爾君事而不怠為若有疑事或不可私決于國勢必來而咨度于王庭王將裁決而授爾宸斷也赫赫王命諸侯豈不凜然栗焉觀於三享事畢右肉祖聽事天子辭之乃出嗟嗟保介。維莫之春。保介蓋言宜保民而輔相之也命戒衆人以下服民務之事也是字出月令呂覽來詳韓非傳楚莊王制節守職反身不貳其覇不亦宜

毛詩曰嗟嗟保介莊王之謂也案此只保介其身之謂也毛公不淺其無深義了知亦又何
求如何新畬三歲曰新三歲曰畬新墾最貴九時方其春三月汝歸而又行求將如新
畬經民事不了後也不勸而戒將之必急於皇來牟將受厥明來麰府穫之嘉
種故尊而重之曰皇明猶曰休祥也時近麥秋則麥之漸漸將既有大獲之數故云明昭上
帝迄用康年明明昭群如福善禍淫之有常是也迄用維清一例康年康食之康論頌自
矣降康豐年穰穰今此上帝方明禍福不忒汝能敬君事勤民務今年亦將受康穰之福無此豫
祝秋成之類命我衆人庤乃錢鎛衆人天子之民也故曰我錢鎛諸侯之器
也故曰乃庤峙同鎛耨也良耜詩可徵嘗于一農之事心有一銍一耨一銚然後成農業耨次芸則
銚次耕也故傳曰錢銚也盂耜屬○周語說藉田礼曰命農大夫咸戒農用遂人職次時器勸畋

奄觀銍艾。錢鎛不短鎌也。艾刈同。○汝須告命衆民，以力田，具農器，以資民。上下將敬於

農，至秋成，而大觀民之豐收也。

臣工

噫嘻春夏祈穀于上帝也。詩言注成王之法於人事無所不盡，以兼靈於

上帝也。戴彦同曰：月令孟春祈穀于上帝，仲夏大雩帝，以祈穀實。

噫嘻成王，既昭假爾。噫嘻歎辭也。昭假言其德格于上下。矣也。書曰有若伊尹格于皇天。

言其德昭格也。爾，助字，與乎。其懲而之而同。○成王德格于上下，則其所建之法乃上帝之心也。遵

奉成王乃嘉穀之所以發厲明也。故先稱昭假。率時農夫，播厥百穀。是成王之

事也。信南山所不能備成王之業，穡理天下，以奉中

農耕，故君子思古為是詩，所以稱成王可以見為

蓋成王經界田畝建主農政故後王承是以祈穀也

駿發爾私，終三十里。 爾受之

上農夫也私民田也祈穀之私所以為蒼生故以私言之終言盡之也方三十里言萬夫之地也四旁有川

亦服爾耕，十千維耦。 亦猶曰既終而又發也其實川一時並發也

服耕即發也十千萬夫也言萬夫治耦而耕焉令我亦大發農夫之田以盡三十里又使萬夫耦耕川川相望無所不盡其力上帝應矣其降康知成王之時也哉

噫嘻

噫嘻歎之辭耦而間以潑得錄之次必有說矣耦而間以振鷺有鷺嘆

振鷺，二王之後來助祭也。 詩美其儀容以戒勸之

振鷺于飛，于彼西雝。 興也以振鷺之潔白興二王之容之盛儀為飾尚白故主假言之詩

群不拘何振摩飛皃雝澤也或云群雝在西郊故曰西雝棄窩東人而歸之意疏不遠

我客

戾止亦有斯容。斯容猶曰其容也。二王之後禮物不與列國同，故殊美其容，所以寵異之也。

在彼無惡，在此無斁。在彼在此，欲其長服事王家，與國咸休也。無惡無斁，不見惡不見厭也。

庶幾夙夜，以永終譽。庶幾，冀彼上下之句也。夙夜，言匪解也。永終，於二王之後為勸也。夫以其不見惡不見厭勸其永終譽，殆如家人父子之情，以其為先代之後，故接以殷勤之意，禮加列國，蓋一家大見周家忠厚之美矣，於禹湯之心猶無怡懌者。

振鷺

豐年，秋冬報也。詩言天降康年，祖妣得以豐於祭焉。○大田有秋報，生民有冬報，以良耜秋報社稷考之，蓋是報于上帝也。上曰祈于上帝，故有文王武王，社稷有祈有報，上帝有祈無報，業是亦武斷也。

豐年多黍多稌。稌ハ稻也 音徒 亦有高廩萬億及秭。傳云數萬至萬曰億 數億至億曰秭 崇是所謂大數者歟 此言禾稼之 數央三百億同米後黍宜高燥而寒稌宜下濕而 暑黍稌皆熟則百穀無不熟 崇是亦 一理也 並以多黍多稌是古雅之辭 為酒為醴，烝畀祖妣，以洽百禮。載受亦有是三的得上帝之賜 以盡百禮於祖妣是孝子之所 最感戴也故 致以數也 降福孔偕。偕左傳引作階同言 祖妣降福之孔偕也

豐年

有瞽始作樂而合乎大祖也。詩言樂成而神人和 合の大祖ハ后稷也後 古本及朱注無大字脫也釈文本或作大祖而孫 孫明以大祖釈之脫誤阮元足利本作大祖崇是 序文雖詩大祖此以亦二篇相稱不作大祖則大 義泯矣の或云合ハ祫也崇詩大祖無助字

有瞽有瞽。在周之庭。瞽凡三百人。每人一人視瞭亦三百人。設業設虡。崇牙樹羽。視瞭設之中庭宮縣。業大板以飾栒為虡。崇牙業上飾也。樹羽置五彩羽於崇牙上也。蓋龍簨虡夏制也。殷加之崇牙。周又畫繒為翣。戴以璧垂五采羽於其下。應田縣鼓。應小鞞也。以助鼓。字或作田。傳云大鼓也。箋云當作朄。小鼓也。在大鼓旁。應鞞之屬。朄出周禮。為大鼓先引。故傳無徵。今從鄭箋。縣鼓周制也。夏足鼓。殷楹鼓。貫中上出。至周縣之簨虡也。鞉音陶磬柷圉。鞉小鼓有柄。兩耳自擊。柷以木為之。状如漆桶。中有椎。左右擊。所以起樂也。圉状如伏虎。背有鉏鋙。以木櫟之。所以止樂也。既備乃奏。簫管備舉。樂器皆備乃合奏也。簫編小竹管為之。參差象鳳翼。管如篪。並兩管而吹之。喤喤厥聲。肅雝和鳴。先祖是聽。肅敬也。言其聲正也。先祖感格知之至也。我客戾止。

永觀厥成。我客戾則百辟百官不言而其感可知成於樂之成也周之大成也言二王之後亦觀於周樂而永仰天下之大成焉。大猶遍觀厥成言以重拱仰成若偏説觀樂則亦字不妥

有瞽

潛。季冬薦魚春獻鮪上。季冬薦魚季春薦鮪出月令二月祭鮪出夏小正春獻王鮪出周禮又國語大寒降土蟄發於是乎取名魚而嘗之廟言季冬々季春也

猗與漆沮。猗歟歎辭亦出商頌二水自豳歷岐周次至豐鎬並特表二水者盖從先世故事歟

毛傳了念潛有多魚。爾雅糝謂之涔涔潛同郭注今積柴於水中魚得寒隱其裏因以薄圍取之者案李巡孫炎並謂之養魚則或是知魚獵者歟

有鱣有鮪鰷鱨鰋鯉。冬薦多魚雖無鮪亦并言鮪也春獻鮪雖無多魚仍言之五魚從來詩之辭若是朱子説頌德拘於

辭盡以是詩辨去惑　以享以祀。以介景福。此祭祀之常辭

雝

雝。禘太祖也。善人非祭文武如在成王乘拱受福故言盡一之意以安先祖也○禘大祭也重於祫此禘于后稷廟之詩也蓋后稷以有廟無廟之主見於帝嚳之義也不王不禘故盛咏歌文武昭賢才相天子之福也用之徹以從之義於詩之本於此未可知也

有來雝雝。至止肅肅。言諸侯賢相言揖讓而入其和也既至而肅然其敬也至止言既至而至於位也止然耶安循公尸來止熏熏　相維辟公。天子穆穆。頌相助之祭事故天子唯恭之而已　於薦廣牡。相予肆祀。廣大也四牡脩廣之廣援大宗以大祝典瑞職肆祀大祭也義疏肆享大禘祫也蓋此與是詩合鄭注肆解牲體以祭因以恣

十二

名薦熟時也然后　假哉皇考。綏予孝子。假大也。假哉天命之假予孝成王

也辟公是文武之薦厄相予執秉使我穆々享福

資祖考之遺法也故稱武王而同大哉使我知是

祭焉安然奉　宣哲維人。文武維后。明哲之人相天文而文武承惠周家之后

也　燕及皇天。克昌厥後。廟中齋以宣明隱接定蕃有徒以相予孝文是以文

武承君論周我威察如在誠能安皇

天之心而使我後嗣長是昌大也　綏我眉壽。介

以繁祉。介大也助也昌以後以天往言眉壽以年命言繁祉以萬福言　既右烈考。

亦右文母。右猶同烈考武王也書同光烈考武王凡烈字數稱武王文母大姒也文之配

而德亦配焉蓋烈考以包先祖文母以包先妣不言

敢言遠祖蓋尊親之別也再稱武王蓋周之祥賚

由武王且表成王孝思終○二右亦願相之力也

成王中主周公三致意不言是篇說舉賢太宰經

世要務也然則成王事先亦非亡也故孫
而歌之○雖頌不言及是妾盖未卽世也

載見

載見諸侯始見乎武王廟也。詩言天子眷祭之禰諸侯悅服○諸侯始
見成王於禰廟也故見下有助字與
有客並觀之其所次亦義明矣

載見辟王。曰求厥章。載始也辟君也新天子也章言禮文威儀也○盖祭之日諸侯
始入武王廟而見嗣王也求章是天子宣路門應門而自雉門外東折至廟之時龍旂陽陽。
和鈴央央。陽揚同或云明也和在軾前鈴在旂也爾雅有鈴曰旂郭注懸鈴於竿頭央央
言上下相應和也○樂記龍旂九旒天子之旌也商頌龍旂十乘大糦是承與此同鞗革有
鶬。休有烈光。鶬文金飾貌或云八鸞鶬鶬之鶬金石声也休有靈異也有烈光天威

赫然也光望龍旂以閱和鈴以見鞗革而烈光不
敢直指顏色容貌也其辭有敘○諸侯始見新天
子求知其為行如君臣以求其儀容則天子建
龍旂鳴和鈴沐然盛德之光真有以為文武旅亂
考諸侯欲書祥風滿城**率見昭考以孝以享以介眉壽**昭考武王
也文王曰穆考○疏而天子率諸侯以見皇考以孝祀也**永言保之思皇多祜**
思皇亦靈異之也與思皇多士於皇武王一意懷諸侯以事先王故保是福也**烈文辟公**
綏以多福俾緝熙于純嘏天子綏辟公以多福使其熙明於大嘏也多福
天子所賜也純嘏昭考所降也緝熙光明進之意也

載見

有客微子來見祖廟也詩言微子全德天子崇之文祖禰也○祖廟文王也

頌蓋周公所定與南雅同故主成王言之恐非祖
文王宗武王之謂蓋天子有事於文祖而微子來
助祭及其歸致諸廟送之也○三汁唯微子表其
為賓有是事而作是詩也非宋公見祖廟之例
有客有客亦白其馬也亦語辭也詩中多例或云亦仍
是篇辭耳○四句言微子之
義獨殊絶於羣臣助祭者**有萋有且敦琢其旅**言
令德稱其服亦可知焉
服徒御之美也萋萋且且盛貌猶萋兮斐兮籩豆有
宜○宋先代之後天子文物存焉其儀大異於萬
國故首言之所以次寵異**有客宿宿有客信信**四句
之也何必言賢者從行言其
留之也宿而將歸又留之宿信而將
歸又留之信再宿四宿之妙可玩**言授之縶以**
縶其馬所以次宿又宿信又信也天子留之殷勤**薄言追之左右綏之**
綏者以慰之也既去矣天子使人追而及**既有淫威**
之或左或右以芳慰之也愛之無已

二十四

降福孔夷○溪大也有洋溢之意威威家威望也降福主祖廟言之夷言易之無礙也自自馬敦琢授縶追綏亦是淫威也亦徽于不淫克慎其德是以天子為龍為光以申文祖之福也

有客

武奏大武也詩頌武王以武烈成文王之功○奏大武之舞時歌之也○左傳武王克商作武其卒章曰耆定爾功疏云卒章言終章之句業國語以之那篇末為輯之亂則疏亦可念未法春秋傳以此為大武之首章業曰大曰首可疑又同傳以此詩為武王所以滿內有逸其說誤矣噫朱子不能尋繹古文敢以左傳為誤謬恭亦甚左氏何曾以是詩為武王自作乎

於皇武王無競維烈於皇歎盛德也一戎衣定天下者其唯武王乎與皇矣上帝歎意同罔無競乎功烈若是盛也言之牧野大事與執競同

允文文王克開厥後

武其卒文之功者也故革命原文王周家之常也
蓋武王之志乃煕文之功也故武王亦遏劉定
功克嗣其緒矣**嗣武受之**。武迹也猶曰繩武受之猶我能受之**勝殷遏劉耆**
定爾功。遏劉止殺也言誅一人而止天下戈者三風同致也楚莊王引是同猶有晉在吾得
定功武王無殺故武功定矣○河楷以武酌賚般時邁桓爲六成之樂章是據左傳臆造者耳至傳
會九夏最妄

武

閔予小子之什第三

閔予小子。**嗣王朝於廟也**。詩言成王哀慕求助祖考○不曰成王而曰嗣
王明其始除喪也連下二篇皆喪畢周公奉成王朝於廟之詩也小毖管蔡亂後之作故末陳

閔予小子遭家不造 閔予小子成王自歎也遭成也不造哀家悴之辭大誥曰
弗弔天降割于我家言武王崩也 嬛嬛在疚 嬛煢同孤特無所依之貌在疚言身常哀
痛而不自持也 於乎皇考永世克孝 大孝者終身慕故曰永世 念茲皇
祖陟降庭止 成王追念之也因念武王之慕文王遂及文祖也不同念皇考互文陟降
庭言如其升降於廟庭也祖考如在顔師古謂之 維予小子夙夜敬止 念祖
考而唯自敬而已 於乎皇王繼序思不忘 皇王兼祢文武也不忘不可忘
也亦焚盛德之詩中多列文武之德盛美我欲繼其序追思之要不可忘也庶幾其有保佑予於○
小雅散人君文懷名不忘言不可忘也

閔予小子

訪落。嗣王謀於廟也。詩言求助群臣而藉中靈武王上 爾雅訪謀也

訪予落止。率時昭考。爾雅落始也此言政治之始也率上添循字看 於乎悠

哉。朕未有艾。艾忍之長也艾治也楚詞武丁之神明也猶自謂未艾哉三年默以思道

將予就之。繼猶判渙。不曰予將教與上句慶也就猶之就也猶猷同判分也

渙散也繼上添以字看 維予小子。未堪家多難。王室新造周家多處故曰

多難の詢謀我政首將遵昭考所以努困我歎曰嗚呼悠哉我未能治事也今將就之唯恐嗣大猷

而毀紛亂然予小子尚未足以從之周室多難也天覆言求助之意 紹庭上下。陟降

厥家。紹庭當作昭假武成昭我周王孟子引作紹庭廷同假同庭同廷庭蒙文相似二句孟言武

王之德也將言休矣皇考故先提其休 休矣皇考。以保明其身。以字極險

一千六

保明言自保守而有所業明也夫皇考照假天地
照臨周家其德休明者是顧養是遺德我亦欲保
明其身而已四句是養
臺於武王之意也

訪落

敬之。羣臣進戒嗣主也。詩言王者當畏天命不自
是以學于古訓而進戒
於廟之詩也廟之前二篇說有之小忠不言廟亦
同口朱子改進戒為受戒述之大不違古義

敬之敬之。天維顯思。命不易哉。羣臣進戒曰敬哉敬
哉天監孔顯禍福不
忒駿命
不易哉
無曰高高在上。陟降厥士。日監在茲。士事
也王
者舊幾凡出
入內外之事
維予小子。不聰敬止。聰敬言下聞敬既
而直聽違之上也
次下嗣王荅辭也亦
請其曰次進戒教
日就月將。學有緝熙于光明。

就，就緒之就。將，行也。我日斯邁而月斯征，蓋本此。緝熙，熙之日進也。予雖不聰於敬，其自今勉學，日就不去，月征不已，廣有熙之於高明之域矣。

佛時仔肩。示我顯德行。佛輔通行肩本誤，蓋言已所負荷也。顯德行，言明德行也。書所謂顯休命，語法同。蓋言汝宜輔我重任，示次德行也。是，吾雖不聰，自厲強學不已，求能群任之意。此嗣王大戒也。繼述進戒，故詩之計周在箴の爾雅肩克也，任也。鄭說不說及行，安歌論篇肩猶勤宗也。淳淳言問方言淳孫也。據是則行肩或蹈勤齊作之義，猶曰弼我力行歟。

敬之

小毖，嗣王求助也。詩言懲往日之不聞過，而求直言正行の小毖，慎之於小也。桃蟲二句所次，取名也の次上四篇，朱注疑後世遂次為嗣王朝廟之樂，業是不違序，稱嗣王之意耳。待

十七

曰朝者曰不遺曰多難朝是成王
之事況曰集于蓼豈可通於後王乎

予其懲而毖後患 而字絕句成王懲流言故有是悔 莫予荓蜂自求

辛螫 說文蜂本作夆而夆从丰夆掣丈山易曰見輿曳其牛掣此言不正諫其過相牽引次成惑

也山海經并封前後有首屏逢左右有首此獸一身兩頭故得是名音義皆同宗說大過の集蓼

之禍予既懲矣敬慎後患勿下制度我而循入于惡也汝自速荼毒也君德失則下官皆受其害

肇允彼桃蟲拚飛維鳥 比也桃蟲鷦鷯出而後鳥莫小於鷦鷯我聞之其羽有

斑似鷹古語曰鷦鷯生鵰喜以其有鷹鸇之性也是從近觀其始至小鳥而實孫桃蟲是易制并及其

殺鷹奪飛則雖小是鳥也遂不易獲以比小惑可除茅蜂不已則遂成大惑焉の陸疏鷦鷯之雛化

而為鵰案從有其誤於詩不抄 未堪家多難予又集于蓼 二句追犯往事

也我未能往多難而又浸入于辛苦之地君之行
不自悔艾予集于蓼者日大惑也故大悔而求助
于羣臣開言路
以救其患也

小毖

載芟春藉田而祈社稷也 詩言盡人事必受神歆以祈秋獲嗣往歲の無
比不樂饑無人不力田次受祭之福古來不渝言
之次祈今秋如穫於此神歆神其義明矣朱子妄
說之云二篇未見祈報之異然彙纂猶不取朱注
而從古說余固不厭鑿

載芟載柞其耕澤澤 芟除草也柞除木也澤澤猶釋釋也の詩有三段有段十句言
新墾田畝也 千耦其耘徂隰徂畛 耘者除所芟柞之根株也隰未墾者也畛
阮墾者也 侯主侯伯侯亞侯旅 農者舉家而出也家長及長夫及仲叔及子弟

侯彊侯以○彊謂其人強壯治一夫之田仍有餘力而來助者也以謂閒民也傭賃執事周
礼次二種曰任民以曰相適次以備傭用於人者也有嗿其饁○思媚其婦有依
其士○嗿傳云衆貌說文声也朱注衆飲食声也業思媚思而愛之也依相親近也士夫也饁婦
與耕夫相慰勞之狀妙語不入畫有略其耜○俶載南畝○略利也耒耜作鍫○
二殺十四句言四成而種而耘而獲而祭也播厥百穀○實函斯活○實助字也
函活言其萌芽含生氣也驛驛其達○有厭其傑○驛驛每畝相接續貌爾雅以系
達庭然出比也厭受氣特篤也傑傑然先長者也是人事之盡故也厭厭其苗○緜緜
其麃○緜緜滿目相接貌麃除草耘耔也左傳是穮是蔉載穫濟濟○有實其
積○萬億及秭○濟濟衆盛貌穀實之積其秭萬萬億秭濟濟皆狀農夫力田也為酒

烝畀祖妣以洽百禮○百禮祭禮百備也出於賓之初筵非別作賓燕末也○四句豐年報祭亦出但此無降福孔皆句可玩有飶其香邦家之光○段言下受祭之福吉來不易也飶芬同受上酒醴美其芬芳也嘉栗旨酒非邦家之榮而何有椒其馨胡考之寧○椒壯極香故借之猶有貴其飶胡傳云壽也寧禮胡福注胡遐也遠也考傳云成也左傳有胡考實考壽相通胡考言老成之人也酒醴之馨老人飲之以和寧也胡考之休也綵衣亦祭時也不引饗燕養老而可矣匪且有且○且其蓋苟且也禮以匪胡爲其不可以及寢莊文與物且老據是則且有且言苟又苟物匪且有且蓋極言福祿之來非苟而然也儀禮養有以也酹有與也其意沱似匪今斯今振古如茲○爾雅振古也蓋遠古之義非今月而有今且振古以來神助如茲○受社稷之神祇以豐祭祖妣以焜烽邦家以壽寧文考此

二十九

非苟而然非始於今振古而來如茲今秋之穫庶亦如幾如式哉與良耜篇並看祈報自見矣

載芟

良耜秋報社稷也 詩言秋穫之盛以報之○載芟猶噫嘻言盡力人事以祈之良耜猶豐年言大有秋以報之彼二篇用之上帝故其辭簡朴與藴栗陶匏似此其異已

畟畟良耜俶載南畝○ 畟與略音義並相通○首段十一句而四句耕種三句餽三句穫

播厥百穀○實函斯活○ 此用載芟第四句二段首四句

或來瞻女載筐及筥○其饟伊黍○ 婦子來饁也筥見豐年饟猶食黍或云伊黍無珍味也崇失詩人意

其笠伊糾○其鎛斯趙○以薅荼蓼○ 糾糾葛屨之糾鎛鋤類趙刺也出荀子既食乃戴笠而以鎛刺地也斯字可玩薅去也疏之荼陸穢蓼水草田有原有隰故並

舉水陸穢草而兩詠荼蓼　承郭引是作以荼蓼蓼　荼蓼朽止。黍稷茂止。

實與末段成數而　段七句言大有秋　穫之挃挃。積之栗栗。挃挃穫聲也秋

訓栗以衆也　其崇如墉。其比如櫛。如城墉之高　如櫛齒之比　以開百室。

百家在鄉則一族也在遂則一鄰也　百家聚依相助故同時開戶納穀也　百室盈止。

婦子寧止。婦子即來饁女者也與上篇胡考之寧　變一言老者一言少者。末段言大穫

而報祭　殺時犉牡。有捄其角。牡稷大牢牛七尺曰犉　言牡之碩也捄角亦言

角之美也此　天子報祭　以似以續。續古之人。殺犉牡以似續　先古報祭之禮

也其辭重複者詩人之巧也如　毛鄭不濟陋於詩之辭矣

良耜

絲衣繹賓尸也○詩言威儀之美飲酒之和○繹祭
賓尸鳧鷖所詠是也唯彼以表守
成之美此以次用於繹與前頌之異也朱熹説然
褒纂左袒庶頻徵是詩爲繹則古義明名人心不
可欺者
用見
高子曰靈星之尸也注文入行蓋後人慣
謂公穀始是杜撰
絲衣其紑載弁俅俅○上半五句言祭前也繹祭輕故
士視壺籩齋弁也疏云齋弁之
服玄衣纁裳皆絲爲之傳云紑絜鮮貌俅俅恭順
貌業兩雜俅俅以服也蓋言載弁而其絲衣俅俅然也
載戴也吉
書間通作
自堂徂基○繹當門外西堂此門堂也基
門外西夾之堂基也據特牲
禮蓋升門堂視壺濯籩豆而降
徂基告濯具也主人在堂下
自羊徂牛○先小後
大牲在
門外既視牲
反告充服
鼐鼎及鼒○鼐大而鼒小蔵其覆冪而
告鼎之潔也三者之次與
特牲亂
正合
兕觥其觩旨酒思柔○下半言祭末也疏云
正祭無兕觥繹至旅

醻而用之。祭是或然矣。柔溫柔也。飲酒溫克之義。訓安非也。柔履取於此。

不吳不敖，胡考之休。傳云：吳，譁也。是皆古義。末或作娛，誤已。史記作虞，亦衍。虞，度也。休，祥也。胡考，言是得祭之福，以與胡考之寧同。○祭前士視事者，疏云，正祭祭小宗伯視滌濯，肆師主祭。祭使士。蓋亦宗伯之屬士也。祭是以然矣。然下，主人是公尸燕飲之事，則公失之。○高子蓋因前二篇說次靈星。

絲衣

酌，告成大武也。詩言文王有武功，武王嗣之，周樂所次有大武。○蓋告於文王廟也。曰王曰我，可以見為而後致武奏，諸武王廟也。武王、成王克受，非子武。故讚武王之心，則牧野是文王之武成也。於大武成，先告於文王也。○酌、桓、賚、般皆武王之事也。次是四篇終周頌，蓋必有說矣。次思文終清廟之德，次武終臣工之德，其例說同。未詳編意。所存若左傳三六之數，蓋別合武王之

頌而數之卷不可下次後世所用秦中末敘也言能酌先祖之道次養天下

也注文入行○酌或作汋蓋與鑠同音故亦養蓋大封之義般蓋盤桓盤旋之義與巡守之巡同

於鑠王師○遵養時晦○爾雅鑠美也王文王也爾雅遵迪循也言周循往自然爲養晦言

長般周商昧也書曰天乃命文王殪戎殷左傳引是曰耆昧也言義不窺時純熙矣○是

用大介○純大也熙晦之反從日滋滋故日滋滋朗左傳付作浮屠文王惠和殷是以隕周是以

興是也介助也所謂多助之至天下順之是大介也我龍受之○我武王也龍受猶書所謂

寵承也寵靈寵神之寵言武王襲承文王之緒也蹻蹻王之造○載用有嗣○

蹻蹻武貌王文王也造成也有大造于西之造讓成功於文考是武王本志也有嗣與清廟不同

文王垂統可嗣故武王得能嗣之也故曰威哉文王之成功乃有遵奉以嗣之也牧野繫之文王

故武酌二篇並主文王言之**實維爾公允師**爾文王也公功也王公維渥之汭文王之功實可謂允王者之師得其道矣孟子君子有不戰戰必勝矣一章正與是頌殊可玩

酌

桓講武類禡也詩言武王以定厥志後邪桓武志也定家○類禡並師祭也

注文入行叙文未或以此句為注葉與般序叙文併考據錯明矣它可類推焉○左傳以賚為其三桓為其六蓋其字變克商作頌句武王之頌數篇而賚其第三篇桓其第六篇也至於詩叙本合文武諸盛德分為三法故不同數朱注為大武之三章六章從左傳甚矣武是周頌中篇名詠大武

綏萬邦婁豐年征伐合於天心故也**天命匪解**天之休命於穆不已也是句上厲先提武王之武成也**桓桓武王保有厥士**士師衆也此講武之詩故主虎

一廿二

賁熊羆之士于以四方克定厥家以四方言用厥士於四方也以車彰之

以揚曰以其厥君也左傳不有以厥其能文乎古語急迫可例而觀之四方亦宜以注漢例之於

昭于天皇以間之皇大也書曰皇自敬德爾雅間代也書曰天降時喪有邦間之

武王撫綏萬邦屢豐年仍錫天命之福周自新夫武王保其師旅能講習之而用諸四方之業遂定周

家嗚呼其德昭格于天大年前代之命以代之然則我周之士可不講習武事乎唯爾有神監之

桓左傳武王克商求頌曰遂引時又求武其卒章曰耆定爾功其三曰賚其六曰桓

賚大封於廟也○詩言下命諸侯敷文之德以安其民是武王封功臣世家同姓於文

王廟之詩也賚予也言所以錫予善人也注文入行

文王既勤止我應受之勤言經營王業也書曰王季其勤王家我武王也敷

時繹思。敷文王之勤而流由繹其言受而擴大之也。思辭也。書曰慮言問則繹論隨說而不繹。

我徂維求定。我徂而征伐商者是求民之安定故也。大雅鑒觀四方求民之莫。左傳引是二句以爲武德安民之事乃知徂是征伐定是安民。

時周之命。繹文王所勤而用師求定此周之所以受天命也。是句承上接下。

於繹思。命諸侯使繹天命所由也。武王以文王既勤王業我膺而受之敷而繹之遂徂而用師於商是求民之定故也此周之所以受命也汝諸侯各敷其職敷文之德以安定其民其繹我周室之所以受命哉

賚

般。巡守而祀四嶽河海也。詩言山川望秩以定周命。巡守時邁亦出重言之者切疑是亦般即巡義也猶賚曰大封以示篇名之義酌桓摘詩中字名之故不釋賚般別之

廿三

其名故釋之般○注云般樂也釋文崔集注本用
此注為序疏云定本般樂二字為鄭注業孔疏
本亦同有本據是則兩無跋次下釋篇名者係後
人竄入蓋可徵今則都不取也

於皇時周皇美上帝之皇尊而寵神之也**陟其高山○嶞山喬嶽○**高山汎言
名山也狹而長曰嶞嶞山亦名山之次也喬嶽四嶽也○何楷云公羊傳山川有能潤於百里者天
子秩而祭之此望祀之所次及於嶞山也**允猶翕河○**猶當作奠大圭字湊訛而為猶書禹
貢奠高山大川言定其秩祭也允奠不唯河上三山沿包之適箋云河數為九河祭者合為一朱淺河
善泛濫今翕而不為暴業鄭義為長**敷天之下○裒時之對○**裒聚也言合而秩之
裒時受上山嶽翕河而言下偏錄天下山川而無遺也山川大小尊秩各有當故以對而祭之書以曆
棄厥肆祀弗答對教答與猶之義而全矣豪**時周之命○**天下之山川無不受祭此周王所

次受天命主百神也武王革命天下山川之庶神
盡次周家祭典變更之膺天命眷不得不然故曰
時周之命歎而曰於皇次是也○朱傳聚諸侯於
方嶽來出其是詩只有祀四嶽河海而別無巡守
之事故序巡守下有而字時邁序曰巡守告祭柴
望也此其詩及巡守之說故無而字者古法謹嚴

般

清廟之什

三什編得之次其可闕觀者左記

清廟 維天之命 維清 烈文 天作 昊天有成命 我將 時邁 執競 思文

蓋一奇一耦首文王也頌定於成王時故先錄
成王卽政耦次其編祭公先王其次郊祀明堂
相祀其次武王大平相祀而右饗耶天子次終
是什也

臣工之什

臣工 噫嘻 振鷺 豐年 有瞽 潛 雝 載見 有客 武

盖臣工比神頌其辭盛於首之噫嘻與豐年比有瞽與雝並用之大祖於祀振鷺杞宋而周潛冬春而周頌比而祿在前後二禘間是亦編法致其次於廟見祀比而武所次終是什也

閔予小子之什

閔予 訪落 敬之 小毖 載芟 良耜 絲衣 酌 桓 賚 般

盖朝於廟謀於廟相比進戒求助相比四首下類也而神頌相比而繹祭較未隨而酌桓並武王之師故比而賚大封諸侯般大狹度神故比四首治武王之後所次終周頌歟

毛詩考卷二十五

毛詩考卷二十六

魯頌 魯獨有廟頌者蓋周公故也然詩周不與周頌同且既受王命則非僭也疏云雖僭名為頌而體實國風非告神之歌故有章句之有疊章猶商頌既以頌不告神為用之亦何風之存○朱熹云魯之於藏一所次見其僭也大妄古書無序言可徵凡宗族於魯頌注古甚

駉頌僖公也○此篇詩用周頌實序法亦異僖公能遵伯禽之法○壯于坰野蓋亦伯禽之法衛孔可徵春秋十二公唯僖爲之是君定公因先君僖公功德蔚列儉以足用○寬以愛民○坰之牧亦寬儉之士務農重穀○牧于坰野○不尊殺主也左傳孟孫谿成之義不聞焉魯人尊之○疏云既遵之後恭而尊之於是季孫行父請命于周季文子上正卿也而史克作是頌也○史字

二十五

據宋刊古本補○克大史也周史作詩序有明文
二任稱為尊君也言之次亦作頌之不敬何當有
淵孔之說乎○疏云其義通於下三篇亦是行父所
請史克所作也

駉駉牡馬○在坰之野○首章言良馬朝祀所乘○駉駉馬腹幹肥張也牡馬車所用
也天子十二閑亦皆壯馬坰遠野也邑外曰郊而
牧而野而林而坰○是詩盛數名馬品類次非本
僖公之德三百篇中命意特出可謂名頌矣薄言駉者○姑且舉而數之所謂遽數之者
也非悉數之有驈（以律反）有皇○有驪有黃○驪馬白跨曰驈黃而雜白曰皇純黑曰驪
黃而雜赤曰黃以車彭彭○彭彭美盛貌傳云有力有容也是必古義字从彡也有美義
思無疆○思馬斯臧○愛民無已亦思其馬之善也馬有事則軍無事則農
駉駉牡馬○在坰之野○二章言戎馬也四章之敍毛傳可從薄言駉者○有

騅有駓，有騂有騏。蒼白雜色曰騅　黃白雜毛曰駓　赤而微黃曰騂　青而微黑曰騏

以車伾伾。伾伾有力也　字又作駓　楚辭土伯九約　逐人駓駓　注趨捷疾也貌　又謂之駓稱

斁也

思無期，思馬斯才。驥不稱其力而稱其德　古者才德尚義則才即德也　言和同而從御者為戎馬乘重起兼力與德言之　古戎事必乘其產焉　晉惠公駕異產而敗績

駉駉牡馬，在坰之野。三章言田馬也

薄言駉者，有驒有駱，有駵有雒。青驪驎曰驒　言斑駁如魚鱗　白馬黑鬣曰駱　赤身黑鬣曰駵　傳云黑身白鬣曰雒　爾雅有駱無雒　或云雒即駱也　在是章不通

以車繹繹。傳云繹繹善走也　疏云田馬齊足尚疾

思無斁，思馬斯作。說卦震於馬為作足　言壯於下也　與田獵齊足符合

駉駉牡馬，在坰之野。四章言駑馬也　給官中之役

薄言駉者，有駰

有騢有驔有魚。陰白雜毛曰駰，彤白雜毛曰騢，二目白曰魚。爾雅無驔，傳云豪骭曰驔。據疏，其本作豪骭白。箋云，長毛在膝下而白。以車祛祛。祛祛，強健也。疏云，驕思給宮中之役，貴其肥壯。思無邪，思馬斯徂。無邪，言無他念也。偶言取道達也。是清儀興才比仰，興徂比無疆無期相比，無斁無邪相比，是辭之選也。

駉四章

有駜，頌僖公君臣之有道也。詩宴明明，既醉而歸，其穀可以貽孫子。

有駜有駜，駜彼乘黃。駜，肥強貌。此言士大夫駕是馬而至也，與車鄰之首章一例。是亦異格句法，有瞽有瞽參差成章。夙夜在公，案，蔡用之發凶，今於燕飲取之。在公明明。詩宴於君所恭敬而不怠也，先美其人之德，而次二章言君臣燕飲之和。振

鷺于下。與也自振鷺末下循其也鼓咽咽。醉言舞。咽咽鼓声也次振鷺之
羣飛下與鼓樂醉舞焉于胥樂兮。此燕中之樂也覆之大見歡忭每章
有駜有駜。駜彼乘牡。一章三十二字呼換覆五字夙夜在公。在公
飲酒。明明以下飲酒以載燕造語王變不樂之爽富同振振鷺。鷺于飛。次飛
與歸鼓咽咽。醉言歸。既醉而出並受其福于胥樂兮。此燕後之樂也
有駜有駜。駜彼乘駽。青驪曰駽夙夜在公。在公載燕。燕飲酒一
也但造語自有深淺自今以始。歲其有。君臣般勤競勸之辞言每歲有是燕而勿
替引長之也起遂是以下二句君子有穀。詒孫子。穀善道也治孫子言為邦家恒
式于胥樂兮。此承世之樂也頌君臣有道而特言燕飲酒者是詩之卒一篇而已

十七

有駜三章

泮水　頌僖公能修泮宮也　修泮及學政言曰能修　無能字恐妄刪乎

思樂泮水　薄采其芹　首章言僖公之臨泮宮　思辭也　自於樂辟雍表笑之泮水益

東西門以南通水北無也　素公將至故學中士大夫侯公來芹以遊也　猶采芹以侯方執進行郊注

入學釈菜用芹藻菜此非必翳釈　菜采之以學宮有是乃記故賦之也　魯侯戾止　言觀

其旂　旂鸞鳥為此頌蓋以其周風也猶曰大雅宋王曰　周玉商頌湯王曰商王為衛侯之妻是則頌

從逗矣　其旂茷茷　鸞聲噦噦　此自采菽來茷茷猶　泮水噦噦猶嘒嘒　無

小無大　從公于邁　匪起伊教眷小子也求賜難老　教大人也首章前二三將古

人措難有如是精微者不容草草茷茷飛揚將　至也噦噦繫盛既至也于邁入學宮也

思樂泮水薄采其藻〇二章言其敎國子於泮宮魯侯戾止其馬蹻蹻〇蹻蹻隨盛也其馬蹻蹻〇其音昭昭〇言孟子所謂車馬之音也從德音不穩載色載笑〇匪怒伊敎〇魯侯所次有濟濟多吉也色作色也左傳室於怒邑於色敎者次正不無色也雖則色矣亦有笑容其色者非怒也爲敎之也色從和顔無倒

思樂泮水薄采其茆〇三章言其養國老於泮宮魯侯戾止在泮飲酒〇行養老之礼也旣飲旨酒〇永錫難老〇酒次介眉壽言順公錫之難老也彼長道〇屈此羣醜〇舞干羽有苗格之意言淮夷序服猶遠道而來格也章章之事先提而一徽之章段所父道刻意釋之特叢次章次之二句斷之大見史氏之筆也

穆穆魯侯〇敬明其德〇四章更端而頌僖公之德之大學之道在明明德達次二章德

字三出メ相然

敬慎威儀。維民之則。二句出大雅抑篇。是ハ敬而明、敬而慎也。允

文允武。昭假烈祖。能脩泮宮、亦文也。淮夷卒獲、亦武也。昭假、猶格于上帝也。烈祖

孟兼指周公魯公也。靡有不孝。自求伊祜。孝先思孝、言孝於烈祖也。周公伐戎

狄、魯公征徐淮、其武亦孝也。公克脩其身、次刑於士大夫、次孝於祖先、是次克保其祜也。

明明魯侯。克明其德。五章言在泮而覚淮夷之携。既以明明、又曰克明、所照愈遠。

是章將明明德於四方者也。既作泮宮。淮夷攸服。作猶新也。作教、是詩之辭也。

作泮宮所次明德也。提三章之意、歸武功於文德、此一篇主意也。矯矯虎臣。在泮

獻馘。矯矯武貌。馘所格左耳也。在泮獻三句、應前在泮飲酒。淑問如皋陶。在

泮獻囚。淑問言善訊訟者之情也。淑有周密之義、出楚語。囚生俘也。王制、天子將出征受成

於學。又釋奠于學以訊馘告。訊生馘死，固也。〇匡衡傳淑問揚乎鐘鼓，是令聞之義，於詩不切。

濟濟多士，克廣德心。〇六章申言諸臣之體君德。又言徼也〇德心循自德意也竟上德宇未律，宮育未成，是多士克廣之心之德意於遠方，可謂君子之師矣。

桓桓于征，狄彼東南。〇狄，遠也，猶逖矣。西土之人東南行淮夷也于征反狄矣。彼東南之地也，猶與廣照說懷而遏之於是詩不切。

烝烝皇皇，〇不吳不揚。〇烝烝猶揚休也烝進也升也亦也。皇皇，高明也。此形容君子風氣，與上矯矯桓桓照。吳，譁也。揚者，氣飛騰也。

不告于訩，〇在泮獻功。〇訩，訟也。不告于訩，言不以訟告也。獻功其事沉矣，馘囚亦包焉。烝烝次下皆在泮之事也。〇是章上半應五章上半，下半應五章下半，是亦章法，不可不察。

角弓其觩，〇束矢其搜。〇七章更端，原始而頌文武之功。〇觩，曲貌。此言出師之狀，傳同。

二十九

弘負不可攻也束矢或曰百矢或曰五十矢捜衆也聚也戎車孔博徒御無
斁懈言其威壯也無斁競勸就緒也次上出師形状既克淮夷孔淑不逆
淑應之叉夷性應而逆我師既克之則皆革其面而不復逆也式固爾猶淮夷卒
獲是自王猶允塞徐方既來來固其願服乃懷之次長策此淮夷行次卒獲不交也夫軍實威我
士競故克敵既克而柔服次文德故敵逐焉我有也固即允塞之意言慎密而無疏漏也
翩彼飛鴞集于泮林卒章終言泮宮之文化淮夷之名懷食我桑黮懷
我好音興也次四句興四句亦興格言下鴞改其惡黮而歸中我美音也同處淮鴞嗜椹丈黄黮
亦食桑椹而音美憬彼淮夷來獻其琛憬傳云遠行貌説文覺悟也爾雅琛
寶也次二飛鴞之改鳴興淮夷之去惡歸德于泮林之甚變化惡声則淮夷感格泮之文德之美而然哉

僖公修泮宮次教國子褒國老淮夷之役次訊馘告故史克述其事次頌也

元龜象齒○

大路南金○ 元龜尺二寸龜不盈尺不得為寶南言荊揚也其貢金三品此言其盡土實而光服也箋云大路者賂君及卿大夫也是說可會左傳齊崔杼賂晉侯自六正五吏三十帥及處守者皆有賂句踐賂吳亦至於列士亦心服也○僖十三年從齊侯會于鹹為淮夷病杞故也十六年從齊侯會于淮為淮夷病鄫故也僖之克淮夷豈在是二會歟明十七年左傳季氏甚得其民淮夷與之盂淮夷從焉僖公之烈歟嘗齊桓晚則武功亦易為力矣

泮水

首章　二章　三章　四章　五章　六章　七章八章

閟宮頌僖公能復周公之宇也○ 宇言土宇封域也一句舉詩之體

閟宮有侐實實枚枚○ 首章敘姜嫄后稷之靈德○傳云先妣姜嫄之廟在周常閉而

無事侐清靜也寔〻〻廣大也枚〻〻礱密也赫〻姜嫄其德不回上帝是依依馮其身也周得丹朱馮身次懷也生穆王爲無災無害彌月不遲無災害言分娩晴是生后稷降之百福圭天賜百穀言也黍稷重穋先種後熟曰重後種先熟曰穋先種曰稙後種曰穉皆非穀名稙穉菽麥奄有下國俾民稼穡后稷掌天下稼穡故後言也有稷有黍有稻有秬黍稷重穋猶奄有下土奄有下土纘禹之緒緒重出亦是詩之體格也后稷之孫實維大王二章叙大王文武成王周公及伯禽居岐之陽實始翦商翦斷也大王基王迹故曰始翦自後之辭也至于文武纘大王之緒致天之屆音戒于牧之野屆極也中極之義君子如屆俾民心闋天之屆

言天道之所不得不容然也無貳無虞上帝臨女周大雅刈師旅奮鷹之言也隨是夫看之則說牧之役無貳者無虞者上帝護武王未可矣敦商之旅克咸厥功敦聚貌猶敦彼行葦言其會如林也克勝也克殷之克咸皆也言師衆皆言其功也是詩造句閒儻王曰叔父其成王也叔父周公也建爾元子俾侯于魯元子伯禽也大啓爾宇爲周室輔宇宅徑也乃命魯公俾侯于東三章言周禮之盛以美僖公之祭祀錫之山川土田附庸不能五十里者系附庸周公之孫莊公之子僖公也龍旂承祀六轡耳耳耳耳盛也小雅彼爾維何維常之華春秋匪解享祀不忒匪解無時解也不忒無失禮也皇皇后帝皇祖后稷孟春祈穀

廿一

于上帝配以后稷享以騂犧是饗是宜降福既多我饗而宜之故降福也既字與未字應

周公皇祖亦其福女周公廟曰大廟是魯之皇祖也

故曰周公皇祖夫郊祀后稷而以配天康周公也故曰亦其福女后稷周之皇祖也

秋而載嘗夏而楅衡四章嘗言祭祀積頃之感○楅衡設橫木於角以楅迫之也載訓

犧沙也白牡騂剛犧尊將將公羊傳周公用白牡魯公用騂犅周公有王禮

不敢與文武同魯公則無嫌故用騂牲或云犧郊特牲明堂位用先代之禮亦特禮也毛炰

豚也爛去其毛而炰之胾羹胾切肉也羹大羹鉶羹也籩豆大房大房半體之俎

也足下有跗如堂房萬舞洋洋孝孫有慶祭統外祭則郊社是也內祭則大嘗

禘是也前章外祭是章內祭俾爾熾而昌俾爾壽而臧祝辭也自春何

未說嘏鮮非也**保彼東方○魯邦是常○**常常有之也曰爾是常純嘏爾常矣字法

同**不虧不崩○不震不騰**與岡陵映帶用左**三壽作朋如岡**

如陵○三壽上中下壽也作朋言三壽之人咸摩也衆福之人衆君亦孝孫之慶也盖篤三又品其

所次老壽也尚老者德而用以之朝多舊次亨黃髮台背即三壽也○左傳三老凍餒

公車千乘○朱英綠縢○二矛重弓○五章言征伐禱頌之盛○朱英矛飾也縢

繩也次約去二矛夷酋也重去備折壞也車左持弓車右持矛**公徒三萬○**二軍三千軍洽一可三

略稱三萬據春秋則二軍若漏千乘則卒乘七萬五千人是舉國之賦也二軍則二萬五千人也是

出征伐者**貝冑朱綅烝徒增增○**貝冑次貝飾之也朱綅次朱綫綴甲也烝衆也

增增多也**戎狄是膺荊舒是懲則莫我敢承**此僖公為周室輔而

卅二

能續周公魯公之事者也故孟子再引以美周公之事昧者却美錯謬妄矣膺當也鎮摩舒也僖四年從齊桓伐楚疏云僖十年齊侯許男伐北戎蓋魯使人助之帥賤不書或別有伐時經傳脱漏如伐淮夷之類

俾爾昌而熾俾爾壽而富武威及遠方不魯邦是常故加富與大次祝云黃髮台背壽胥與試祝下公之壽而求與黃髮台背之人皆用其事也爾雅試用也小雅百僚是試鄭謂妖試幸措俾爾昌而大俾爾耆而艾曲禮五十曰艾六十曰耆萬有千歲眉壽無有害

泰山巖巖魯邦所詹六章言威德之被東南是征伐之功也〇詹韓詩作瞻同疏云泰山在齊魯之界二國皆以爲望奄有龜蒙遂荒大東龜蒙二山名荒奄也大東極東山至于海邦淮夷來同海邦近海之國也同徐方既同之同莫

不率從魯侯之功。率循從魯侯也。是篇造語非常。保有鳧繹，遂荒
徐宅。鳧繹二山名。宅居也。言徐國。至于海邦，淮夷蠻貊，及彼南
夷。傳云淮夷蠻貊而夷行也。南夷荊楚也。可以徵云蠻貊東方諸種，是亦一考。文云上已言荊舒，
此南夷是南蠻也。是説拘通。篇語多重出耳。蓋昔人見海邦淮夷重出，分一章為二章，致後人嘵
嘵。莫不率從，莫敢不諾，魯侯是若。若順也。至于海邦莫不率循二
句重出，而並承以下二句。○蓋説以下從淮夷蠻貊等事不載經傳，故為未然之期望，大不可。史克論元
信四字見左傳。其言張奏過實，從來其性度倜儻故也。況是章後言是臣子之至情，説寸為足矣。
天錫公純嘏，眉壽保魯。七章更端言公之令德，以保天祿。○后稷上帝之子也。而
文武為上帝所臨祐。公乃殷皇之后帝征伐，以復成王之舊。此其所以受是天錫也。居常與

廿三

俾復周公之宇○箋云及其後比常潏齊語作嘗許本周公朝宿之邑也周公之宇即

成王所謂爾宇者魯侯燕喜○令妻壽母○自吉甫燕喜既多受祉來令德之妻

聲姜也壽考之然成風也宜大夫庶士○邦國是有○宜民宜人之邑內有令妻

壽母外有大夫庶士既多受祉○黃髮兒齒○兒齒齒落更生細者也祝其如是

徂來之松○新甫之柏○八章言君之德公營新廟次體所人之心○是篇與殷武立格正

同卒章是後世鳴呼哀哉之書古人以廟須觀德焉美依然美其身後然讀而至卒章自然肅之感

徂徠○徂來新甫二山名是斷是度○是尋是尺○斷截木謂之劇法治撲之名業

猶殷武方斲是虔說量度非也尋尺言下次尋尺量之也松桷有舄○路寢孔碩○

舄大貌路寢是寢廟之寢謂之路寢大之也猶之義高韓奕之介圭與殷武寢成孔安其事同宜並考

新廟奕奕，奚斯所作。〇新廟即僖公廟也。奚斯蓋公子魚之字，在左傳，出閔二年。至此作者成也。主若是新廟。孔曼且碩，萬民是若。〇曼脩也。廟制有常規，而曰甚長且大，此詩之辭也。然凡廟蓋改塗易檐而已。唯是廟新造，則不無異於凡者，不容拘泥也。

萬民是若，言頌其望也。此一篇歸宂四章，次下盛祝之也。福壽者都是國萬民之心也。宜精思之。〇

魯頌四篇至其終篇，率章始著其為之廟頌矣，曰宋讚淡之矣篇盛奏之郊祭為過，為之夫子存以見僭大矣。

秦漢後之人不通三代人情。封建之世，大夫不死王命而死君命，是以其君為天故也。舉次周鄭故有郊天，是曠世盛典，為之臣子者何敢不稱揚於天下諸侯乎。

閟宮八章，四章章十七句，二章章十六句，二章章十句。合程二十一句也。無脫句，無錯簡。

首章十七句 二章二十七句 三章廿七句 四章十二句 五章十七句 六章十二句 七章十句 八章十句 三四章主祭祀 五六章主征伐

商頌 説出國語、漢書、詩史記。為宋襄公時作雜説。不足取。若此説、史記謂之正考父所作。今閲馬父引那、曰先聖王之傳恭、猶不敢專。稱詩出自太商故也。為宗人諸侯謂先聖王也今

那祀成湯也 國語：昔正考父校商之名頌十二篇於周太師、以那為首。鄭云至孔子録詩之無七篇矣。其稱名頌、則有以傳之。鄭得之。

微子至于戴公、其間禮樂廢壞、有正考甫者、得商頌十二篇於周之大師、以那為首 注云又入行者序無之是例。十二篇既不成説、以那為首亦不知何據。

猗與那與、置我鞉鼓 猗、歎辭。那、盛。美也。置、陳也。言下陳鞉鼓之盛美也。の覚編不服事

也有那其居安也楚語詔都那賢法那美也故此那宜訓盛美矣置讀從置鼗於鞉不穩奏鼓

簡簡○衎我烈祖○簡簡和大也烈祖湯也始如後世廟號○禮曰殷人尚聲先求諸陽樂三闋然後出迎牲

湯孫奏假○綏我思成○湯孫猶周之曾孫孝孫也假嘉同言奏嘉樂也綏猶定也我況致薦祭之人也思成蓋言所思乃成也精意以祭思也神享來格思之成也湯孫盛奏嘉樂以樂神使其齊各得其思成也○書曰克綏先王之祿又曰綏爾先公之臣服于先王

鞉鼓淵淵○嘒嘒管聲○淵淵深遠也嘒嘒聲盛也既和且平○依我磬聲○周語聲應相保曰和細大不踰曰平鄭云磬玉磬也此在堂上疏云鼓管和平來依磬聲明此異於常磬謂石磬也業擊石拊石百獸率舞八音次石爲君不說玉磬亦以通於赫

湯孫○穆穆厥聲○湯孫所奏嘉樂有穆穆之聲也庸鼓有斁○萬舞有

卅五

斁。大鐘曰庸。斁，繹同。奕奕，大也。言其盛也。我有嘉客。
朱子謂之九獻之後，未知其所據。
亦不夷懌。嘉客，先代之後來助祭者也。聽樂觀舞，烈祖以從容，亦夷懌，所謂神人以和者
也。庸鼓萬舞矣，嘉客夷懌起。自古在昔，先民有作。有作，言祀事也。祀者國之
大事。○詩未有如是篇多疊語者，亦作者之意甚焉。字三出，鼓字四出，有字五出，古曰在昔，昔曰先民。
亦一篇體格。溫恭朝夕，執事有恪。朝夕采蘩，所謂夙夜在公也。先民次來如
是，亦謹敢不恭格於祀事也。顧予烝嘗，湯孫之將。將猶扶助也。烈祖顧而祐
之也。曰湯孫，烈助祭者之言也。○是篇唯曰衎祖，曰格事，結以是句，而臣從清廟。
那一章二十二句。一章者三篇，皆二十二句，必有說焉。那及烈祖並兩句八
句，八句，二句也。蓋焉別格。

烈祖祀中宗也祀中宗大戊而名曰烈祖猶清公之頌謂之清廟

嗟嗟烈祖有秩斯祜常其祜言及子孫也申錫無疆及爾斯所

烈祖之祜申錫不已及爾中宗國光大之與此先頌中宗之能興烈祖之業也既載清酤

賚我思成載清酒盡裸獻之時也既載則奏言應感之速既奏我思成言中宗之神来格

而錫我禮祀之成也○第二節起得急第三節起得緩相遞亦有和羹既戒既平

薦熟之時也和羹鉶羹也肉汁有菜戒言其人也平言其味和調也鬷假無言

時靡有爭鬷中康宗奏相通言奏嘉樂也左傳引是四句曰先王之濟五味和五声也以

平其心成其政也業五味因和羹五声因鬷假此其明徵也又夫樂天子之職也物和則嘉成杜注

嘉樂成也綏我眉壽黄耇無疆此中宗之秩斯祜也即清酤和羹嘉樂之所致

廿六

約軝錯衡八鸞鶬鶬○以假以享○湯孫奉之是車以承祀以格神享神也

與二龍旂十乘而鶬鶬本又作鎗亦作瑲○此述廟門之外而言之辭之後也

我受命溥將○自天降康○豐年穰穰○中宗之餘慶也大福爾受命長爲溥將無大也言天

休之盛也康康年康食之康蒐物盛美可以享神明矣

來假來享○降福無疆○以假則來假以享則來享祭之福無之也細別之則清酤以假和羹以享也○是篇之辭比那沱富

曠然無疆三出循那之三声相韻

顧予烝嘗○湯孫之將○與周頌之雷孫篤也

子孫保之懷從○湯孫祭主也是孫汎司非爲祀湯故孫之殷武祀高宗而高宗稱湯孫

烈祖

玄鳥○祀高宗也○

天命玄鳥降而生商宅殷土芒芒。先言玄王之命也春分玄鳥降簡狄

祈于郊禖吞其卵而生契生商言生商人也殷於此始古帝命武湯正域彼四

方。四句言武湯之命也古者自今之辭也上言玄王突然次湯者古前絶甚左傳天子經略諸侯

正封正域即經略也方命厥后奄有九有。九有備九圍與爾通作洛書九州曰

九圍或云萬有之有武湯承帝命不毋方違之諸侯而自為九州之君也玄王時止是殷土至武湯

域四方至武丁孫子域四海此其叙也商之先后受命不殆在武丁

孫子。言先王之命被及子孫也先后亦自今之辭上言武湯文稱其後王為先后古旅哉○

先王始受天休不危至武丁而益盛故武丁孫子愈益蒙餘慶而受命不殆也武丁孫子。

武王靡不勝。四句言孫子能奉祀也自玄王而武湯而先后而武丁而孫子沐命相承

此其叙也○武王湯也武丁孫子皆無不勝武王之事者言能繩祖武也龍旂十乘○大

糦是承○糦酒食也大糦言天子宗祀也此武丁孫子能給大祭而今有奉于廟之謂也龍旂

十乘宣殷王大祭之礼筑周頌龍旂陽之魯頌龍旂承祀意亦同邦畿千里○維民

所止○肇域彼四海○言廣運之盛也所止言民人殷富懷土也肇始也四海對四方

則四夷也內安邦畿之民外域夷蠻之國圖啓蓋大也始域循自彼戎康奄有四方是詩盛發揚武

丁孫子即以祀武丁也循三執之競祀武王盛言成康太平蓋武丁時邦域大闢外及四夷如伐鬼

方而推崇孫子則守其業而不墜耳四海來假來假祁祁○景員維河○

言名懷之遠也總是武丁之餘烈而源之源夫美其不墜鴻業所以譽武丁也蓋景大也員幅隕之

隕圍之周圍也景員言王都大勢也形勢據河而四海之內皆沉舟於河而來格祁祁盛也殷

受命咸宜〇百祿是何〇結一篇之義也契也湯也先後受命何也武丁也孫子也其受命咸宜命字前後照映但此結語承孫子保武丁休命不失咸宜之語言也

玄鳥

長發大禘也〇王者禘其祖之所自出以其祖配之既毀未毀之主皆合食於太祖廟〇朱注大禘不及群廟之主此宜為祫祭之詩然是亦從也爾雅禘大祭也與古序相發

濬哲維商長發其祥〇首章言商之所以興〇二句先提商之先君皆廣淵明哲而永遠國家與其福也洪水以下及初言也

洪水芒芒〇禹敷下土方〇句上添昔字看禹融而敷分也案山海經帝乃命禹卒布土以定九州布亦有分義下土文略下土四方也天問曰禹之力獻功降省下土四方也

外大國是疆〇幅隕既長〇外大國畿外之大

二十八

國也幅隕言國界域也幅猶布帛之幅隕負傳並訓均言其周匝也朱子得之溥意疏誤○蓋契爲之幾

外諸侯當禹之疆外大國契之封域既大也既字可玩 有娀方將帝立子生

商○ 有娀氏契之母家也方今也將大也生商生商之民也契爲商大祖故曰生商○禹之時契

受大國幅隕既長於是有娀氏國勢盛大故上帝立其子契於大國以爲商家始祖也

玄王桓撥○ 二章言玄王相土之有成績于殷○玄王契也豈周清蓋因玄鳥生商爲水德之祖

商王者之祖孫也曰王與周同禮桓武毅自與相土烈烈同書曰桓桓如虎孝王以撥亂而

然 受小國是達○受大國是達○ 達言達其教令於國也蓋禹功成之時既

受大國也 率履不越○遂視既發 率履言其身所遵行也履易字劉訓禮非也

漢書作禮亦三家說耳發猶四方爰發之發○契爲司徒先脩其身不敢踰越遂視天下則發己業

應從教也。視備學記一年視離經辨
志。三年視、五年視、七年視之視上也。**相土烈烈。海**
外有截。 此又言商家威烈遠懾服海外也。○鄭云
相土入為王官出長諸侯。王肅云相土
在夏為司馬掌征伐。業是威烈然英國。諸商人祖契
郊冥而宗湯。蓋冥是相土曾孫。而詩不言及。豈相
土大裨國祥者。故且其威烈亦與契及湯比德。故
放冥則或於郊祀頌之。故左傳閼伯居商丘相土
因之。杜注相土始代閼伯之後居商丘。業商之竹。
次為商或因相土。故史記封契於商之說不足信
也。蓋契始封於商。舜之未年蓋其
土地。業未知何據。疏引緯書讒大不可。
帝命不違。至于湯齊。 三章言成湯之大齊天命。○不
違不貳也。言與天下人心符合。
爾齊言命之同聚于厥躬也。書曰。**湯降不遲。聖敬**
然有同。惟聚于厥躬。福亦如是。
日躋。 湯雖齊天命。而不敢自棄。降於賢者不遺。知
之心敬之。故其聖德然之日升也。國語引二

與曰降有祀之
謂也是古義
昭假遲遲上帝是祗
遲遲舒而不
祗也德之格
于皇天歲月不忘
唯上帝之則是敬
帝命式于九圍
九圍九州也終
言次爲元后
受小球大球爲下國綴旒何天之休
四章言武湯之
文德の球朱法
小國大國所贄之玉也業盍身爲諸侯之長受其
圭璧也綴旒表章也盍因旌旗人所瞻仰大戴禮
治樂長者可以爲儀綴於國法綴表也綴兆亦訓
表字義豈出自綴旒旒綴之等以爲表此譬湯
爲諸侯師長也業孔傳湯爲夏方伯業次七
十里一統天下固當有天王有二之漸也
不競不絿不剛不柔
叙訓逑鞫旒逑急迫也玉篇逑絿
同說文絿急也傳義正同此言湯
之文德和長不競不絿不剛而不柔也朱子
欲無句亦應不云絿緩也此類或後人誅甚
敷政優優百祿是遒
百祿之聚言聞
執其咸大也

受小共太共　五章言成湯之武德○共大戴禮引作拱爾雅拱執也郭笑得字袁夫以瑁冒

圭天子之事也然方泊合諸侯亦當受之其圭璧也　為下國駿厖　朱法董氏曰齊詩作

駿驪謂馬也梁益云齊詩魏代已今舉其茂孟雜見於傳注者耳葉字書無驪字爾雅而頌皆自

唯駿是強敍讀庬大也說為名馬最明大戴作恂蒙荀子作駿蒙孟雅讀○旅春人所望也故譬其威德高明人

御而懷之馬武獸也故譬其威靈奮攝人畏而服之為纖旒為駿庬不欲稱天子之號伐夏桀在後

章宜細繹之　何天之龍　龍光之龍猶曰寵靈寵威也何天休命辭如彼袞衣煒然有光

也何天威靈辭如彼式衣赫然可畏也　敷奏其勇不震不動不戁不

竦　敷布也俾訓惟我商王布昭聖武奏進也言發擇也如千一征是也四不者勇者不迫懼之事也

戁蓋畏懼也竦悚懼也　百祿是總　勇武不違天又以總攝百祿也

二四十

武王載旆有虔秉鉞○六章言成湯之武功克終帝命
奉天天子○武王湯也有又也爾
雅虔固也遜敬天計矣如火烈烈則莫我敢曷○曷止也猶按徂旅之按莒
子漢書引作遏故人皆云曷遏通然爾雅並樂遏與曷同曰止也本是二字苞有三蘖莫
遂莫達○此也苞本也一本生三蘖遂草木遂長之遂也達達之句萌之達也次比桀有三黨皆
不能遂達其暴惡也三蘖韋顧昆吾也九有有截○九州之中截然一定王業次成矣烈烈之有
截此湯之所下次命授於相土次配中玄王於天上也韋顧既伐昆吾夏桀○昆吾蓋丞
王官伯旅不然別出師滅之與桀同時而也左傳次之乙卯者昆吾稔之日是可推也據許語韋顧之
姓未可通論韋之豕韋亦未有明徵箋既不足據疏亦有杜擬朱子取箋從箴
昔在中葉有震且業○七章言伊尹佐命之功以終○朱傳承上文而曰昔在則前辛

此矣豈言湯之前世中衰時欲業玄王受大國相
土截海外而湯則廩七十里其見前小可知書曰
肇我邦于有夏小大戰戰蓋欲有大罰於夏王震
懼也震驚之震或云周震動也亦通業危也
允也天子降予卿士。允也猶曰於皇也天子湯也予卿其表衡也言伊尹天子
天之子也故天降之表衡也是文字映帶實維阿衡實左右商王。阿衡伊尹
号也蓋大帝配享故及焉湯誓序曰伊尹相湯升自陑古之遺言也咸條之師源之阿衡終也
長發七章一章八句首章也故長四章章七句二章至五章列贊其德故整一章九句六章次結前四章故最為一章六句
卒章餘波也故最短四章章七句九春每章三十字也精矣
殷武記高宗也。詩唯頌其伐荊楚之功是營新廟始祭之詩也其詩先玄鳥止論也

而祿在下者蓋那烈祖玄鳥皆一章二十二句之讀其體製相以而殷武有疊章故與之異其辭也

撻彼殷武○奮伐荊楚○首章頌高宗鬼方之伐功○撻疾意也殷武殷王武丁也○罙入其阻○裒荊之旅○罙深也冒也裒聚也蓋謬其鮮鮮以其離散之民也易曰高宗伐鬼方古之美讀也有截其所○湯孫之緒○截齊一也湯孫高宗也緒功業也

維女荊楚○居國南鄉○二章命荊以其恃遠不庭以逆命殷王之罪自此至五章皆命荊楚以湯之威德也此高宗所以為殷宗為烈祖祀中宗玄鳥祀高宗那祀成湯蓋商家議刑成湯所不敢武矜可競斑融昔有成湯○猶自昔者有成湯之時也自彼氐羌○蓋當時極遠之地故特提氐羌夷狄在西方莫敢不來享○莫敢不來王○享獻也其使其貢方物世見來王其父死子繼及嗣王即位而來朝也曰商是常○商是

我所常服事也楚邦是當蓋自此服化成湯時
尒見猶然況女近居南郷而恃遠是慢先王也

天命多辟設都于禹之績○三章命制以成湯建侯柔
多服○湯奉天命以建諸侯

故曰天命也多辟
諸侯別而一辟

歲事來辟勿予禍適歲事時事也來辟來
庭也予與也適讁讁適受天命
以天罰言之是寧侯有慶之事也

稼穡匪解天子能柔
服故諸侯之順者沐浴上恩盡心民事以保其
家邦也言稼穡者兼君道在養民以讐制楚○朱
子云是章欠一句業是亦一考也並前章多一句
是章少一句本來爾者巧恐亦不可知

天命降監○**下民有嚴**○此章命制以成湯不敢有邪○
嚴肅敬與湯受天命而天監在
下福善禍淫其應如響
故下民肅然皆畏服也

不僭不濫不敢怠遑○賞不
僭刑
不濫也上帝降監而下民凜然皆畏其命是以湯
能慎其賞罰而不敢怠也是章主湯而與前章成

對の令女下民或敢侮慢言武庚也是章下民亦當多辟命于下國封建厥福。

封大也湯之賞罰協于天心故受天命以下國而大建其福以開商室萬世基也左傳引不僭不濫以下四

箋曰此湯所以獲天福也鄭義與古今朱注異哉

商邑翼翼。四方之極。五章命戒以成湯威靈猶存我身以懾之の商邑京師也極中

也書所謂土中也國也商邑同於此萬赫赫厥聲。濯濯厥靈。声令聞也声教

也濯以光大也言湯之声教無所不遠威靈無所不及也壽考且寧。以保我後

生。成湯ハ天地所福故壽又康寧也保ハ言其利保護在我身也我後生ハ高宗自孫也成湯欲混我不

在茲矣神靈所護天下何得遲遲王命而今更首領邦の書曰在我後之人康王自孫也

陟彼景山。松柏丸丸。卒章言營新廟以宗祀武丁也閟宮並李此の朱注景山名傳

云丸山易直也素桓山又作丸山桓極之桓亦可念**是斷是遷方斲是虔**斷之景山而遷取之也方斲也訓正非也斲言斤次所之也爾雅椹謂之榩榩所未質也**松桷有梴旅楹有閑**梴長貌旅陳列之義言東西楹也閑閑靜貌在毛詩桑者閑閑臨衝閑閑並與閒同字書雖有誤不明**寢成孔安**寢是廟中之寢也與閟宮之路寢同新廟既成甚安然矣於赫湯孫盪乎其安于斯哉夫有夫婦而後有人世變萬化善積而百事畢矣詩始於關雎而終於殷武之卒章亦是締緣之意存焉殆大堪嘆人心之感矣

殷武

毛詩考卷二十六